CODE OSCAR

Florida. Karibik. Über Bord.

Andrea Giesel

erschienen im

3H Verlag

Bibliografische Information der Deutschen Bibliothek
Die Deutsche Bibliothek verzeichnet diese Publikation in der Deutschen Nationalbibliografie; detaillierte bibliografische Daten sind im Internet über http://dnb.ddb.de abrufbar.

Andrea Giesel
Code Oscar

ISBN:	978-3-9819878-6-7
Lektorat:	Lara Renner
Zeichnungen:	Yvonne Tauss
Satz & Layout:	Daniel Reitmeier
Druck:	G. Peschke Druckerei GmbH

1. Aufl. 2019, Augsburg

URL: www.3h-verlag.de

Für Rickie und Rufus

Die Welt hat noch Ufer,
und ein Boot erwartet Dich drüben, immer.
(Octavio Paz)

Boarding

Tania wurde wie Hannes mit dem Crewshuttle vom Hotel direkt an das Schiff gefahren. Für Tania war es ihre erste Kreuzfahrt, im Gegensatz zu Hannes und den anderen 23 Crewmitgliedern, die von einem zum nächsten Schiff wechselten oder aus dem Urlaub zurückkamen. Da lag sie, die Royal Norway, prächtig und stolz, gehalten von armdickem Tauwerk. Ein Koloss von über 28 tausend Bruttoregistertonnen, der trotzdem schwimmen kann. „Da knackt ja der Halswirbel, so hoch hab ich schon lange nicht mehr geguckt", sagte Tania vorsichtig zu Hannes, als sie die Taschen und Koffer aus dem Crewbus zogen. „Von außen wirst Du ab jetzt nur noch sehr selten die Gelegenheit haben, Dir das Schiff anzuschauen!" Hannes' ironisches Grinsen hatte etwas Mitfühlendes. Aber irgendetwas stimmte nicht. Überall am Pier standen Crewmitglieder gelangweilt in großen Trauben herum. Offiziere quatschen nervös in die Walkie-Talkies. Die Eingänge und Gangways zum Schiff waren gesperrt worden. „Irgend so ein Trottel hat wahrscheinlich wieder eine Bombendrohung losgelassen. Idioten!", rief jemand Hannes zu. Tania konnte ihn nicht richtig verstehen. „Hat er Bombendrohung gesagt?"

Hannes schwieg. Zuckte mit den Schultern, kramte Zigaretten aus der Brusttasche.

„Sag, Hannes, wo? Hier im Terminal?" Tania checkte es nicht.

„Auf dem Schiff, Tania! Angst machen, kommt groß in Mode."

Damit hatte Tania nicht gerechnet. Für sie ging hier ein lang gehegter Mädchentraum in Erfüllung. Cruisen auf einem knapp 205 Meter langen und 12 Stockwerke hohen, in der Sonne strahlenden Weiß. Terror auf See, davon hatte sie noch nichts gehört.

Hannes warf seine etwas fettige, braune Haartolle mit seiner Tasche nach hinten über die Schulter und marschierte auf die Gangway los. Tania wackelte unter dem Gewicht ihres Gepäcks ein bisschen zögerlicher hinterher. Die Gangway für die Passagiere lag wie eine schwere Brücke hoch über ihr.

„Kommt hier rüber!" Eine Offizierin winkte die beiden zu der großen Gruppe herüber, die am Pier unterhalb der Gangway wartete. „Ich kann mich grad nicht um Euch kümmern. Erstmal diese Bomben suchen, die es wahrscheinlich gar nicht gibt." Sie lächelte Tania zu.

Hannes stand bei seinen Kollegen, sie rauchten alle und dicke Rauchwolken umhüllten sie.

An der Gangway erschien der Staff Captain.

„Alles ok. Boarding. Crew zuerst!"

„Entwarnung, sag ich doch, sind nur Spinner am Werk." Hannes half Tania mit der großen Tasche.

Die Gangway der Crew befand sich vier Reihen darunter am Bug. Es war ein kleines dunkles Loch hinter einer kleinen schweren, aufgeklappten Tür. „Na dann." Tania machte sich Mut. Die Gangway war lang, aber sehr schmal. Tania blieb ständig mit ihrer Tasche hängen. Dreiviertel oben angekommen, stellte sie die Tasche ab, drehte sich zur Pier um und grüßte wie eine Bundeskanzlerin in die Menge. So machte sie es immer, auch wenn sie ins Flugzeug stieg. Es sollte ihr Glück bringen. Oben am Passagiereingang standen jetzt die weißgekleideten Stewards in Reih und Glied und begrüßten charmant jeden einzelnen Gast mit einem weichen Händedruck aus weißen Flanell-Handschuhen. Aber Tanias Eingang war hier nicht. Sie tauchte vom gleißenden Weiß des Schiffes in dessen dunkles Inneres ein. Sie fühlte, wie sich ihre Pupillen in dem dunklen Loch weiten mussten. Es dauerte eine Weile, bis sie überhaupt etwas sah. Vor ihr standen drei Filipinos an einem Röntgengerät. Tania und Hannes ließen sich und ihre Taschen von der Bord Security durchleuchten. Dahinter stand eine blonde Frau im verschwitzten, weißen Offizierskostüm mit einem Stern und zwei

Streifen auf den Schulterklappen und Walkie-Talkie in der Hand.

„Hi, who are you?"

„Tania Berg from Germany, I'm supposed to be purser on this vessel."

„Ok, wait here, you need to come to my office for immigration", forderte sie laut und präzise, ohne mit irgendetwas zu zucken und wandte sich anderen Crewmitgliedern in der Reihe zu. Einige waren auf Urlaub gewesen und die anderen, wie Hannes, waren versetzt worden von anderen Schiffen und kannten das Procedere schon. Tania fühlte sich, als stünde sie anderen im Weg. Sie stellte sich neben einen übermannshohen, hölzernen Setzkasten. Hier drin lagen die Crewkarten. Jeder an Bord war eine Nummer, Tania erhielt die Crewkarte #210. Der Crewmember mit der #210 war seit Jahren und würde für immer der Purser an der Rezeption sein und Crewmember #343 würde immer der Sous-Chef in der Küche sein. Das war Hannes' Job. Seit sechs Jahren war er im Dienst der Royal Norway. Heimaturlaub in Österreich, Kärnten.

Tania griff neugierig ins Fach: #612 – der Potatoman. Was für ein Job! Er allein muss von morgens bis abends zentnerweise Kartoffeln in die Kartoffelschalen-Abrubbel-Maschine werfen und schält sie danach grob weiter, bevor sie von den Köchen zu gleichgroßen Kügelchen, Rauten oder in Pralinenform weiterverarbeitet werden. Die unterste Karte, Crewmember #342, war Kabinen-Stewardess Birtje Johansson. Hübsch ist sie ja, auch müde auf dem Bild, fand Tania. Spannend fand Tania auch Crewmember #667, den Garbage Manager. Noch so ein interessanter Posten! Ein Müllmanager! Die Internationale Maritime Organisation (IMO) gibt genau vor, wie mit Müll umzugehen ist. Die IMO hat lauter Müllmanager geschaffen.

Die kippen nicht einfach alles über Bord.

Nass-Müll wird zum Beispiel in einem sogenannten Pulper zerkleinert, dann wird dem Brei das Wasser entzogen. Der getrocknete Ballen wird an Land entsorgt. Alle Verpackungen aus Metall, Dosen oder Kanister werden mit Hydraulikpressen in Pakete geformt. Tanja sah diese Pakete vor der Gangway liegen, manche Passagiere hielten sie für Kunstobjekte und fotografierten sie. Glas wird zerschreddert und darf legal auf See entsorgt werden.

Die Kraken bekommen Glitzerregen. Somit wurde unter der Aufsicht des Müllmanagers jeder Mülleimer an Bord untersucht und deren Inhalt getrennt. Jeder

Kabinensteward freut sich auf den Griff in die kleinen Müllkörbchen im Zimmer. Hier wurde auch schon mal eine Pistole im Müll gefunden. Der Müll wurde auch von den Kabinen-Stewards getrennt. Die Filipinos, die die Crewdecks reinigen, begutachteten ebenfalls jeden Gegenstand, der im Müll in den Crewkabinen liegt. Jeder, der an Bord kommt, muss seine Crewkarte in den Setzkasten reinlegen und jeder, der geht, muss sie mitnehmen, auch darauf passen die Security-Filipinos auf. Einer der Filipinos beobachtete Tania bei ihren Gedankengängen.

„Vergiss die Karte niemals. Denn, wenn beim Losfahren des Schiffes deine Karte fehlt, lass ich Dich über das ganze Schiff ausrufen. Und wenn Du dann nicht kommst, fahren wir ohne Dich los."

Tania hörte aufmerksam zu. Er wurde strenger. „Dabei sind wir nicht sehr geduldig. Wir warten noch maximal 15 Minuten nach Durchsage, dann gebe ich deine Papiere dem Royal-Norway-Hafenagenten." Tania lächelte, sie fand es unangebracht, aber schmunzelte recht kindlich darüber, dass es hier wie beim Schäfchen zählen war, wie auf dem platten Land.

„Darf ich eine Frage stellen?"

„Na klar! Wenn Du es kurz machst!"

„Was war das eben für eine komische Evakuierung? Stimmt das, es war eine Bombendrohung?"

„Ja, fürchterlich! Seit den Querelen im Nahen Osten sind alle ein bisschen nervös.

Manche finden das vielleicht aufregend. Kaum an der Pier und mit dem Shore-Telefon Fort Lauderdale verkabelt, kriegen wir hier öfter anonyme Anrufe. Ich finde das überhaupt nicht lustig!“

„Ist denn da was dran?“ Tanias Stirn hatte Sorgenfalten.

„Nein. Bislang nicht. Telefonspinner. Kümmer Dich nicht. Komm! Erstmal gehen wir in mein Büro.“

Zwanzig Minuten „Hi's“ und „Bye's“ und ewiges Karte raus und rein vergingen, ehe sie mit der strammen Personaloffizierin in das Personalbüro gehen konnte. Treppe runter, durch sechs Gänge über vier Schotten, dann Treppe rauf, halbe Drehung, Gang bis hinten durch, Kabinen halboffen, Kabine offen, Crew in Unterhemden, Bademänteln, Musik, Poster, mehrere verschiedene Gerüche, von Fußschweiß bis After Shave, bis Tania vollständig die Orientierung verlor. An den Ecken und Wänden auf A- und B-Deck hingen keine Pläne des Schiffdecks mit roten Hinweispunkten: Sie befinden sich HIER! Was Tania sofort ins Auge fiel, waren so komische Plakate mit Männchen und spitzen Kegelhüten darauf, wie beim „Fang den Hut“-Spiel und einer Warnschrift: „Be Wise-Condomize“, sei weise, benutze Kondome. Das andere Plakat zeigte eine Spritze und einen Giftkopf, unter denen man ewig lange DRUG-Regulations und DRUG-Warnings lesen konnte. Die hingen an jeder Ecke und halfen ihr daher leider nicht bei der Orientierung; Tania bekam eine leise Vorahnung vom wilden Tun unter Deck.

Irgendwann kamen Tania und die Personalchefin hinten am Heck aus einem Schiffs-Schott heraus und traten in brennendes, gleißendes Mittags-Tageslicht. Tania konnte das Zusammenziehen ihrer Pupillen spüren, es tat fast weh, sie folgte einem kurzen Weg über das Außendeck, dann wieder hinein in einen verschachtelten Raum hinter schweren Türen. Tania fühlte sich bedrückt von dem schweren Stahl und sie kam richtig außer Atem vom Auf und Ab. Dann saßen sie endlich im Büro der Personalchefin. Eine Stunde füllte Tania Formulare aus, ganz tapfer schrieb sie so sauber sie konnte, obwohl ihre Hände leise zitterten. Dann sollte sie sich für das Crewfoto an eine Wand stellen. Das Foto für die Crew-Card #210 ließ Tania für immer viel müder und älter aussehen, als sie in Wirklichkeit war. Sie war 25, Muttersprache Deutsch, Geburtsort Hannover.

Fremdsprachen: englisch, spanisch, französisch. Dementsprechend bekam sie vier Nationalflaggen auf alle ihre Namensschilder geklebt. Man klebte ihr die belgische Flagge falsch herum drauf, denn eine deutsche Flagge gab es nicht.

Tania, Rezeptionist.

Tania hatte mit 18 Abitur gemacht und war dann für ein Jahr als Au-Pair bei einer Bänkerfamilie in Los Angeles gewesen. Amerika lockte mit seiner Freiheit. Weil sie niemals wieder mit Gleichaltrigen perspektivlos an Schulen oder gar einer Uni sitzen, sondern in der Weltgeschichte herumspazieren wollte, hatte sie dann in einem recht passablen Mittelklasse Sporthotel in Süd deutschland eine Ausbildung zur Hotelfachfrau gemacht. Danach wollte sie im Club-Mediterranée unterkommen, aber sie war beim Casting wohl nicht witzig genug. Die Franzosen hassten die Deutschen immer noch. Also befolgte sie den Rat eines Berufsschulkollegen: „Tania, fang doch nicht unten im Club Med an, fang ganz oben an, 5 Sterne! Ritz-Carlton! Nach unten kannst Du doch immer noch." Tania verbrachte eine lange Zeit in den fünf Sterne Häusern der Schweiz und lernte in Zürich den Personalchef der Royal Norway Ltd. kennen.

Die blonde Frau nahm Tania ihren grünen Reisepass ab und richtete ein Lohnkonto ein. Tania fand, dass der Job mit 1100 US Dollar gut bezahlt war, der Dollar stand zur D-Mark doch 1:3.

„Du musst jetzt zum Schiffsarzt, ich bring Dich hin. Du findest es ja doch nicht." Die blonde Frau tat sehr mitfühlend, aber Tania wusste, sie wurde einfach nur weitergereicht, das Formelle war eben sehr unpersönlich. Sie sah es der Blonden nach. Dr. Sven Larsson hatte sein Arztzimmer am anderen Ende des Schiffes, ebenfalls in dunklen Katakomben. Er hatte eine gut gebaute zwei Meter Statur, braungebrannt im kurzen weißen Hemd mit weißer Hose. Seine Haare waren nach hinten geföntund seine Zähne waren erstklassig gepflegt, so weiß, wie das Hemd. Er musterte Tania, wie sie da so hilflos stand. „Setz Dich!"

„Muss ich untersucht werden?"

„Hast Du Angst davor?"

Tania war verschreckt.

„Hast Du die Seetauglichkeitsbescheinigung vom deutschen Arzt mit?"

Tania stellte fest, wie hanseatisch blau seine Augen und wie kräftig sein Blick war.

„Hier", sie gab ihm die Papiere. Tania war verunsichert. Sie wollte nicht schon wieder von einem Fremden untersucht werden. Das hatte der Arzt in Hannover doch schon gemacht. Larsson stellte noch ein paar Fragen zu den vielen Kreuzen auf dem Blatt. Tania wusste nicht, ob sie ihm trauen konnte. Er bat sie, den Arm frei zu machen, aber der Ärmel des T-Shirts war zu eng, um ihn einfach hochschieben zu können. Sie weigerte sich jedoch, es auszuziehen. Er fummelte das Blutdruckgerät über den Arm, leuchtete ihr in die Pupillen und ließ sie die Zunge herausstrecken.

Danach wurde Tania von einem Filipino abgeholt und über ein Treppenhaus in die Kabine für Crewmitglied #210 gebracht, was ungefähr in der Mitte des Schiffes auf der Steuerbordseite, aber drei Etagen tiefer lag. Er gab weitreichende Informationen für die für Crew #210 vorgesehenen, eingeschränkten Bereiche: In Purser-Garderobe dürfte sie praktisch überall hin- und durchgehen, sie dürfte sich aber nirgends aufhalten oder gar setzen, weder im Scandinavian Restaurant Deck 7, noch an der Pool-Bar oder an der Piano-Bar an Deck 9. Das Casino sei total tabu, Showbühnen, Theater und Kino waren nur an extra angekündigten Crewabenden erlaubt. Einkaufen, so Kleinzeugs wie Zahnpasta usw., konnte man in der Crewmess, in den Bord-Shop durfte man nur an Seetagen für zwei bestimmte Stunden.

„Die Crewbar macht täglich um halb elf auf."

„Morgens?" Tania stand unbeholfen auf einem Schott.

Der Filipino lächelte: „Abends!" Sie ahnte, dass die Uhr hier anders ticken würde. Tanias Kabine lag auf dem A-Deck, eines unter dem Pazifik-Deck, dem ersten Passagierdeck, ziemlich in der Mitte des Bootes, mit Bullaugen nach außen zwischen 15 weiteren Kabinen nach vorn und nach hinten auf der in Fahrtrichtung rechten Seite des Schiffes.

Steuerbord. Starboard.

„Ich wohne Steuerbord." Sie sagte es laut vor sich hin, um es sich einzuprägen. Die Kabinen waren fünf Mal 2,50 m groß, 12 qm inklusive der Bettflächen für zwei Frauen. Wenn man die Tür aufmachte, knallte sie schon fast links gegen das einzige Waschbecken, welches eine kleine Ablage unter einem kleinen Spiegel hatte. Rechts standen zwei Spinde, daran angrenzend das Etagenbett für zwei Personen. Hinten an der Wand befand sich ein 30 cm langes Regal, breiter war die Wand nicht, und das Bullauge. Es war mit dicken Schrauben zugeschraubt, nicht zu öffnen, hatte aber Gardinen und einen Metalldeckel zum zusätzlichen Verriegeln der Fenster bei starkem Seegang. Dann ein Miniklapptisch und ein Sessel. „Mehr nicht?" Tania verzog die Mundwinkel. „Danke erstmal", sagte sie zu dem Filipino. „Weißt Du, wer hier noch wohnt?" Noch war das Bett unbenutzt. „Crew #211, weiß ich. Aber ich kenne sie nicht." Tania wollte alleine sein. Sie war sprachlos. Der Filipino lächelte höflich und zog die Tür hinter sich zu. Sie schmiss ihre Taschen erst einmal nur an die Wand der Kabine. Dass das zweite Bett ein paar weitere Tage unbenutzt blieb und erst danach mit der schrecklichsten Kollegin ihres Lebens belegt werden sollte, wusste sie am 1. Dezember noch nicht. Das war gut so. Ihre ersten Tränen blieben unerkannt.

Nach ein paar Minuten klopfte es an Tanias Tür. „Excuse me, lady. Wir müssen zur Kleiderausgabe." Der Filipino hatte brav vor Tanias Tür gewartet. Sie fand das respektvoll, wenn sie sich auch ein wenig schämte, weil sie vielleicht vorhin etwas zu schroff zu ihm gewesen war. Der Filipino nahm Tania mit zur ‚Crewgarderobe', zum Einkleiden. Sie gingen den langen Gang entlang nach vorn, vorbei an den Männerkabinen, wahrscheinlich ans andere Ende des Schiffes. Der Filipino hatte einen perfekten Lauf-Rhythmus, gleichgroße Schritte, dann immer mit dem rechten Fuß über das Schott, es sah aus wie galoppieren. Tania glaubte, sich am Bug zu befinden, denn die Garderobenstangen gingen in dem Raum irgendwie schief bergauf. Ein weiterer Filipino gab ihr ihre Purser-Garderobe: Zwei dunkelblaue, nach unten breiter werdende Röcke über Knie lang, aus einem Woll-Synthetikgemisch, mit einem blauen Taftunterrock gefüttert. Dazu gab man ihr zwei blauweiß gestreifte Blusen mit weißem Rundkragen, zwei graue Westen und ein weinrotes Halsband, aus Paspelband. Das war auch 1990 schon out. Die Verzweiflung darüber, dass sie nicht in Offiziersweiß ausgestattet wurde, trieb ihr ein zweites Mal die Tränen in die Augen. Diesmal blieben sie nicht unbemerkt. Neben ihr holte der Kellner Franc, ein kleiner Franzose mit schwarzen Kräuselhaaren, seine Kellnerwesten ab.

„Uuh la la, you don't like dis?" Seine blauen Augen lächelten spöttisch, aber mitfühlend. Tania wollte nach Hause. „Warum bin ich nur immer so verdammt mutig?", fragte sie sich auf dem Rückweg, bei dem sie dreimal über die Schotten stolperte, in irgendeinem Männerkabinentrakt stecken lieb, in dem es nach Fußschweiß roch, umdrehte, in die andere Richtung ging und dabei mit ihren Kleiderbügeln zwei Poster von irgendeiner Kabinentür riss. Dann stand plötzlich wieder Franc vor ihr. „You need help!“, stellte er fest. Seine Augen waren fast hellblau und strahlten wie der Himmel. Sie stellte fest, dass er der erste Franzose war, der es gut mit ihr meinte. Sie fing an, mit ihm auf Französisch zu reden, was Franc sehr freute.

„Ich war mit 14 zum ersten Mal in Frankreich mit irgend so einem Turnvereinaustausch. Sie haben mich „Choucroute“ genannt.“ Was so viel bedeutet wie ‚Sauerkraut'.

„Guten Morgen, Boche“, antwortete Franc.

„Genau. Ihr Franzosen wisst Bescheid.“

Was Tania von damals in Erinnerung geblieben war, war die ablehnende Haltung der älteren Franzosen, so stand das Wort „Boche“ für den deutschen Dickschädel.

„Wann endlich vergeben Franzosen den Deutschen wegen der Kriege?“, fragte sie Franc. „War es wirklich so schlimm für Dich?“ Franc war jetzt doch an der Ehre gepackt.

„Ja!“ beschwerte sich Tania. „Ich wurde ständig ignoriert, am Postschalter oder im Kramladen. Ich wurde einfach nicht bedient. Ein deutsches Mädchen zu sein, 1965 geboren, hat in Frankreich bedeutet, Schuld an den Kriegen zu haben. Ich hatte null, absolut null damit zu tun!“

Franc sagte dazu nichts. Tania rechtfertigte sich schon wieder: „Meine Eltern sind keine Nazis, mein Opa war einfach nur Soldat!“

Franc beteuerte nach ein paar Momenten, die sie schweigend nebeneinander gestanden hatten: „Wir

Franzosen haben uns im Vietcong auch nicht gut benommen, glaube ich, aber unser Essen ist besser als eingelegter Weißkohl.“ Tania lachte zwar und mochte seinen Humor, aber sie verstand selbst nie, warum sie sich ihrer Nationalität immer schämte, aber in der gesamten Jugend im Ausland war es so: Deutsch sein, hieß schuldig zu sein. Die Schuld lastete wie Beton auf ihren Schultern, die nun wirklich gar nichts mit dem Holocaust zu tun hatten. Tania fühlte sich immer schlecht behandelt und musste sich rechtfertigen für Dinge, die sie nicht erlebt hatte. Sie versuchte, diese Zeit zu verdrängen. Anne Frank, die Pflichtlektüre für jeden deutschen Schüler, war noch zu ertragen, aber die unzähligen Filme über die Leichenberge in Auschwitz, die man den Schülern schon in der ersten und zweiten Stunde auf nüchternen Magen vorführte, waren unerträglich und konnten nicht aus dem Gedächtnis verdrängt werden. Das Schuldbekenntnis der Deutschen gegenüber allen Juden klebte an ihr wie Teer.

„Ich schäme mich, Deutsche zu sein. Zeit meines Lebens! Ich wünschte, ich wäre keine!“

Franc wirkte erstaunt: „Wegen ein paar Juden? Die waren doch auch nicht besser! Wer kam denn bloß auf diese idiotische Idee, die Juden in Palästina anzusiedeln?“ Franc hatte keinerlei Hemmungen. Tania erstaunte das. „Die Juden haben den Palästinensern das Land weggenommen, mit Mord und Vergewaltigung.“

„Ja, da hast Du recht. Aber wehe irgendein Deutscher sagt seine Meinung dazu. Wehe den Deutschen, die das Unrecht finden. Kein Mensch hatte sich getraut, jemals die Juden zu kritisieren. Das dürfen andere machen,

Franzosen, wie Du, aber wehe ich, wehe die Deutschen!“

„Hast Du die Bombendrohung mitgekriegt?“ Franc sagte das ganz nebenbei.

„Da braut sich doch wieder was zusammen!“

Sie standen noch immer zwischen den Schotten. Francs Westen waren schon dreimal vom Bügel gerutscht. „Dein französisch ist sehr gut.“ Franc lächelte wie ein Croissant. Sein Kompliment tröstete sie ein bisschen. Das Sprachenlernen war ihr in die Wiege gelegt, sie konnte fast akzentfrei französisch sprechen, das englische „th“ war lispelfrei und auch ihr spanisches „r“-Rollen klang beeindruckend Kastellan. Tania lernte alle Sprachen ganz schnell, um niemals als Deutsche entlarvt werden zu können. Es gab ihr das Gefühl, freier zu sein. Die deutsche Fahne zu tragen war ihr peinlich.

„Ich habe noch nie in meinem Leben einen Juden getroffen. Weißt Du das?“

„Na da wirst Du noch genug Gelegenheit an Bord bekommen. Freu Dich nicht zu früh drauf! Sie sind steinalt und sehr anspruchsvoll und ihre Rollatoren fahren Dir über die Füße. Mir gehen sie auf den Geist!“ Jetzt auf dem Schiff würde sie also zum ersten Mal Bekanntschaft mit Juden machen. Ihre Familien hatten den Holocaust wahrscheinlich erlebt, dachte sie sich im Stillen, während sie bemerkte, dass sie nun wirklich zu ihrer Kabine gehen sollte.

„Kannst Du mir helfen bitte, ich weiß nicht, wo es lang geht.“ Tania war bereit, Franc überallhin zu folgen. „Wo willst Du denn hin?“, erwiderte er. „In meine Kabine!“ Tania schämte sich, so unsicher zu sein. „Irgendwo neben dem Fotolabor. Steuerbord!“ Franc nickte und ging quer, dann längs und dann wieder quer und längs auf der anderen Seite und stand dann sicher vor ihrer Tür. Sie wäre sogar an ihrer eigenen Kabine vorbeigelaufen, hätte er sie nur zum Anfang der Ganges gebracht. Aber hier war ein gutes Orientierungs-Merkmal: Gegenüber ihrer Kabine, nach innen, war das Photo-Lab. Hier arbeitete der Bordfotograf. Das konnte sie sich sicher gut merken. Sie konnte allein schon dem Geruch nachgehen: Hier roch es nach Entwickler und Bleichmittel, es war ein schwerer, süßlicher Geruch, den sie kannte und mochte. Tanias großer Bruder vergrößerte zuhause im Keller Fußballfotos. Er war Fotograf geworden. Er machte ein bisschen Werbung, ein bisschen Eigenes, aber am liebsten Fußball. Sie verschwand in der Kabine, schmiss ihre mausgraue Purser-Kluft in den Sessel, sich aufs Bett und weinte wieder. Das ist das schöne bei Frauen: Es kommt einfach so raus und Frauen wissen, dass es reinigt und guttut.

Die Klimaanlage in ihrer Kabine war eine viereckige Metallplatte, die an der Decke hing und die man zu- oder aufschrauben konnte. Weit offen viel Luft, halb weit offen, weniger Luft. Zugeschraubt: Ersticken! Das Ding war genau über dem Etagenbett. Tania entschied sich ganz schnell, oben schlafen zu wollen. Sie war sich sicher, dass konditionierte Luft besser war als gar keine. Sie versuchte tief einzuatmen, aber die Luft war kalt und trocken. Sie musste husten. Wahrscheinlich war auch ein bisschen Dreck und Staub in der Luft. Tania sah in Gedanken nur kurz einen grünen Wald vor sich, aber begrub das Bild schnell wieder. Sie hatte sich entschieden, sie wollte sich jetzt nicht beschweren. Dann vibrierte plötzlich die ganze Kabine und es roch nach Diesel. Die MS Royal Norway schmiss ihre Motoren an, so langsam konnte es losgehen. Sie beschloss das Auslaufen mit Winken und Tuten zu verpassen und fing an, ihre Sachen auszupacken. Nichts schien irgendwohin zu passen, die Ablage am Spiegel war schon voll bei Shampoo, Duschgel und Zahnpasta, genauso gab es im Regal nach vier Taschenbüchern, ihrem Tagebuch und Etui schon keinen Platz mehr. Der Spind war auch nicht gerade groß. Sie murmelte vor sich hin –Wo um Himmelswillen lass ich meine Hosen?– und kramte unterm Bett zwei ausziehbare Schubladen hervor. Sie konnte sich vorstellen, wie gemütlich diese kleine Kajüte sein könnte, aber was, wenn hier noch jemand wohnte? Es klopfte an der Tür. Sie ging auf und dort standen Maggie und Sandra.

„Hi, I am Maggie, this is Sandra, would you like to join us for dinner?"

Maggie war vier Jahre älter als Tania und kam aus Australien. Ihr Haar war voller rotbrauner Krausen, schulterlang. Ihre Augen waren dunkelbraun, groß und fröhlich. Ihr Vater war Grieche und Kapitän auf der MS Crystal Elegance, die wie zwanzig weitere Kreuzfahrtschiffe um diese Zeit auch durch die Karibik schipperte. „Ich seh ihn hoffentlich in Barbados, da liegt die Crystal Elegance auch", war das einzige, was sie zu ihrem Vater sagte. Um ihre Augen konnte man eine Menge Lachfalten sehen. Sie hatten beide einen recht x-beinigen Gang und trugen zusätzlich diese unsäglichen Purser-Klamotten. Leider machte der Rock den Hintern viel breiter, als er wahrscheinlich war. „Das hier ist meine Freundin Sandra, wir wohnen zusammen zwei Türen weiter." Ihre Freundin Sandra guckte etwas argwöhnischer drein, fast abschätzend. Sie schüttelten sich die Hände.

„Ich bin Kassiererin. Immer eine hat Früh-, die andere aus der Kabine Spätschicht. Sonst würden wir uns wahrscheinlich die Augen auskratzen."

Die beiden kicherten. Es wirkte sehr vertraut und Tania hoffte, sie könnte mit ihrer Zimmerkollegin auch eine so nette Freundschaft aufbauen. Sandra kam aus Gotland in Schweden, wohnte in dem Dorf, in dem angeblich Pippi Langstrumpf geboren wurde. Sie war blond, hatte einen kurzen Bürstenschnitt und war zu Maggie vergleichsweise farblos, sie hatte ihre Pickel, die fast aussahen wie Akne, mit einer Deckpaste übergeschmiert. Die Haut wirkte dadurch sehr vernarbt. Sie kannte jeden auf dem Weg zur Kantine und begrüßte alle mit „Hi". Sie fiel irgendeiner anderen Schwedin, die Tania schon im Crewbus und im Crew Hotel gesehen hatte, um den Hals und sofort ging der schwedische Singsang los, was für Tania alles klang wie „Smörrebröd".

„Ich spreche Englisch. Nichts weiter", lächelte Maggie selbstbewusst als sie auf Tanias Nationenfahnen am Namensschild schielte, „hungrig?"

Auch in schlimmen Zeiten, selbst bei Liebeskummer, blieb das bei Tania nicht aus: Appetit und Hunger. Die Schlange der Crew, die ihr Tablett vor sich herschob, war lang. Es gab unzählige Salate, körbeweise Brot und tonnenweise Kräckerzeugs. Durch die Ausgabe hindurch konnte Tania Hannes erkennen, Sandra erkannte ihn auch.

„Hannes, I go crazy, you are here?!“ Hannes winkte, er hatte schon die Kochklamotten an und sprach mit einem anderen Koch. Es war ihm sichtlich peinlich, Sandra zu treffen, das konnte Tania merken. Sandra hatte mit ihm auf der MS Royal Scandic gearbeitet, vor zwei Jahren. Er wollte auf diesem Schiff schließlich als Sous-Chef beginnen und nicht von Ehemaligen als Gemüse-Koch enttarnt werden, der er acht Jahre lang auf anderen Schiffen gewesen war. Zum ersten Mal seit Jahren wollte man ihm die Verantwortung des Sous-Chefs übertragen, er war jetzt die rechte Hand vom Küchenchef und trug allein die gesamte Verantwortung des Fleischpostens. Hannes war eigentlich ein seltsamer Koch. Seine eigenen kulinarischen Lieblingsgenüsse waren rustikal, fast mittelalterlich; er konnte einem gebratenen Vogel plötzlich einfach das Bein abreißen und herzhaft die Vogelwade abbeißen, dass es spritzte. Er zog salzige Sardellen durch das Eigelb eines Spiegeleis und legte die von Eigelb tropfende Sardelle dann quer auf die Zunge, bei offenem Mund. Er briet sich selber in kleinen Pfannen Leber an und legte Quitten oder Himbeeren dazu. Und alles, wirklich alles machte er mit den Fingern. Ohne Kochwerkzeug, ohne Löffel, ohne Wender, sogar ohne Fleischgabel. Das war nicht schön anzusehen. Die Hände hatten mehrere Brandnarben und waren gegen Hitze nicht mehr so empfindlich, weswegen er Filets im heißen Fett mit den Fingern wenden konnte. Die Daumen waren vom Schälen der Kartoffeln an der Innenseite nicht mehr sauber zu kriegen. Jede Hautfalte dort war schwarz. Außerdem schnitt sich Hannes die

Nägel kurz, aber er schnitt sie auch krumm und schief und ohne die Finger vorher wenigstens einzuweichen. So konnte man glauben, sie seien allesamt abgekaut worden. Kaum ein Koch konnte süß und salzig auf der Zunge so fein trennen, wie Hannes. Noch war es jedoch nicht an der Zeit, die Passagiere exotisch zu bekochen. Er musste sich vorerst damit begnügen, manche Dinge ins Essen einzuschmuggeln und war es nur ein Hauch von Zimt, der den starken, muffigen Fleischgeschmack beim Schwein ein wenig wegnahm, auch gehörte er zu denen, die damals schon Schokolade und Chili an Geflügelsoßen gaben, ohne dass die Passagiere beide Noten herausfiltern konnten.

Tania war mit dem Essen in der Crewkantine sehr zufrieden. Sie aß reichlich. Wasser konnte man sich nehmen, so viel man wollte, es fehlte an nichts. Es kostete nichts. Draußen ging langsam die Sonne unter. Das Schiff setzte sich langsam in Bewegung, grob konnte sie durch die Fenster der Kantine die Kaimauer und das Terminal langsam verschwinden sehen, dann hörte sie drei laute Signale.

Das Ausflippen der Spinner auf den Balkonen der Hochhäuser sah sie durch das Fenster.

Überall standen Leute und jubelten herüber. Eine Frau mit Lockenwicklern und rosafarbenem Morgenmantel winkte wie verrückt herüber zum Schiff und warf Kusshände. Tania sah viele hunderte Blitzlichter aus den Kameras der Passagiere vom Pazifik-Deck auf die Luft und die Mücken zwischen Schiff und Wohntower knallen. Im Fotolabor beim Bordfotografen lagen schon zwei Tage später hunderte Abzüge im Trocknerschacht, auf denen die rosafarbene Frau mit Lockenwicklern zu sehen war. Ebenso viele Bilder, die nichts geworden waren, auf denen sah man nur eine vom Blitz hell erleuchtete Reling, vier angeblitzte Mücken, das Hochhaus im tiefen Dunkel war noch nicht einmal ansatzweise zu erkennen.

„So, wann fängst Du morgen früh an?", fragte Maggie, sie steckte sich eine Zigarette an.

„Ich weiß es nicht," antwortete Tania, „wen muss ich denn fragen?"

„Sei mal um sieben da, mit Sandra. Der Hoteldirektor begrüßt Dich dann, wenn er Zeit hat. Erstmal nur zugucken. Hast Du schon mal an einer Rezeption gearbeitet?"

„Ja, klar." Tania lehnte höflich die Zigarette ab, die Maggie ihr anbot.

„Gut, dann kann ja nichts schiefgehen. Wird schon klappen. Mach Dir keine Sorgen."

Sie stellten das Tablett zurück und Tania hoffte, Maggie würde sie zur Kabine zurückbringen, aber Maggie ging zur Rezeption zurück. Somit blieb Tania nichts anderes übrig, als auf Sandra zu warten. Sie wollte nicht schon wieder verlorengehen und wusste beim besten Willen nicht, auf welchem Deck sie sich gerade befanden. Aber Sandra hatte frei und hatte nicht vor zu gehen, sie plauderte mit ein paar Stewardessen. Tania hörte stumm zu und sah sich im Raum um. Die Crewkantine war riesig. Hier konnten fünfhundert Menschen gleichzeitig sitzen und essen. Hintereinander standen lauter lange Zehnertische. Etwas fiel Tania sofort auf: Die Nationen waren unter sich. Hinter ihnen saßen wohl Spanier oder Franzosen, offensichtlich Kellner, ganz hinten saßen Chinesen, gemischt, Männer und Frauen. Und ganz viel weiter hinten saßen die Filipinos, Männer und Frauen, teilweise in Blaumännern, teilweise in weißen Kitteln. Alle Offiziere und alle Unterhaltungskünstler hatten ihre Unterkünfte auf dem Brückendeck und ihre eigene Kantine. Es gab aber auch tschechische Musiker, die an der Piano-Bar Klavier, Cello oder Harfe spielten und eine Gruppe Schwarzer aus Barbados „Die Calypsos", die meistens Reggae- und Blechkanistermusik aus dem Synthesizer machten. Diese Gruppen durften nicht auf dem Brückendeck schlafen, sondern waren auf dem A-Deck, wie die restliche Crew. Die Brücke war auf dem achten Deck. Tania war sehr neugierig und wollte gern wissen, wie es auf der Brücke aussah.

Sie sah den Filipino, der sie zur Garderobe gebracht hatte, und winkte ihm kurz unauffällig grüßend zu. Dieser lächelte, aber winkte nicht zurück. Die Filipinos waren Tania von Anfang an die sympathischsten Kollegen. Ihr Blick fiel auf zwei Typen, die lauthals auf Englisch grölten. Sie waren gekleidet wie zum Golfspielen, der eine sogar mit Krawatte. Eine Kamera um den Hals verriet sie. Tania sprang hoffnungsvoll auf und lief ihnen nach, als die beiden aufstanden, vielleicht waren sie ja auch auf dem Weg nach unten.

„Hi, I'm David, this is Craig, we are from England, we are working in the Photo-Lab."

„Hi, I'm Tania, nice to meet you. We will meet often, I live next to your lab."

„Ahhh the new Rezeptionist, I understand, you come

from Sweden?"

„No, I'm German."

„Nice to meet you, Tan! You come from Eastgermany or Westgermany?" David, der mit der Nickelbrille, rülpste dabei auf. Tanja antwortete nicht, aber das störte David gar nicht. So konnte Tania recht zügig hinter ihnen hermarschieren und kam sicher an ihrer Kabine an. Tania schlich sich nur noch einmal zum Klo raus. Die sanitären Anlagen waren 50 Meter weiter weg, zwei Schotten weiter Richtung Achtern. Hier gab es sechs Klos und sechs Duschen für jedes Geschlecht. Zurück verriegelte sie die Kabinentür und kam fast die Räuberleiter zum oberen Bett nicht hoch, geschweige denn klappte das Eindrehen des Kopfes unter der Klimaanlage gleich. Sie schlug sich noch den Kopf an der Metallplatten-Ecke, dann lag sie endlich in ihrem Bett, mit Blick an die Holzimitat-Decke und auf die Schrauben. Das Schiff rollte und stampfte mit einer furchteinflößenden Kraft. Es war laut und schaukelte. Das ist das Schöne an Schiffen. Man wird in den Schlaf geschaukelt, wie im Arm einer dicken Oma, und fühlt sich durch das Dröhnen wahrscheinlich wie in den Mutterleib zurückversetzt. Sie schlief bis zum nächsten Morgen, noch sechzig Seemeilen von den Bahamas entfernt, einen tiefen, bleiernen Schlaf.

Nassau, Bahamas

Der nächste Tag begann unspektakulär: Ein Blick aus dem Bullauge, das Wasser war hell und blau. Tania standen die Haare zu Berge, weil die Luft so trocken und spröde war. Die hautfarbene Nylonstrumpfhose, zu der sich jede Purserin verpflichten musste, klemmte und klebte. Gleich am ersten Tag führte der Sicherheitskapitän Kapitän Gunnar Holmberg, ein Finne, die neue Crew auf der Brücke zusammen und erklärte die wichtigsten Aufgaben der jeweiligen Crewmember. Die Aufgabe von #210 war es, bei Alarm und bei allen Übungen zu Lebensrettungsboot #10 zu gehen und grundsätzlich immer darauf zu achten, dass die Passagiere aus den 16 Backbordkabinen des Atlantik-Decks von 162 bis 198, sowie einige bestimmte Crewmitglieder anwesend waren. Gunnar gab Tania eine entsprechende Liste.

Des Weiteren gab es Codes, die nur über die Bordansage auf Crewebene zu hören waren. Für diese Codes sind ebenfalls bestimmte Crewmember zuständig. Tania hatte davon noch nie etwas gehört und notierte die Codes in ihrem Notizbuch.

Code Alpha: Verletzter, Kranker, Unfall

Code Bravo: Feuer.

Und als letztes Code Oscar: Mann über Bord.

Gunnar Holmberg sorgte auch dafür, dass am ersten Tag nach Auslaufen des Schiffes, die erste Lebensrettungsboot-Übung mit allen Menschen auf dem Schiff durchgeführt wurde.

Der Alarm war ohrenbetäubend, sieben lange Signale

aus vollem Rohr und dann rannte alles mit bereits angelegten Rettungswesten nach oben. Tania war sehr aufgeregt. Interessant fand sie, dass sogar die Laufrichtung, in der die Passagiere aus der Kabine herauslaufen sollten, dort genauestens festgeschrieben ist, damit sie nicht kreuz und quer und sich nicht über den Haufen rannten. Und dann kontrollierte Tania anhand der Liste, ob alle fünfzig Menschen vor ihrem Boot mit der Nummer 10 auf dem Mediterranen-Deck angekommen waren und die Westen richtig umgebunden hatten. Manche hatten ihre Arme nicht in die Weste stecken können, weil ihr Kreuz zu breit bzw. sie zu dick waren. Dann sah die Weste aus wie ein Schulterpolster. Tania schrieb sich die Kabinennummern von den XXL Menschen auf. Die Westen mussten ausgetauscht werden. Ohne Westen konnte man nicht überleben und nicht gefunden werden. Sie reflektierten und leuchteten von selbst in der Nacht. 1990 hatten diese Westen große Styropor-Quader in den Brust- und Rückenteilen. Wenn man mit denen falsch auf dem Wasser aufkam, war das Genick garantiert gebrochen. Deswegen war es sehr wichtig, dass die Westen richtig gebunden waren. Zu ihrer großen Freude war auch Franc, der französische Kellner, ihrem Boot zugeteilt, er musste an der Takellage beim Abfieren helfen. Er lächelte ihr zu, als sie alle Passagiere mit Namen aufrief.

„Cabin #444 Goldstein?" „Here."

„Cabin #442 Goldstein Jr.?" „Here."

„Cabin #440 Gomez?" „Here."

In ihrem Boot fehlten nur acht Passagiere. Vier waren beim Frühstück hängen geblieben und genossen das menschenleere Buffet. Zwei weitere Paare waren sonst wo. Hoffentlich machen sie was Sinnvolles, dachte Tania. Es wurden stichprobenartig nur vier Boote bestiegen und der Mechanismus untersucht. Franc prüfte mit seinem Kollegen, ob im Notkasten im Boot noch die Leuchtraketen und Erste-Hilfe-Sachen, wie Axt, Lampen und Messer, lagen und ob der Trinkwasserkanister noch dicht war. Tanias Boot sollte an diesem Tag nicht heruntergefiert werden.

Code Oscar wurde Hannes' Job, Crewmember #445. Es war immer die Zusatzverpflichtung des Sous-Chefs. Bei ‚Mann über Bord' kommen die Ranghöchsten zusammen. Hannes war dafür perfekt, er war wirklich ein athletischer Typ, schlank, muskulös, hatte kräftige, große Hände. Seine Hand strich dauernd die etwas zu langen Stirnhaare beiseite und das hieß in der Küche, dauerhaft ein wenig schmalzige Haare zu haben. Auch auf diesem Schiff schien er die Hälfte aller Köche zu kennen, wie den Küchenchef. Schwaighöfer kam wie er aus Österreich und war seit 25 Jahren auf See. Die Küche war fest in deutschsprachiger Hand, Österreicher und Deutsche. Abgesehen von den Spülern, die Spülküche war fest in Filipino-Hand. Der österreichische Akzent passte zu ihm. Als Koch in Kärnten kochte er meist Schweinehaxen und Bayrisch Kraut mit ordentlich Kümmel dran. Die Hälfte seines Geldes verzockte er im Casino in Seefeld oder in Garmisch-Partenkirchen. Ewig sang Hannes irgendwelche Falco-Lieder. „Ein Hund an den Ketten hat immer nur ein und das Gleiche zu bellen." Er war schwerer Falco-Fan. Man hatte begonnen, ihn deswegen auch einfach „Falco“ zu nennen.

Neben den Menüs war das erste, was die Küchenchefs so miteinander besprachen, die geplante Hütten-Gaudi-Crewparty in den nächsten Tagen. Denn es wurde Winter in Europa und in den Alpen lag Schnee. Eine Party wie diese begann kurz nach Mitternacht, so um halb eins hinten am Heck in der Crewbar, praktisch sechs Decks unter dem Pool-Deck, mit einer ovalen Theke innen, mehreren Barhockern und kleinen Tischen, auch mit vielen Sitzplätzen draußen, aber so gelegen, dass Passagiere das Geschehen der Crew von oben nicht einsehen konnten. Chef der Crewbar war Carlos, ein Amerikaner mit mexikanischen Wurzeln; er war außerordentlich hübsch, nicht sehr groß, aber drahtig gebaut, ein Südamerikaner von oben bis unten. Seine fröhliche Art kam gut an als Chef der Crewbar. Er hatte damit auch ganz schön zu tun. Galt es doch bei jeder Cruise zu versuchen, die Bestände an Corona leer zu saufen, bevor man im Hafen von Fort Lauderdale zurück war. Und schon damals quetschte man Limettenviertel in den Flaschenhals. In der Crewbar wurde schon damals nur Corona oder Heineken und das nur aus Flaschen getrunken. Nur diesen Quatsch mit Zitrone und Salz beim Tequila, den haben sie weggelassen. Die kippten den Tequila einfach in das Corona. Eine Hütten-Jause begann damit, dass als Crewessen natürlich Braten mit Sauerkraut und Knödel, Rote Grütze und Vanille Soße, diverse Wurstsalate und Kartoffelsalate ausgegeben wurden. Und dann wurde einfach nur bayerische Schrammelmusik gespielt, die leer gesoffenen Bierflaschen wurden als Super-G-Tore aufgestellt und man begann den Abfahrtslauf. Den Weltcup trugen die Köche unter sich aus. Wenn in der Karibik die Sonne aufging, sollte man eigentlich in der Kajüte liegen. Dann war es höchste Zeit. Denn alles unter drei Stunden Schlaf hieße, dass man die Knitterfalten und die Gesichtslähmung nicht loswerden konnte, dann war es besser, lieber gar nicht ins Bett zu gehen, dann lieber gleich an die Töpfe. Hannes verließ die Party um fünf Uhr. Franc ging bereits gegen vier. Das Fieseste an diesen Gastronomie-Jobs ist der Schichtdienst. Man arbeitete von morgens früh bis 14 Uhr für Frühstücks- und Mittagsbuffets und war zum Abendessen von 16 bis 23 Uhr wieder dabei. Zwei Stunden Pause in der Zwischenzeit, das reichte gerade einmal zum Luftholen. Zum Socken wechseln. Zum Duschen. Zum kurzen Tiefschlaf mit Faltenbildung. Die Jobs auf Schiffen sind Knochenarbeit: 7-Tage-Wochen, ohne einen einzigen freien Tag, dafür ein bisschen mehr Urlaubsanspruch und Nettobezahlung. Kostet ja nichts, das Leben an Bord, weder Miete noch Verpflegung. Und keine Steuern!

Den Kellnern ging es weitaus schlechter. Denn die werden immer gesehen, können zwischendurch nicht Rauchen gehen, wie es Köche können. Und die Kellner waren die, die am miesesten bezahlt wurden von den Reedereien. Ein Kellner hatte ein Grundgehalt von nur 400 Dollar im Monat und rechnete fest damit, dass er von den Gästen mindestens 900 Dollar dazu bekam. In den Reisepapieren steht: Lassen Sie Trinkgeld für den Kellner, jeden Tag pro Person drei Dollar! Mit diesem festgeschriebenen Trinkgeld übernehmen quasi die

Passagiere den Lohn der Kellner. Die Kellner warteten von 7 Uhr morgens bis zum letzten Langschläfer um 11 mit Frühstück, deckten dann das Mittagessen ein, warteten wieder, bis der letzte Mittagsgast verschwunden war, deckten für den Abend ein und hatten dann zwei bis drei Stunden frei, mussten aber um 18 Uhr wieder da sein und waren dann oft bis 1 oder 2 Uhr nachts am Arbeiten. Es durfte nämlich erst zum Frühstück eingedeckt werden, wenn der letzte Abendgast das Restaurant verlassen hatte. In dieser Kategorie von Schiffen wurde nicht unhöflich mit dem Frühstücksgeschirr geklappert, um die verbliebenen Abendgäste zu vertreiben. Das Restaurant war fest in südeuropäischer, männlicher Hand. Es sind nun mal die besten Kellner der Welt: Franzosen, Spanier, Italiener, Portugiesen. Sie sind ungeheuer flink und charmant. Und hübsch, wie Tania fand. Sie bekam bei schönen Augen hinter langen, hochgebogenen Wimpern bei südländischen Männern schon mal ein kleines Flimmern in ihrer Herzkammer. Franc, der kleine Franzose aus dem kleinen Ort Belley, in der Nähe von Aix-les-Bains in den Savoyen, bediente vier Achtertische mit den Nummern 64 bis 72. Zur Schwingtür sind es von Tisch 64 aus ganze 26 Meter, von der Tür zur Ausgabe weitere 8.

„Weißt Du, was eine silberne Cloche, diese schicke Silberhaube über dem Teller mit Hauptgang, wiegt, Cherie? Zwei Kilo!“, hatte ihr Franc einmal in der Kantine erzählt. Zwei bis drei solcher Clochen schleppte Franc 34 Meter jedem Gast zum Abendessen an den Tisch, mal zwei für Hin- und Rückweg macht das 68 Meter pro Gast mit fast sieben Kilo auf dem Arm. Der

Assistent hob nur noch die Deckel hoch. Und als wäre das nicht schon genug Lauferei, war die Getränkeausgabe auf der anderen Seite des Restaurants. Tania hatte vor allem Mitleid mit den Kellnern.

Ihren zweiten Arbeitstag hatte Tania am frühen Abend beendet. Es tröstete sie ein bisschen, zu wissen, dass sie noch etwas Zeit haben würde für einen Sonnenuntergang auf Deck. Als sie die schwere Schott-Tür nach außen entriegelte, schlug ihr jedoch ein kräftiger Wind entgegen. Sie setzte sich windgeschützt neben den Aufbau des Rettungsbootes. „Hier bin ich nun", murmelte sie vor sich hin. Sie kam sich ganz klein vor. Wie eine kleine Ameise, die sich auf einem schwimmenden Baumstamm befand. Dort sitzend schrieb sie ihren ersten Brief:

Lieber Italo,
es tut mir leid, Italo, einfach nur leid. Ich bin voller Schuldgefühle Dir gegenüber. Ich bin voller Schmerzen. Ich hab zeitgleich körperliche Schmerzen, Abschiedsschmerzen, Trennungsschmerzen.
Mein Herz fällt wie ein Anker so schwer.
Wenn Du noch irgendetwas für mich empfinden kannst, dann schreib mir bitte.
Ich weiß nicht, wohin mit den Gefühlen, alles ist neu und verwirrend.
Ich versuche, mich an meinen Alltag anzupassen, aber noch find ich keine Ruhe,
um Dir alles zu schreiben, warum ich allein entscheiden musste und Dich nicht fragen konnte.

Hier die Adresse vom Hafenagenten in Fort Lauderdale, da bin ich in zwei Wochen wieder.

Tania Berg
Crew Nr. 210
MS Royal Norway
c/o Seaward&Cohen Company Inc.
PO Box 13452
Fort Lauderdale
Port Everglades Station,
Florida 33316
USA

Sie bezweifelte allerdings, dass das alles auf einen Umschlag passen konnte, wenn auch noch Briefmarken draufgehörten. Die Sonne verlor sich schon vor dem Horizont in einem Wolkenfeld, das Meer glich einem ockerfarbenen, flauschigen Teppich. Der Wind frischte auf und Tania fing an zu frieren. Sie ging zurück in den Crewkorridor, die Treppen hoch zur Rezeption, Sandra verkaufte ihr dort die nötigen Briefmarken.

„Der Briefkasten hängt hier rechts an der Wand, Tania." Sie lächelte freundlich. Tania küsste den Umschlag, bevor sie ihn hineinsteckte, und hoffte schon jetzt brennend auf eine Antwort.

Jede Karibikkreuzfahrt begann am dritten Tag nach Fort Lauderdale mit einer ordentlich bewegten Nacht beim Eintauchen des Schiffes in den Bahamas Gürtel, das Schiff unterlag dann solch starken Meeresströmungen, dass es mit ein paar hohen Wellen zu kämpfen hatte.

Wenn dann oben noch der Wind dagegen peitschte, neigte sich das Schiff schon mal 10 bis 20 Grad auf die Seiten, immer abwechselnd nach rechts und links. Dann brach auf dem gesamten Schiff die Panik vor Seekrankheit und Übelkeit aus. Die meisten Amerikaner hatten ja schon vorgebeugt: Sie hatten sich ein Pflaster hinters Ohr geklebt oder Reisetabletten genommen, die so dösig machten wie eine Malaria Prophylaxe. Die Crewleute kannten das auch. Auch Hannes trank an diesem Tag wenig und aß die schwedischen Kräcker in Unmengen, damit nichts, aber auch gar nichts in seinem Magen herumschwappen konnte. Es gab aber auch Tage, da half selbst das nicht und trotz aller Erfahrung erwischte es in dieser Nacht sogar den Kapitän.

Tania und Sandra klebten an diesem Abend Schubladen an der Rezeption mit Packband zu und banden die Stühle mit Expandern fest. An so einem Tag jubelten die Kellner, kamen doch einige nicht zum Essen ins Restaurant. Aber es fluchten die Köche, weil ewig die Schüsseln und Töpfe rutschten. Noch mehr schimpften die Stewardessen: Erbrochenes wegzuwischen war für die Stewardessen eine harte Prüfung. Außerdem hatte es der Arzt schwer, wurde er ewig angeklingelt, weil irgendwer grün wurde und dachte, er würde sterben. Das Gemeine an der Seekrankheit war einfach, dass man sie nicht wieder loswurde, wenn man sie erst einmal hatte. Man denkt, man wird sie erst los, wenn man auf der ersten Insel an Land geht. Aber weit gefehlt. Wenn man als Seekranker an Land geht, ist man nicht erlöst: Man wird landkrank, alles schaukelt und die Knie sind weich und man kann lange nicht gehen, ohne sich an irgendwas festzuhalten. Tania war nur einmal seekrank im Hafen von Saint Thomas. Grün und orientierungslos war sie durch Saint Thomas gewankt. Die nächsten Male hatte sie Kräcker gefuttert, unmittelbar nach dem Winken zu den Fort Lauderdale-Hochhaus-Irren. Das half. Hannes hingegen wurde jedes Mal seekrank in der Nassaupassage, schon beim bloßen Gedanken daran. Er hatte Saint Thomas noch nie gesehen, denn jedes Mal schlief er sich in der Koje am Hafen von Charlotte Amelie gesund. Craig und sein Kollege hatten Ruhe an solchen Tagen. An solchen Tagen zückte niemand die Kamera, geschweige denn, hatte jemand Lust, zur Rezeption zu laufen, um seinen Film abzugeben. Und doch fiel Tania auf, dass der Schiffsdoktor Dr. Larsson fünf Filmrollen direkt zum Photo-Lab zum Entwickeln brachte. Es mussten Bilder mehrerer Cruisen gewesen sein, vielleicht von den letzten drei. Auffallend daran waren die vielen Fotos von blonden Stewardessen im Bikini, an Stränden liegend oder an Barhocker gelehnt. Nie in Gruppen, immer einzeln. Dr. Larsson war für die Gesundheit aller Menschen an Bord der Royal Norway zuständig. In seinem kleinen Krankenhaus auf dem Mediterranen-Deck konnte er alles behandeln, was von Nöten war. Er wurde bei Herzversagen gerufen, Code Alpha, er war Urologe und Gynäkologe, Proktologe und Hautarzt. Er sollte sogar einmal als Hebamme einspringen, denn es sollte angeblich ein philippinisches, kleines Baby geben an Bord. Manche Stewardessen schworen auf ihn als Frauenarzt und ließen sich Pillen verschreiben oder Pilzmittel. Wer hingegen einen Tripper oder eine andere scharf brennende Geschlechtskrankheit aus irgendeinem Puff von den Inseln weitergereicht bekam, ging lieber zu dem Arzt in Fort Lauderdale. Tania schwor sich, sie würde niemals in Dr. Larssons Krankenhaus die Beine breitmachen.

Dr. Larsson fotografierte gern: Passagiere auf dem Krankenbett, Platzwunden, Schnitte am Fuß, Beulen von Allergien, Sonnenbläschen, Verbrennungen am Rücken oder auch Leichen auf dem Weg in den Kühlschrank. Und wenn die Entwicklermaschine mal wieder Mist baute, falsch temperierte oder doppelt belichtete, dann lagen Hunderte von Fotos, ungeschnitten auf Rollen, im Abfalleimer. Später in der braunen Papiertüte. Tania sah eine Papiertüte voll mit Ausschussbildern aus dem Krankenhaus, die ein wenig blaustichig waren. Es waren Rollen, mit je 36 Vergrößerungen, die Tania wie eine Filmrolle aufrollen konnte. Irgendjemand hatte leidenschaftlich das Meer fotografiert. Diverse Male den Horizont. Am Ende der Rolle sah sie eine Tanzszene mit vielen bunten Menschen, die mit bunten Papierblumen und Puscheln dekoriert waren. Craig und Dave stellten jeden Abend ihren Abfall vor die Tür, und Tania, die sich manchmal langweilte, liebte es, sich die Ausschussbilder anzusehen. Sie war neugierig auf diese Fotos. Sie erzählten ihr Geschichten. Sie konnte darauf Dinge sehen, die ihr im Alltag verborgen blieben. Sie konnte an mehreren Stellen gleichzeitig sein. Anhand dieser Bilder bekam sie eine leise Ahnung davon, welche Geschichten sich auf diesem Schiff abspielten und was die Passagiere für Personen waren.

„Hey! Was machst Du da? Wie war dein Name noch mal?“ Craig ertappte Tania dabei, wie sie vor der Tür sitzend eine Rolle Fotos betrachtete.

„Tania heiß ich. Ich wohne hier." Sie zeigte auf die Kabinentür gegenüber.

„Du weißt schon, dass das der Müll ist, oder? Guckst Du gerne in Müllbeutel?" Craig war eher belustigt, als wütend.

„Wenn Du nichts dagegen hast, ich langweile mich manchmal und ich seh mir gern Fotos an." Craig wollte gerade „mach ruhig" antworten, da kam Dave um die Ecke.

„Was gibt's?"

„Tania schaut sich gern unseren Müll an. Ich hab ihr gesagt, ich hab nichts dagegen."

„Schon mal was von Datenschutz gehört? Oder wolltest Du Dich über uns lustig machen,

weil Du Dir gerade die rotstichigen ansiehst?"

„Hey, langsam. In meiner Familie gibt's auch einen Fotografen. Ich weiß, wie schwierig Farbentwickler sind. Es ist mir egal, wie das Foto aussieht. Ich will einfach nur drauf sehen. Auch völlig verfärbte sehen doch interessant aus, oder?

Craig schüttelte seinen Kopf und wollte in sein Labor gehen. Er murmelte zu Dave: „Die kifft doch zu viel, oder? Soll sie sich doch an Farben erfreuen." Tania hörte das gerade noch so, sie war froh, dass er sie nicht daran hindern wollte.

Die erste Insel solcher Ost-Karibik-Kreuzfahrttouren war meist Saint Thomas, gehörend zu den U.S. Virgin Islands, ein Außenstaat der Vereinigten Staaten, der es bis heute nicht als Stern auf Amerikas Flagge geschafft hat. Obwohl es US Inseln sind, waren die amerikanischen

Jungfraueninseln der einzige amerikanische Boden, auf dem die Autos auf der linken Seite fuhren. Gleich im Hafen findet man eine Menge Souvenirshops, die alles anbieten, nur nichts von der Insel. Hier kann der Amerikaner wirklich endlich seine Kuckucksuhr kaufen. Oder amerikanischen Nippes: Aufziehtierchen, Zippo-Feuerzeuge, Stars und Stripes Badehandtücher oder Flaggen für den Vorgarten. Das Schlimmste war für Tania jedoch, dass sie die Drinks am Strand in Plastikbechern servierten und es keinen gegrillten Fisch, sondern Burger am Strand gab. Der leichte Duft von Salz und gebratenem Knoblauch und das Sonnenlicht, das durch das Weinglas auf den Holztisch schien, fehlte komplett.

„Excuse me", Tania versuchte, den Kellner heranzuwinken. Der Mann war schick gekleidet, hatte ein kurzes blaues Hemd an und eine bunte Weste. Er hatte große Schweißflecken unter dem Arm und roch ein bisschen muffig.

„Excuse me, Sir."

„Yes young lady, what can I do for you?" Er kam jetzt schnaufend angetrabt.

„Würden Sie so freundlich sein und mir den Weißwein in einem Glas servieren, und nicht in diesem Plastikbecher?"

„Nein, junge Frau, das kann ich nicht, ich darf hier kein Glas servieren, nur drinnen, wenn Sie möchten, kommen Sie herein. Da ist es auch schön kühl."

„Ja, aber da sehe ich ja das Meer nicht. Nein, danke!" Sie wollte noch sagen: Und da höre ich es auch nicht. Tania war enttäuscht. Nach einem kurzen Moment änderte sie die Meinung. „Gut dann komm ich rein, bestelle, bezahle und setze mich dann wieder hier draußen hin." Sie grinste siegesgewiss. Aber mit diesem Kellner war nicht zu spaßen. „Hören Sie young lady, ich glaube, es ist besser, wenn Sie es so machen, wie ich sage. Ich möchte keinen Ärger mit niemandem, mit Ihnen nicht und auch nicht mit meinem Chef oder ich muss sie bitten zu gehen!" Tania wurde wütend.

„Das heißt, Sie wollen mich rausschmeißen?"

„Nein, ich möchte Sie nicht rausschmeißen, ich möchte nur, dass sie sich daran halten: Kein Glas nach draußen." Er grinste böse.

„Lächerlich!" Tania ließ sich nicht auf noch mehr Kampf ein. Sie griff ihre Tasche und verließ die nette Terrasse am Strand sofort. Aber sie meckerte noch lange vor sich hin. Vor allem hatte sie richtig Lust auf ein Glas Wein gehabt. Jetzt hatte sie richtig Durst bekommen. Sie setzte sich in den Sand, nahm ihr Notizbuch heraus und schrieb an Italo.

Lieber Italo,
vergiss Bacardi. Die Norway macht eine Butterfahrt, wie nach Helgoland. Warst Du schon mal auf Helgoland? St. Thomas ist nicht anders. Die Leute kaufen dutyfree Sprit ein, sind stolz über die Schnäppchen und dann kommen sie zurück an Bord und saufen alle Flaschen heimlich aus, obwohl sie vielleicht als Mitbringsel gedacht waren.
So mach ich es auch. Ich trinke den Bacardi und such Dir Muscheln.

In Liebe Tania

Tania regte sich noch ein wenig über den bisher so misslungenen freien Tag auf, während sie dort im Sand saß. Vielleicht war die Karibik doch nicht das Paradies, das sie sich erhofft hatte. Ja, es war wirklich eher eine Butterfahrt, stellte sie gereizt fest. So wurde bis 1999 umgangssprachlich eine Einkaufsfahrt auf einem Ausflugsschiff bezeichnet, die über die auf See gelegene Zollgrenze von Deutschland ging. Die leisen Zweifel blieben, als sie schließlich in Richtung Schiff aufbrach.

St. Thomas, Jungferninseln

Die erste Jüdin, die Tania bewusst kennenlernte, war Ursula Silbereisen. Ursula war so etwas wie ein Stammgast auf der Norway. Gerade um die Winterzeit buchte sie gern schon mal mehrere 14-tägige Cruisen hintereinander, um dem schlechten Wetter zu Hause zu entfliehen. „Der Winter tut meiner Arthrose nicht gut", ließ sie jeden wissen, egal, ob derjenige oder diejenige es hören wollte oder nicht. Sie kam jeden Tag mehrmals an die Rezeption und fragte Tania gefühlt immer das Gleiche.

„Wo ist heute das Lunchbuffet aufgebaut, honey?" oder „Wo werden wir morgen anlegen, honey?".

„Da ist sie wieder", Sandra kündigte sie schon von Weitem an. „Mal sehen, was sie heute will."

„Wo wird das Lunchbuffet heute serviert, honey?"

Ihre Erscheinung war beeindruckend, weil alles an ihr ein wenig zu groß geraten war: der Körper, der Kopf, das Gebiss, sogar die Augen. Ihre Frisur war eine Mähne aus schwarzem Haar mit einem handbreiten, grauen Kranz am Ansatz. In ihren Zahnlücken konnten viele Reiskörner Halt finden. Sie trug immer wehende, weite Kleider aus dunklen Jerseystoffen, über dem Oberteil war meist noch ein ponchoartiges weiteres Oberteil gewickelt, unten drunter noch eine Hose, so wie sie dickere Frauen gern benutzen, um ihre Figur zu kaschieren. Sie hingegen war darunter sehr dünn, sie versuchte, ihrem Körper mit dem Stoff mehr Substanz zu geben. Sie steuerte direkt auf Tania zu und legte dabei stets ihre beiden langen Hände übereinander auf den Tresen, wobei ihre langen Ringfinger mehrere große Ringe gleichzeitig hielten, denn bis zum Knick des ersten Mittelgelenkes war viel Platz. Die Ringe waren münzgroß, mit durchweg floralen Formen aus weißen Brillianten besetzt, die oberste Blume war aus reinen Rubinen. Beim *Honey, do you think* wanderte die Tonlage in Wellen zweimal auf und ab.

„Honey, do you think, ich könnte mit dem Küchenchef Mr. Schwaighöfer sprechen?"

„Darf ich fragen, Madam, was ihr Anliegen ist?" Tania wunderte sich, wenn mit dem Essen etwas nicht gut war, sollte man lieber den Kellner ansprechen, nicht die Rezeption.

„Denk bitte nicht, ich möchte mich über das Essen beschweren, honey, es ist nur…

ich möchte… könnte man…" Nach anfänglichem Stottern wurde sie jetzt ernster. Sie kam mit dem Mund näher an Tania, sodass Tania den Mundgeruch, den ältere Damen manchmal haben, ganz genau wahrnehmen konnte. Tania dachte, es riecht, wie das faulige Wasser einer Blumenvase, wenn man modrige Blumenstängel aus der Vase nimmt und wegkippt, während sie versuchte, dennoch aufmerksam zuzuhören.

„Gibt es auch ein koscheres Menü an einem Abend?" Tania musste sich eingestehen, dass sie überhaupt nicht genau wusste, was ein koscheres Essen ist.

„Nicht dass ich immer koscher essen möchte, aber es wäre doch schön, es gäbe darauf einen Hinweis oder der Küchenchef ließe mal ein koscheres Gericht in das Menu mit einfließen." Sie bewegte dazu ihre Hände ganz ruhig, als öffnete sie die Handflächen für eine Hostie.

„Bitte verraten Sie mir Ihre Kabinennummer, Frau?"

„Ursula Silbereisen, Kabine..Suite.. 861 auf dem Sky-Deck."

„Frau Silbereisen, wenn Sie erlauben, werde ich den Küchenchef und den Hoteldirektor ansprechen, Sie hören von uns. Ist ihnen das Recht?"

„Sehr, honey. Sehr! Ich würdige Ihre Bemühungen wirklich sehr. Dankeschön." Dabei schob sie Tania eine 20 Dollar Note zu und verschwand. Sandra pfiff durch die Zähne. Tania hielt den Schein in die Luft und schaute Sandra fragend an. „Ist die immer so großzügig?"

„Am Anfang bei den Neuen, schon, zu mir kommt sie nicht mehr so gern." Sandra grinste.

„Hast Du gesehen, was sie um den Hals hatte?"

„Ich sah nur so einen hässlichen Goldklumpen."

„Sandra, ich glaube es war ein goldener Zahn!" Tania gab Sandra 10 Dollar ab. Sie wollte gerecht sein. „Na dann viel Spaß mit dem Küchenchef."

„Koscher!? Hurra, wir sparen den Hummer!" Hannes lachte.

„Vergiss es, Tania, hier an Bord wollen die Juden nicht koscher essen." Tania hatte Hannes in der Crewbar getroffen. „Was bedeutet es überhaupt, koscher?"

„Sie essen nur Rinder, Schafe, Ziegen und Damwild. Bluten darf es nicht. Schweine sind auch verboten, wie bei den Moslems. Sie essen nur Fische mit Schuppen und Flossen. Hummer und Garnelen sind tabu. Außerdem mischen sie Fleisch und Milch nicht."

Hannes wurde ironisch. „Du müsstest sie mal sehen, wie sie sich über blutiges Filet hermachen und wie sie Käseplatten plündern. Käse dürfen sie normalerweise auch nicht, denn Lab ist tierisch und mischt sich mit Milch."

„Was sag ich der Frau?"

„Keine Ahnung. Sprich mit dem Hoteldirektor. Soll der mir das anordnen. Dann mach ich eine Koscher-Ecke am Buffet. Vorher mach ich GAR nichts!"

Road Town, Tortola

Der zweite Anlauf der Cruise war meistens die Insel Tortola, sie ist nur fünf Kilometer breit und 19 km lang, aber trotzdem die größte der Britischen Jungferninseln. Sie liegt nur 18 Seemeilen von Charlotte Amalie, St. Thomas, entfernt und eigentlich wäre das Schiff nach Auslaufen zwei Stunden später dort. Da die Passagiere jedoch den Eindruck einer langen Kreuzfahrt haben sollen, schippert das Boot ein bisschen um Charlotte Amalie herum, bis vor die Tore Tortolas, um dann, wenn um eins nachts die Casinos und die Bars dichtmachen, anzuhalten, Anker zu werfen und morgens dann „frisch von der hohen See kommend“ in Road Town, Tortola, einzulaufen. In der bordeigenen Zeitschrift, der „Norway News“, die Tania jeden Morgen ans Pinnbrett friemelte, stand:

Man sagt, dass Robert Louis Stevenson auf Tortola gewesen war und danach Die Schatzinsel geschrieben hat. Tortola bietet wirklich viele gute Verstecke in ihren Buchten, denn sie liegt umgeben von vielen kleinen Inseln. Aber bitte verstecken Sie sich nicht, bitte kommen Sie um 18 Uhr wieder an Bord!

Die Insel klang wirklich vielversprechend. Tania ging gegen Mittag an Land, um die Insel ein wenig zu erkundschaften. Entlang des Waterfront Drives waren mehrere Hütten und Verkaufsstände aufgebaut. Die Waren, die hier angeboten wurden, waren denen von

St. Thomas sehr ähnlich. Nippes, Tücher, Kappen und T-Shirts. Tania war erstaunt, dass die Währung hier ebenfalls der Dollar war und nicht das Britische Pfund. Sie nahm ein Taxi zur Smugglers Bay, um sich dort müde in den Sand zu legen. Leider war der Sand jedoch voller Strandflöhe. Tania dachte erst, das Salz auf der Haut würde sie in die Beine pieken, aber dann sah sie die kleinen weißen Flöhe umherhopsen. Sie hatten sehr schnell an die zwanzig Stiche im Bein hinterlassen. Es juckte fürchterlich und Tania kratzte sich die Beine auf. Sie ging noch ein weiteres Mal ins Wasser und hoffte, es würde das Jucken lindern, aber irgendwie piekte es auch dort. Vielleicht konnten die Strandflöhe schwimmen. Sie wollte jedenfalls nicht länger bleiben und verzog sich in eine Bar am Strand. Der Planter's Punch kam im Plastikbecher und schmeckte nach Saft aus Tetra Pack Tüten. Viel Zeit blieb nicht. Sie las ein paar Zeilen in ihrem Buch. Das Taxi kam schon eine Stunde später, um sie wieder abzuholen. Wilson, ihr Taxifahrer, musste sich Tanias Enttäuschung anhören, zuckte aber nur mit den Schultern. „I bring you to another island tomorrow, you will see, you will love it."

„Bin schon weg tomorrow. Only today. Will come back in eight weeks." Es hatte keinen Sinn, Tania verzog ihr Gesicht und kratzte sich am Bein. Die Passagiere hatten Schnorchelausflüge zur Insel Jost van Dyke gebucht. Sie sah das Ausflugsboot auf dem Wasser und fragte sich, ob es vielleicht auf der Nachbarinsel schöner gewesen wäre. Mal sehen, was die Passagiere an Fotos mitbrachten. Sie würde sie ja zu sehen bekommen in den Tüten.

In Road Town kam endlich Tanias Zimmerkollegin an Bord, Elizabeth. Sie legte großen Wert darauf, Betty genannt zu werden. Tania fand, sie hatte große Ähnlichkeit mit Becky Thatcher, die aus Tom Sawyer und Huckleberry Finn. Es war etwas in ihrem Blick, sie presste die schmalen Augen oft zusammen, so wirkte sie immer ein wenig hinterhältig und abschätzend. Ihr Mund war nie weich, auch die Lippen schienen verhärtet und verkniffen. Betty hatte schwarze, langweilig geschnittene Haare, die bis über die Schulter hingen, ideal für das Aufdrehen in tausend Bürsten und stundenlanges Föhnen. Betty wurde Crewmember #212 und war natürlich auch Rezeptionistin. Es musste schwer sein, in eine Kabine zu kommen, in der schon zehn Tage jemand alleine wohnte, Tania hatte sich ganz schön ausgebreitet. Links stand ihr Fahrrad an der Wand, eine Errungenschaft von einer schwedischen Kabinenstewardess, die zu Weihnachten nach Hause fuhr. Und hinten am Fenster hatte Tania schon den Rand eines 1500 Teile Puzzles von Berchtesgarden mit den Maßen 50x60 cm ausgebreitet. Betty hatte Glück, dass Tania arbeitete und nicht in der Kabine war, als sie hereinkam. Sie konnte daher ungeniert von überallher ihren Anteil einnehmen. Den Platz am Waschbecken, den Kleiderhaken, die Hälfte der Kleiderbügel. Die Hälfte des Bücherregals. Sie schob alles einfach beiseite und nahm sich ihre Hälfte. Als Tania vom Dienst kam und die Tür zur Kabine öffnete, überfiel sie ein Schock: Ein rosageblümter Morgenmantel hing dort, schwarzweiß gestreifte Badelatschen standen sauber neben dem Waschbecken, mehrere Sprühdosen und Flacons,

Zahnbleichmittel und drei Rundbürsten versperrten die freie Sicht auf den Spiegel und es roch nach L'air du temps, einem billigen Parfüm von Nina Ricci. In Tanias zuhause wurde L'air du temps verwendet, wenn die Katze mal wieder ins Bett gepinkelt hatte und der Geruch trotz sofortiger Daunendeckenwäsche in der Badewanne nicht weichen wollte. Und das kurz vor Weihnachten. Da reichte ein Blick manchmal und Frauen waren sich spinnefeind, genau das war der Fall bei den beiden Zimmergenossinnen. Die Begrüßung von Betty und Tania fand in der Kabine statt. „Oh, Hi", Tania war sichtlich weiß geworden im Gesicht. Aber Betty stieg die Aufregung ins Gesicht und an die Ohren: „Hi, I love your Puzzle, is it Germany? You come from Germany? Are you from East- or Westgermany? Oh, how lovely the skiing mountains! Hi, I am Betty, I come from Massachusetts. You must be Tania!" Bettys Lächeln war breit und sowas von „nice".

„Yes", stammelte Tania, „ich schlafe oben, ist das ok?"

Tania war noch gar nicht darauf vorbereitet, ihre Kabine zu teilen und fühlte sich von Betty beinah überrumpelt. Betty hatte diesen typisch amerikanischen Smalltalk drauf, den Tania nicht ernst nehmen konnte. Sie wollte sich verkriechen. Mit Betty war hier kein Platz mehr. „Ja klar, ich wollte sowieso unten schlafen, ich muss nachts so oft raus, ich hab ne schwache Blase, weißt Du." Betty kicherte dabei und drehte sich bereits die Haare auf. Für Tania war klar: Dies konnte unmöglich der Beginn einer langen Freundschaft werden.

Sandra erkannte das sofort: „Das Schlimme an Betty ist ihr Neid! Sie hat nur eine einzige Flagge auf ihrem

Namenschild, die US Flagge! Logisch ist sie auf uns alle neidisch!" Es gab ein paar Deutsche auf dem Schiff. Deutsche auf Kreuzfahrt sind zwischen 45 und 60 Jahre alt. Amerikaner auf Kreuzfahrt sind durchschnittlich 75. Wenn Tania Dienst hatte, kamen die deutschen Passagiere an die Rezeption, so als warteten sie auf sie und richteten ihre wenigen Fragen zum Schiffsablauf nach Tanias Dienstplan. Sie sehnten sich vielleicht auch nach ihr, weil sie als einzige Deutsch sprach. Tania dachte, dass es für deutsche Passagiere auch schwer war, sich nur mit älteren Amerikanern abzugeben. Ein Paar aus Hamburg gestand ihr einmal:

„Wissen Sie Frau Berg, es ist schon so ein bisschen so, als wären wir in einem schwimmenden Altersheim. Aber im Altersheim wollten wir eigentlich erst in 20 Jahren sein."

Der wichtigste Grund des immer stärker werdenden Neides war jedoch, dass der Hotel Direktor an Tania einen Narren gefressen hatte, und deswegen durfte sie und nicht Betty alle öffentlichen Durchsagen an Bord der Royal Norway machen. Sie drückte dazu auf eine rote, beleuchtete Taste, an der ein kleines Mikrofon stand. Jedes Mal blieb Tania das Herz stehen, so aufgeregt war sie vor den Ansagen, ihre Finger zitterten dabei. Ob man ihr rasendes Herz in der Stimme jetzt durch jeden Lautsprecher hörte? Der laute Schiffsgong ertönte dreimal. Ding Dang Dong. „May I have your attention please, this is to inform you that the lunch is now being served in the Neptun's Restaurant. That is deck number 7."

Auf einer der Reisen nach Martinique waren

französische Partner eines großen Autokonzerns zu Gast, da durfte sie die Durchsagen sogar auf Französisch machen. Franc hatte dabei Blutansammlungen in der Hose, wie er ihr später gestand. Aber auch Betty konnte sympathisch sein, denn es gab genügend Menschen an Bord, die Massachusetts kannten, irgendwer hat immer irgendeinen Verwandten oder eine Freundin von einem Verwandten, dessen Familie in Massachusetts lebt. Amerikaner lieben das, über ihre Wurzeln zu sprechen.

Maggie fand Tania im Gang zur Dusche. „Betty ist ein ganz schönes Biest, halt Dich fern von ihr!"

„Bist Du wahnsinnig? Wie soll ich mich fernhalten von ihr? Sie wohnt in meiner Kabine!"

Das hatte Maggie nicht mitbekommen und sie setzte jetzt eine sorgenvolle Miene auf.

Es schien, dass niemand an der Rezeption sie besonders mochte, aber das half Tania wenig. Sie musste sich arrangieren. Betty hatte gleich an ihrem ersten Abend einen der Casinotypen in der Kabine und war am Machen und am Tun. Tania ging gezwungenermaßen in die Crewbar. Es war recht ungewöhnlich, erst um 23 Uhr in eine Bar zu gehen und die erste zu sein. Die Rezeptionisten und Kassierer, Conciergen und Cruisebegleiter waren immer die ersten dort, dann kamen die Zimmermädchen, vereinzelt die Köche, als letztes die Kellner.

Hannes setzte sich wie immer an den Barhocker am Ende der ovalen Theke.

„Corona, Falco?" Carlos war wie immer gut gelaunt. Er hatte an die neunzig Armbänder aus geflochtenen, bunten Bindfäden um, was Tania lustig fand. „90 Freundschaftsbänder?“ Carlos lächelte geheimnisvoll und mixte den nächsten Drink. Er liebte seinen Job als Crewbar-Steward. Hannes war, wie alle die reinkamen, frisch geduscht, ein bisschen Gel im Haar oder vielleicht ging das Küchenschmalz aus dem Haar mit Shampoo nicht mehr ganz raus, mit verwaschenen, gutsitzenden Jeans, einem mittelblauen Poloshirt und Gummisandalen. Tania dachte, ohne Dienstklamotten sahen sie mit einem Mal alle gut aus. Fast ein bisschen sexy. Frisch geduschte Männer erinnerten Tania an ihre Mädchenzeit, als sie sonntags im Gang der Fußballkabinen auf einen ihrer Brüder wartete. Der Geruch war es, weswegen sie damals eigentlich immer in die halbe Mannschaft verliebt war. Tania freute sich über Hannes und setzte sich neben ihn. Er war nicht sehr gesprächig, er beobachtete lieber, vor allem die schwedischen Stewardessen. Birtje hatte es ihm seit langem angetan. Sie war zweifellos die älteste unter den Stewardessen, lange blonde Haare, blaue, große Augen und einen wunderbaren, wollüstigen Mund. Sie war ordentlich braungebrannt und rauchte gern lange goldene 100er Malboros. Mit den beiden war es komisch. Sie blieben beide bis zu einer Stunde jeder unter sich, Hannes bei Carlos an seiner Bar und Birtje unter ihren Kolleginnen aus Schweden. Und dann, wie durch ein geheimes Zeichen, bezahlte Hannes seine Drinks und Birtje und er gingen gemeinsam zum Ausgang. Hannes' Kabinenkumpel Anton, er war Chef der kalten Küche, genaugenommen der Salatchef, kannte das schon. Auch mit Anton brauchte Hannes nur einen Blick auszutauschen. Anton wusste dann, er musste der Kabine eine Weile fernbleiben. Anton trank dann meistens erst richtig weiter. Whisky und Corona.

Tania versuchte ein Gespräch mit Anton anzufangen. „Da gehen sie wieder, beneidenswert!"

Anton reagierte nicht. Er trank einen kräftigen Schluck aus der Corona-Flasche und griff dann wieder zum Whisky-Glas und gab mit drehenden Bewegungen Schwung auf die Eiswürfel. Tania versuchte es erneut. Sie wandte sich mit dem ganzen Körper zu ihm, damit er nicht ausweichen konnte.

„So und Du, wo kommst Du her?"

„Steiermark." Ein Wort brachte er heraus, kräuselte dabei die Stirn. Trank.

„Und wo arbeitest Du?"

„In der Küche." Er stellte die Flasche zu heftig ab, das Bier schäumte hoch.

„Ach was!" Hielt er Tania für doof? „An welchem Posten?"

„Salat!"

„Anton, komm, mach es mir nicht so schwer, erzähl mir was."

Tania sah ihm tief in die Augen. Endlich gab Anton nach. „Was soll ich Dir denn erzählen, es ist öde. Es ist immer das Gleiche: Rauf aufs Schiff, runter vom Schiff, was bleibt sind ein paar Dollar." Er nahm noch einen kräftigen Schluck und legte mutig los.

„Ich schick die Hälfte der Kohle nach Haus. Ich hab ein Kind, weißt Du. Ein Mädchen. Carla." Er wurde plötzlich viel weicher im Gesicht. *Na also, geht doch*, dachte Tania.

„Wie oft seht ihr Euch?"

„Gar nicht. Ich will nicht. Ich bin als Vater nicht geeignet. Ich bin Koch auf einem Schiff."

Er zögerte ein bisschen.

„Das letzte Mal, als ich zuhause war, ich stand noch in der Tür, da sagte meine Frau zu Carla, schau mal dein Papa ist da!" Anton äffte seine Frau ein bisschen überzogen nach. „Und was macht Carla?"

Kurze Pause. Ein Schluck Whisky.

„Sie rannte zu ihrer Mutter, hielt sich weinend hinter ihren Beinen fest und schrie: Nein, das ist nicht mein Papa, mein Papa ist der da auf dem Foto! Das ist es, was meine Tochter von mir weiß!!" Tania blieb die Spucke weg. Er zuckte mit den Schultern, trank den Whisky in einem Zug aus, nahm sein Bier, ließ sich vom Barhocker gleiten und setzte sich an den Tisch zu den anderen Köchen. Tania blieb allein zurück. Sie dachte darüber nach, ob es vielleicht auch anderen an Bord so gehen könnte. Es kam ihr in den Sinn, dass Manche an Bord vielleicht gar nicht mehr nach Hause fahren wollten. Sie dachte darüber nach, wie beide Seiten dieser Medaille aussehen könnten. Vielleicht saß die arme, kleine Carla ja doch jeden Abend und betete, dass ihr Papa nach Hause kam. Vielleicht hatte sie aber auch eine fürchterliche Mutter, die ihrer Tochter ständig einbläute: Papa braucht dich nicht mehr, er hat ja sein Schiff.

„Carlos, einen Gin Tonic bitte. Wenig Tonic."

Über der Bar hing eine Schwarzlichtlampe. Tania mochte es sehr, wenn der Gin Tonic wie von selbst blau zu leuchten schien. Bei Hannes und Birtje in der Kabine war es wie immer. Hannes hätte alles darum gegeben, einmal richtig etwas dabei zu empfinden. Sie lagen hintereinander, weil das Übereinander wegen der Deckenhöhe nicht passte. Er nahm sie gern von hinten, liebte ihren gebogenen Rücken. Und Birtje hätte alles darum gegeben, ihm einmal näher kommen zu dürfen. Ihr blieb der Blick auf das Falco Poster. Den erlösenden Kuss bekam sie auf den Hinterkopf. Hannes schlief sofort ein, eine Hand noch in ihrem Schritt. Birtje löste die Hand und schlich sich aus der Kabine, erst in die Dusche, dann zurück in ihre Kabine.

Hannes war in einer Familie groß geworden, in der seine Eltern ihm nie erklären konnten, wie Emotionen gelebt wurden. Er wurde mit Floskeln groß. Du musst keine Angst haben, Junge. Du musst doch nicht weinen, Junge. Es gibt keinen Grund, jetzt traurig zu sein, Junge. Möge die Sonne immer scheinen in deinem Leben, Junge. Hannes war jahrelang stolz darauf gewesen, dass seine Mutter keine Rabenmutter war, wie die anderen Mütter im Dorf, weil sie ihn nie in den Kindergarten schickte, sondern jede Minute mit ihm verbrachte und nur Zeit für ihn hatte. Der arme Hannes hörte diese Floskeln deswegen sechs ganze Jahre lang, die gesamten ersten sechs Jahre seines Lebens. Das haben nur andere verstanden, nie er, dass sechs Jahre lang Floskeln zu hören und keinen weiteren Kontakt zu anderen Kindern oder Familien haben zu dürfen, täglich nur die erdrückende Liebe der Mutter aushalten zu müssen, vielmehr den Namen Rabenmutter verdient hätte. Er lernte schnell, dass er die Liebe des Vaters, nach der er sich sehnte, nur bekam, wenn er mit guten Leistungen nach Hause kam. Er versuchte fieberhaft, alle Erwartungen der Eltern zu erfüllen, lernte Klavier und Gitarre. Seine Mutter las ihm jeden Abend vor, was ihn zu einem guten Schüler in den Fächern Lesen und Schreiben machte. Aber er war nicht besonders beliebt in seiner Klasse, alle dachten, er sei ein Besserwisser und Klugscheißer, vielleicht war er das auch. Jedenfalls galt er immer ein bisschen als Außenseiter. Mit sechzehn endlich kam der Bruch. Die Haare wurden immer länger. Und der Trotz immer hartnäckiger. Er versuchte sich an Mädchen heranzuwagen. Aber immer, wenn Liebe mit ins Spiel kam, erinnerte er sich daran, dass es an Perfektion und Leistung gekoppelt war und Verletzungen folgten, und so entschied er sich, sein Herz nicht zu öffnen.

Leidenschaft und Hingabe fehlten ihm völlig, obwohl er immer ahnte, dass es das wirklich gab. Eigentlich konnte Hannes mit Birtje nur mehrere Stellungen ausprobieren. Die beiden trafen sich mechanisch. Sie sind nie miteinander verschmolzen. Und für Birtje war es einerlei und ok, dass ein Mann so war wie er war. Sie nannte das männlich. Sie verstand es, sich mechanisch darauf einzustellen und lernte, sich auch genau das zu holen, was ihr abgearbeiteter Körper brauchte. Nur manchmal war Birtje voller Sehnsucht, geliebt zu werden, und ihre Küsse brannten heiß auf seinem Mund. Doch Hannes hielt ihr nur seinen Kopf, seine Lippen hin. Das Küssen war ihm viel zu innig. Um zwei Uhr morgens, nachdem die Gespräche am Tisch, an dem die Köche üblicherweise saßen, völlig verstummt waren, kam die Band der Calypsos, die sonst am Pool-Deck spielte, in die Crewbar. Sie bauten schnell ihre Instrumente auf. Das taten sie oft einfach nur zur Freude. Sie spielten jede Menge Bob Marley, Inner Circle oder irgendwelche Beatles-Verschnitte. Love me do. Draußen auf dem Deckvorsprung wurde kräftig getanzt. Tania hing an der Reling und starrte in den Strudel der Turbinen. Das Wasser peitschte und peitschte, gurgelte und blubberte. Sie fühlte sich wie benommen. Ihr war nicht schlecht. Es lag nicht am Gin, aber ihre Gedanken trudelten und blubberten genauso wie das Wasser. Ihr wurde klar, dass das Meer all ihre Sehnsüchte aufwirbelte, gegen die Schiffswand schlug und hinab sog. Es war nicht nur ein Abenteuer an Bord eines solchen Schiffes zu sein. Vielleicht erkannte sie an diesem Abend schon, dass sie auch viel über sich lernen konnte. War sie eine Träumerin? Wer war sie überhaupt? Sie spürte deutlich, wie still es in ihr wurde. Sie wusste, sie hatte sich für ihr weiteres Leben entscheidende Fragen gestellt. Jetzt zog sie sich in ihr Inneres zurück, um Antworten zu finden. Lag der Reiz im Abenteuer? Oder musste sie ihrem zuhause dauerhaft fernbleiben? Was war mit Italo? Sie hatte die ganzen Tage wenig an ihn gedacht, sie hatte ihn quasi vergessen, sie hatte ihn einfach zurückgelassen. War sie egoistisch oder selbstbewusst? Sie fühlte sich schuldig. Ihre Gedanken kritisierten sie hart. Wie ein kleiner Zwerg auf der Schulter, sprach ihre innere Stimme auf sie ein, die sich pausenlos in ihr Leben einmischte. War es ihre eigene Stimme? Wer sprach da: Du wolltest weg, jetzt komm endlich an!?

Die Calypsos spielten „No woman, No cry“. Tania wollte raus aus der Spirale aus schlechten Gedanken, die sie immer mehr nach unten zogen, und doch konnte sie nicht wegschauen vom Strudel der Schiffsschraube. Sie versuchte zu verstehen, warum plötzlich der Reiz kam, da jetzt einfach hineinzuspringen. Sie konnte sich diesen Gedanken nicht recht entziehen. Es konnte die Erlösung der quälenden Gedanken sein. Maggie kam ein wenig angesäuselt auf Tania zugewankt und sagte ein wenig zu laut: „Was hängst Du hier über der Reling? Geht's Dir schlecht? C´mon! Let's dance!“ Sie zog Tania leicht von der Reling weg, wackelte mit ihren breiten Hüften und tanzte ein bisschen vor ihr her. „Let's Jump!” Tania meinte es ernst. Maggie starrte sie entsetzt an, lächelte dann, weil sie dachte, Tania würde Sprüche klopfen.

„Tania, es ist schön Dich zu sehen, komm setz Dich zu uns. No Woman, No Cry! Hör auf mit diesem Carribean Blues.“ Sie hielt Tania ihre Hand hin und Tania nahm sie und folgte ihr brav. Auf kleinen, abgenutzten Kunstlacksesseln, die früher sicherlich einmal in die Bar Lounge auf dem obersten Deck gehört hatten, saßen ein paar Kellner, Maggie, Sandra und Pierre, ein schwuler Barchef aus Belgien.

„So, erzähl“, forderte Sandra, kaum dass sich Tania und Maggie zu ihnen gesetzt hatten, „wie ist es denn mit deiner Kabinenkollegin? Kannst wohl grad nicht in die Kabine zurück?“ Komischerweise bekam Sandra immer alles mit. Tania dachte einen Moment lang nach, ob sie sich über Betty echauffieren sollte vor den anderen, denn alle hörten gespannt zu, was sie jetzt sagen würde. Nach kurzem Zögern und noch unschlüssig begann sie: „Ich hab mir fest vorgenommen, etwas an ihr zu mögen. Und ganz ehrlich, Leute“, sie nahm einen kräftigen Schluck aus dem Gin Tonic-Glas und sagte mit einem Anflug von Bitterkeit in der Stimme: „Ich mag ihre

Badelatschen!“ Die Gruppe grölte. Betty gehörte auch an der Rezeption nicht zu den Lieblingen. Europäer sind eben Europäer und Amis sind Amis, dachte sich Tania im Stillen. „Musst Dir auch jemanden suchen“, lachte Sandra und kippte ihr Corona auf einen Zug halb weg. „Wie wär's mit Hannes? Der gefällt Dir doch sicher!? Der gefällt hier jeder!!“ Maggie nickte zustimmend, aber kannte auch die niederschmetternde Wahrheit: „Aber es kommt nicht jeder ran. Hannes sucht sich seine Frauen aus. Nicht anders herum. Keine Chance, Baby.“ Maggie hatte Tanias Blick neulich an der Essenausgabe bemerkt. Tania dachte zum ersten Mal darüber nach, ob sie etwas von Hannes wollte und ob er vielleicht etwas von ihr wollte. Aber dann fiel ihr Birtjes Gesicht ein. Die Gedanken waren sofort wie weggeblasen. Die Calypsos gaben ihr letztes Stück „Rock my boat“ zum Besten. Reggae ist immer gut, wenn ein Meer in der Nähe ist.

Tania nahm sich einen Bierdeckel von Carlos und kritzelte drauf:

Lieber Italo,
so langsam fühle ich mich besser an Bord. Aber ich komm mit vielen Dingen nicht klar und denke gerade zuviel nach. Ich hätte nicht alleine entscheiden dürfen, nach Bremen zu fahren. Ich hätte auf Dich warten müssen. Morgen sind wir auf Martinique.
Ich geh noch immer nicht baden ins Wasser. Wenn ich kann, suche ich eine Kirche und zünde ein Licht an. Brennst Du noch auf mich?
In Liebe Tania

Sie steckte den Bierdeckel in die Hosentasche ihrer Jeans, leerte ihr Glas und verabschiedete sich von den anderen. An der letzten Ecke vor dem Photolab stand Milo, der Watchman. Seine Aufgabe war es, nachts nach dem Rechten zu sehen, pausenlos seine Runden zu drehen. Immer stand er da, wenn Tania kam, was sie anfänglich sehr verdutzte, aber bald zur Routine überging. Ja, sie war ihm sogar dankbar. Er gab ihr immer ein Nicken, wenn die Luft „rein" war in ihrer Kabine. Tania hatte Milo nichts erklären müssen. Während Tania bereits im Bett lag, machten die Kellner noch ein bisschen Bambule, Franc stand mit seinen Landsmännern auf und sie sangen die Marseillaise, vielleicht, weil sie am Morgen französisches Territorium betreten würden, aber um vier Uhr lichtete sich die Party und jeder ging durch die unzähligen Schotten die Gänge entlang zu seiner Kabine. Die Nacht war nicht kühler als der Tag, es waren gefühlte 30 Grad draußen. Während Tania so auf ihrem Bett lag, packte sie die Sehnsucht, sie wollte Italo noch mehr schreiben.

Der Brief an Italo wurde immer länger:

Lieber Italo,
ich beginne schweigend vor mich hin zu leiden. Die Nylonstrümpfe kleben am Bein! Die Anwesenheit der vielen alten Menschen macht mich ganz fertig. So viele Frauen haben sprachbehinderte Männer und dann erklären sie es uns allen dauernd: ‚He had a stroke!' Ich sehe Rollstühle, Gehhilfen, Stand!hilfen! All die Hörgeräte! So viel Geduld brauch ich, aber es zerreißt mir das Herz.

Der eine Mann aus Kabine 10 ist taubstumm. Er kommt immer und hält mir Zettel hin. Neulich schrieb er: ‚I can read your lips very much, thank you, you help me understand!' Die eine Frau hat keine Beine mehr und wird im Rollstuhl geschoben von einem Mann, der selbst kaum laufen kann, denn wenn sie nicht drin sitzt, sitzt er drin. Sie brauchen gefühlte Stunden, um an der Rezeption vorbeizufahren. Gestern fiel ein Mann die Treppen runter. Der Mann lag auf der Bahre, seine Frau zitterte mehr als er, sie saß völlig hilflos auf dem Stuhl und war furchtbar einsam. Manche Hände sind so vergichtet, sie können den Stift kaum mehr halten, geschweige denn eine Dollarnote aus dem Portemonnaie holen. Sie stellen mir dann einfach die Handtasche auf den Tresen, und ich soll das Geld rausholen zum Wechseln. Die Handtaschen sind chaotisch, und ich bekomme Angst, auch so alt zu werden. Alles hängt immer wie an einem seidenen Faden, wir sind alle so zerbrechlich. Trotz all der Reisen und all der vielen neuen Lebensabschnitte: Es reduziert sich immer aufs Wesentliche. Schreib mir bitte bald.
In Liebe Tania

Milo

„Nichts bekommt mir besser, durch nichts finde ich mein Gleichgewicht schneller wieder und nichts macht mein Blut leichter, als auf dem Meer ein bißchen herumzusegeln."

Hermann Melville (Moby Dick)

Ein Watchman ist so etwas wie der Nachtwächter des Schiffes. Sein Dienst beginnt abends um halb 11, kurz bevor die Crewbar aufmacht, und endet um 7 Uhr, wenn das Schiff aus dem Schlaf erwacht war. Milo arbeitete seit 13 Jahren für Kreuzfahrtschiffe, vorher hatte er auf Frachtschiffen gearbeitet und hatte, vor allem nachts, jedes Meer gesehen. Der Mond war sein bester Freund. Er konnte mit bloßem Auge das Wetter bestimmen. Kapitän Haugen vertraute auf Milos Einschätzung. Milo passte auf alle 2000 Menschen und auf alle Lichter, Lampen und Knöpfe der Maschinen auf. Er ging mit Taschenlampe und Walkie-Talkie alle Decks ab und suchte nach möglichen Brandherden, nach Menschen, die sich verlaufen hatten, bewachte die Mitternachtsspaziergänge auf Deck, spürte gefährliche Situationen auf, wenn zum Beispiel, wie so oft, Alkohol im Spiel war, damit niemand über Bord fiel. Nicht im Streit und nicht aus Versehen. Er war mit Abstand die treueste Seele des Schiffes. Milo war 32 Jahre alt, sah aber viel älter aus. Die Nachtschichten kennzeichneten sein Gesicht. Die Augen waren klein, die Ränder darunter dunkelblau, bei ihm sah man selbst, wenn er abends um 11 frisch ausgeschlafen war, die aufgeschwemmten

Tränensäcke. Sie sahen aus wie dicke Halbmonde. Milo war auch bei allen Cruisewechseln dabei und beaufsichtigte das Check-In der Crew und den Ablauf an der Crewgangway. Er kannte jeden Rhythmus. Er wusste, wann die Offiziere auf der Brücke Kaffee holten, wann die Chinesen ihre gewaschene Wäsche ablieferten, wann die Calypsos ins Bett gingen, er wusste, für welchen Gast die Küche nachts Haferbrei machte, er wusste, wer krank und nachts beim Arzt war. Auf dem Festland hatte Milo eine Frau, drei Kinder und eine Schwiegermutter, die am Rande von Manila wohnten und auf seine monatliche Überweisung warteten.

Hier ist Milos Geschichte:

1942: Nur eine Stunde nach dem Angriff auf Pearl Harbour starteten dieselben Japaner einen Angriff auf Manila. Dass Amerika sich in Südostasien so unangenehm breit machte, hing wie immer mit dem Öl zusammen und nervte die Japaner gewaltig. Das Massaker von Manila kostete 100.000 Filipinos das Leben, unter anderem Milos Großvater. Seine Großmutter Elvira brachte ihre zwei Kinder alleine durch, Milos Vater Esteban und seine Tante. Sie lebten lange in Tondo, nicht weit vom Hafen entfernt. 65.000 Menschen lebten hier auf einem Quadratkilometer. Tondo war zwar schon 1100 Jahre alt, aber immer noch das ärmste Viertel von Manila. Hier gab es nichts als Slums. Keine Kanalisation, kein Strom, kein Essen, nur Müllautos. Die dampfenden Müllberge von Tondo wurden in Deutschland durch die Magazinreportagen des Stern bekannt. 20.000 Menschen lebten vom Müll! Und weil die Müllberge permanent vor sich hin dampften, wie ein ewiger Schwelbrand, nannte man sie weltweit die Smokey Mountains. Sie waren Estebans Zuhause. Hier versuchte Esteban aus jedem Müllauto, das den Dreck der Metropole dort ablud, etwas Brauchbares für die Familie zu finden. Esteban war der älteste Sohn, er war allein verantwortlich für die Familie. Der tägliche Kampf am Müllberg ums Überleben hatte ihn stark gemacht. Seine Mutter starb an Typhus, wie alle schwachen Alten dort. Mit seiner Schwester verstand er sich nicht mehr gut. Sie verdiente ihr eigenes Geld mit Prostitution. Esteban verachtete das. Er wollte raus aus dem Ghetto. Im naheliegenden Hafen suchte er Zuflucht, träumte, schickte seine Träume und seine Not auf Reise mit den Schiffen, die Manila verließen. Esteban wusste, er würde es nur schaffen, wenn er einen Job auf einem Schiff bekam. Er half freiwillig beladen, er half am Dock Schiffe von außen putzen und schrubben. Anfangs ohne Bezahlung, nur gegen Essen. Später trug er unendlich schwere Ladung für ein paar Pesos. Er sagte Jahre später zu seinem Sohn Milo, wenn es Jesus nicht gegeben hätte, hätte er keinen Weg und keine Kraft gefunden, seine Last zu tragen. Ein malaysischer Offizier von einem Stückgutfrachter hatte Erbarmen mit Esteban und nahm ihn mit auf See als offiziellen Bootsmann. Nach neun Monaten auf See und seiner ersten Heuer holte er seine große Liebe Alma aus dem Slum. Sie zogen vier Kilometer entfernt nach Quiapo. Esteban heiratete Alma und Milo kam 1960 zur Welt. Er bestand darauf, dass Milo lesen und schreiben konnte und schickte ihn auf eine Grundschule. Esteban blieb auf See. Er nahm Milo zum ersten Mal mit, als er 12 Jahre alt war. Alma kümmerte sich derweil um ihre kranke Mutter. Milo lernte schon in der Grundschule ein Mädchen mit dem schönen Namen Marisol kennen, sie waren gleichalt. Mit sechzehn schon gebar Marisol ihr erstes Kind, Maria. Mit 17 besuchte Milo eine der ersten maritimen Schulen Manilas, von denen es in den achtziger Jahren dann schon fast hundert gab. Wenn man wollte, konnte man sagen, dass die Filipinos von der wachsenden Schifffahrtsindustrie wie Sklaven verhökert wurden, denn Arbeitsvermittlungsagenturen schossen wie Pilze aus der Erde. Nicht alle waren seriös, manchmal mischten Chinesen und Malaysier mit, das Problem war oft, dass versprochene Löhne nicht gezahlt wurden oder die Schiffseigner pleitegingen, noch vor Erreichen des Zielhafens. Dann saßen hunderte Filipinos in Timbuktu oder sonstwo fest, ohne Geld, ohne Essen und ohne Rückfahrkarte. Aber Milo hatte sein Seamen-Buch, in dem seine Fahrten alle eingetragen wurden. Ein Seamen-Buch sieht aus wie ein dunkelblauer Reisepass. Wenn er auch manchmal wenig Lohn nach Hause schicken konnte, so war dieser blaue Pass mehr als eine Bibel, seine Eintrittskarte in ein hoffnungsvolles Leben. Milos zweite Tochter Magdalena kam, als Milo und Marisol 19 waren. Die dritte Tochter kam nur ein Jahr danach, sie nannten sie Corazon, benannt nach Maria Corazon Sumulong Cojuangco Aquino. Diese großartige Frau war eigentlich nur Hausfrau, verheiratet mit einem Oppositionsführer namens Benigno, der ausdauernd Opposition machte gegen den diktatorischen, korrupten Herrscher Manilas. Beningo wurde am Flughafen erschossen, als er gerade aus dem Exil zu seiner geliebten Maria Corazon zurückkehren wollte. Und dann nahm Maria Corazon alles in die Hand. Wie klug Milo doch war. Dieselbe Hausfrau wurde 1983 Präsidentin des Landes und das viele Jahre. Seine Tochter war schon ein paar Jahre auf der Welt, benannt nach der Präsidentin des Landes Manila. Maria war Milos ganzer Stolz.

1987- Milo war gerade mit einem Eisbrecher entlang der Hurtigruten nach Spitzbergen unterwegs, da wurde eben jene Hausfraupräsidentin sogar zum Friedensnobelpreis nominiert, denn sie hat die Philippinen in eine Demokratie geführt. Milo feierte das mit seinen Kollegen am Außendeck, in blauer Nacht vor lauter kalten Bergen, wie immer mit Gitarre und lautem Gesang. Im selben Jahr sprang Esteban von einem Stückgutfrachter in den Indischen Ozean und wurde nie gefunden.

An Bord der Royal Norway kam Milo 1988. Er war zuerst als Gehilfe im Maschinenraum und verstand sich außerordentlich gut mit dem ersten Offizier auf der Brücke. Der Offizier war angetan von Milo, weil er so unglaublich zuverlässig war. Er war begeistert von Milos Beobachtungsgabe, seiner ausgeprägten Wahrnehmung, Dinge vorauszuahnen, auch das Wetter anhand des Wolkenaufkommens und deren Form deuten zu können und Strömungen zu lesen. Milo konnte ohne Echolot Meerestiefen an ihrer Farbe ermessen. Kleine Boote kann man auch mit dem Radar nicht erkennen, aber Milo sah sie. Milo konnte schärfer und weiter sehen als ein Adler. Deswegen bot die Royal Norway Milo den

Job als Night Security, als Watchman an. Watchman, ist ein sieben Tage Job, der Anspruch auf freie Tage wird meistens einfach an den Urlaub gehängt. Ein Watchman aber hat Anspruch auf eine Einzelkabine, wenn auch nur eine Innenkabine ohne Fenster. Milo störte das nie. Er brauchte kein Tageslicht, das würde ihn nur stören beim Schlafen tagsüber. Außerdem mochte Milo das Rollen und Stampfen gegen die Wellen, er war in der Innenkabine den Geräuschen des Maschinenraums näher.

Die Kabine hatte ein etwas größeres Einzelbett, Queensize, kein Etagenbett und wirkte deswegen größer als die üblichen Crewkabinen auf dem A-Deck. Sie war immer akkurat sauber. Von nichts gab es zuviel: Ein Duschgel, das auch gleichzeitig für Kopfhaare da war, ein Rasierpinsel, ein Stück Rasierseife, ein markenloses After Shave, einen Kamm aus Plastik. Im Zahnputzbecher eine Zahnbürste und Zahnpasta. Am Fenster ein Becher mit einem Bleistift, einem Füller und rechts ein Anspitzer und ein Radiergummi. Im Schrank drei Garnituren der Arbeitsklamotten, hellblaues Hemd und dunkelblaue Hose, zwei Kappen. Ein paar frisch geputzte, schwarze Lederschuhe, ein paar weiße Turnschuhe, ein paar gelbe Gummistiefel, drei T-Shirts in dunkelblau, ein T-Shirt in dunkelgrün. Das war es. Nur eine kleine Ecke auf dem Nachttisch an seinem Bett sah anders aus, einem Altar ähnlich, eine getrocknete orangefarbene Blume, eine Muschel und ein paar Bilderrahmen. Milo hatte mehrere Fotos seiner Frau Marisol und seinen Töchtern Maria, Magdalena und Corazon neben dem Altar stehen. Daneben stand eine kleine

Kopie des schwarzen Nazareners, Jesus, pechschwarz, der im Original in seiner Heimatkirche in Quiapo am Altar stand und den er als Kind mit seinen Freunden jedes Jahr am 9. Januar barfuss durch Manila getragen hatte. Milo betete jeden Abend zu ihm, wenn es auch nur eine Holzattrappe war, kniete er immer barfuß vor dem Bett, die Hände vor Stirn und Nase und betete tief und still, bevor er zu seinem Dienst ging. Er dankte Gott für jeden Tag, den er nach seinem Dienst in der Kabine zurück war. Er schickte von den tausend Dollar, die er in der Nachtschicht im Monat bekam, 900 manchmal 950 nach Manila. Maria, Magdalena und Corazon sollten nach der Grundschule auf die kostenpflichtige High-School gehen können. Und Marisol brauchte Medizin für ihre kranke Mutter.

Milo stand vor Tanias Tür, um ihr mit einem kurzen Nicken zu signalisieren, dass sie reingehen konnte, weil Betty nicht drinnen war. „Danke!" Tania lächelte. Sie zögerte.

„Hm... Milo, sorry, darf ich fragen, ob ich mir morgen von Dir deine gelben Gummistiefel leihen könnte, bitte. Du hast doch welche? Es ist Crewparty, Motto Nordsee. Weißt Du?" Na klar wusste er das. Er half gern. „No Problem. Ich stell sie vor deine Tür heute Nacht."

„Danke, Milo."

„Yes. My pleasure." Er wackelte dabei mit dem Kopf.

Tania war allein in der Kabine, Betty hatte Dienst und war danach sicher auf der Brücke bei ihrem Casinomann. Das Berchtesgarden-Puzzle wuchs um sieben

Teile. Sie öffnete die Tür und sah die geschlossene Tür des Fotolabs, neben der ein paar braune Papiermülltüten standen. Wenn Craig und David nicht da und das Labor geschlossen war, setzte sie sich oft mit einem Corona vor deren Tür und schaute sich neue Ausschussbilder aus den Mülltüten an.

Es war herrlich, wenn Tania ganz alleine war mit diesen Tüten. Es war wie das Lesen von Agentur-Meldungen, die Sneak-Preview im Kino, es war wie ins Tagebuch schauen und gab der Cruise eine ganz besondere Chronik. Sie fing an, die geheimen Geschichten aufzuspüren, die an Bord der Royal Norway geschahen. Hier erfuhr sie, dass die Filipinos in Viererkabinen auch gemischt untergebracht waren, also meistens zwei Männer und zwei Frauen in einer Kabine schliefen. Manchmal passten auch zwölf Filipinos in eine Viererkabine und noch zwei Gitarren dazu und ein Riesentopf mit irgendeiner Mahlzeit in der Mitte. Tania sah sich die Fotos immer ganz genau an und machte daraus Ratespiele mit sich selbst. Sie versuchte zu erraten, welcher Passagier oder welcher Crewmember den Film zum Entwickeln abgegeben haben könnte. Wenn sie den Namen des Menschen erraten konnte oder wusste, gab sie sich drei Punkte, wenn sie sogar die dazugehörige Kabinennummer wusste, noch mal zehn Bonus-Punkte dazu. Auf einem der blaustichigen Fotos erkannte sie Ursula Silbereisen wieder, Suite 861, drei plus zehn Punkte, die am Deck mit zwei anderen Frauen frühstückte. Sie war wieder schwarz gekleidet und die grauschwarze Mähne wehte wild im Wind umher. Die große, schwarze Sonnenbrille um ihre Augen ließ sie aussehen wie ein großes Insekt, das Weiß des Schiffes um sie herum war ein zu großer Kontrast und hoffnungslos überblendet. Tania versuchte auf Ursulas Halsschmuck zu schauen und zog das Foto noch näher an sich ran. Sie sah etwas Goldenes blinken, aber ob es der Zahn war, konnte sie nicht erkennen. Die Tüten waren sehr voll an diesem Tag. Es schien, als hätten alle auf dem Schiff, die eine Kamera besaßen, ihre Filmrollen gleichzeitig zur Entwicklung abgegeben. Durch die Fotos erfuhr sie auch, dass der Arzt an Bord, der Zwei-Meter-Mann Dr. Sven Larsson, vor Lydia ein Verhältnis mit der Chef Stewardess der Nachtschicht, Svetlana, gehabt hatte. Man sah die beiden sich gegenseitig mit Kokosnussdrinks am Strand von Aruba fotografieren. Larsson, die geile Sau, hatte natürlich mehrfach ihren Busen fotografiert, dachte sich Tania angewidert. Es war unglaublich, wie viele Menschen an einem Seetag das Meer fotografieren. Von allen Seiten des Schiffes runter, teils auch ins volle Gegenlicht. Blau, blau, blau. Der Horizont: immer langweilig mittig. Wolkenformationen mittig. Wie interessant ein Bild doch werden würde, wenn man den Horizont verschob oder das Wichtige nicht mittig setzte, sondern irgendwie mehr an die Seite. Aber wer beherrschte das schon intuitiv?

Betty öffnete die Kabinentür, sie war bereits seit einer Weile in der Kabine, stand am Spiegel und hatte ihr Gesicht mit einer grünlichen Paste voll gekleistert. Während sie gerade versuchte, sich die Paste wieder runterzuwaschen, fragte sie mit einem unangenehmen Unterton: „Bleibst Du noch lange da hocken?“

„Nur einen Moment noch“, antwortete Tania kurz

angebunden, in der Hoffnung Betty würde sie in Ruhe lassen. „When do you think, you are going finish the puzzle?“ Zum Bedauern Tanias war dies ihre nächste Frage, was ja eigentlich höflich war, sie hätte es auch ganz anders formulieren können, denn es war ja sonnenklar, dass gemeint war: Pack so schnell es geht dieses Puzzle ein, die Kabine ist klein genug, da brauchen wir nicht noch 50x60 cm an Berchtesgarden abzugeben.

„Warte bis Du Berchtesgarden siehst, you will LOVE it!“, sagte Tania mit gespielter Überschwänglichkeit um Betty deutlich zu zeigen, dass ihr ihre Meinung vollkommen egal war, nahm ein paar Fotos des blaustichigen, blauen Meeres aus der Tüte, kletterte auf ihr Bett, zog sich, wie immer, oben erst ihre Sachen aus, drehte sich an die Wand und träumte alsbald vom Meeresboden.

Als Tania am nächsten Morgen den Nachrichtentext und den Wetterbericht an die Infotafel pinnen wollte, stand der Hoteldirektor hinter ihr. „Wie geht es Dir, Tania? Konntest Du Dich gut einleben?“

„Ja, danke, Sir, es geht mir gut.“

„Was steht drin in den Nachrichten?“

Tania las die Überschrift: Deadline to Iraquis. Amerika machte Druck auf den Irak. Der Hoteldirektor nahm ihr den Text aus der Hand, las ihn und zerknüllte ihn. „Das hängen wir lieber nicht an die Wand. Die Leute sollen sich amüsieren! Tania, häng den Wetterbericht auf. Das reicht.“

„Wie Sie meinen.“ Tania stutzte, aber sie hinterfragte es nicht.

Hannes

Hannes war viel zu früh erwachsen geworden. Mit sechzehn fing er gerade an, sich gegen die spießige Lebensweise und die rechtskonservative Haltung seiner Eltern zu wehren. Sein Vater besaß in einem kleinen Dorf oberhalb von Innsbruck eine große Bäckerei, die auch die benachbarten Ortschaften belieferte. Hannes fand seinen Vater eines Morgens mit der Schlinge um den Hals an einer Deckenverstrebung hängend vor dem Backofen. Er sah ihn als erstes, dieses Foto seines Vaters war seitdem nie mehr vor seinem inneren Auge gewichen. Die Zunge hing blau aus dem Mund, die Augen blickten kalt und leer in unterschiedliche Richtungen. Aber noch verwunderlicher war der Ort, den der Bäckermeister wählte, direkt vor dem Ofen. Er trug seine normale Arbeitskleidung, schwarzweiß karierte Hose und weiße Jacke, aber statt seiner üblichen Cloggs hatte er an diesem Tag gelbe Gummistiefel an. Hannes war erst 17 damals und wurde nie wirklich gefragt, aber er übernahm sofort die Rolle des Bäckermeisters, bekam eine schnelle, vereinfachte Zulassung zur Meisterprüfung und leitete die vier Gesellen. Über Nacht war er auch zum Chef der Familie und somit über Mutter und Schwestern geworden. Zeit für Trauer war nie. Er bekam keine Antworten von seiner Mutter, sie sprach einfach nie. Niemand antwortete auf die Fragen, die er sich selbst leise stellte, auch Gott nicht, an den er seine Fragen auch heimlich richtete, denn er glaubte fest an Gott, an die Würde und die Gnade.

Ähnliche gelbe Gummistiefel trug Tania, dank Milo, zu dieser Nikolaus- oder Vorweihnachtsparty, wie Carlos es nannte. Norweger, Schweden und Deutsche hatten gemeinsam das Motto „Nordsee“ gewählt und Tania fand, gelbe Gummistiefel und eine Plastiktüte als Regenmantel, wären ein passendes Outfit. Die Stiefel hatten Größe 46 und schlappten an den Füßen. Hannes konnte den Blick nicht von den Stiefeln wenden, er starrte Tania nur auf die Füße und versank in den Bildern von damals. Er versuchte sich vorzustellen, wie sein Leben verlaufen wäre, wenn sein Vater sich an diesem Morgen nicht erhängt hätte. Wieder begann sich das Karussell von Fragen und fehlenden Antworten in seinem Kopf zu drehen und immer kurz bevor der Weg zum Herzen, und damit zum Leiden führte und die großen Schachteln Wut, Liebe und Trauer aufgemacht wurden, brach er seine Gedanken ab. Er schloss die Augen und hielt sie geschlossen. Das wenige Wasser, das sich in den Augen angesammelt hatte, ließ sich leicht verstecken hinter seinen geschlossenen Wimpern, gerade noch bevor die Tränen kamen, sodass es niemand sehen konnte. Tania fand, er stand da wie eine Salzsäule. „Hannes was ist los? Was ist so scheiße an mir, dass Du die Augen schließen musst?“ Hannes erwiderte charmant: „Deine Schönheit blendet mich, das ist alles.“

„Du lügst, Hannes, Du lügst wie gedruckt!“, sagte sie lachend. Tania hakte sich bei Hannes ein, sie gingen gemeinsam zur Bar und bestellten Gin Tonic. Hannes nahm die lächerliche Seemannskappe ab, die keine Friesenmütze, sondern eher eine Parteimütze war. Tania streichelte seine Popeye-Oberarme und lehnte sich an. Sie wollte ihn trösten irgendwie. Hannes war Tanias bester Freund an Bord geworden. Sie konnten gemeinsam stundenlang schweigen, sie waren sich auch im Schweigen sicher, dass sich ihre Gedanken wieder kreuzen würden und so flogen ihre Gedanken eine Weile zu unterschiedlichen Seiten rauf aufs Meer. Hannes dachte wieder an seinen Vater, er hatte nie bemerkt, wie verzweifelt sein Vater gewesen sein musste. Tania hingegen war mit ihren Gedanken entweder in Zürich bei Italo oder zu Hause. Beide kamen im selben Moment zurück.

„Wirst Du heute mit mir tanzen?"

„Gib es auf, Tania, heute nicht, Weihnachten nicht und erst recht nicht an Silvester."

Tania hatte diese Frage einfach nur so gestellt, sie wusste, dass Hannes nicht tanzen würde, aber sie brauchte ihn dazu auch nicht. „Ich bin gleich wieder da", kündigte sie selbstbewusst an und glitt vom Barhocker, schlappte unter den Sternenhimmel und tanzte. Das Heimweh tanzte schwer unter dem Plastikumhang mit. Hannes hingegen blieb, wo er war, und nahm einen großen Schluck Gin. Die Party hatte viele Höhepunkte. Dr. Larsson hatte sein neues Mädchen aus der Stewardessengruppe bei sich und saß mit seinen üblichen Flirtgestiken aufrecht mit überschlagenen Beinen neben ihr und erzählte von seinen Lieblingsopern, sprach von Nessun Dorma und von Martha. Natürlich hatte er seine weiße Offiziersuniform auch jetzt an. Offiziere gab es an der Nordsee schließlich auch. Das beeindruckte die Mädels immer, ein weißer uniformierter Mann, der italienische Arien sang. Man sah Lydia an, wie sie langsam dahin schmolz. Tania dachte oft, sie müsse die Mädels warnen oder retten, aber wenn sie es versuchte, war sie immer als eifersüchtig verurteilt worden. Jede Frau musste tatsächlich ihre eigenen Erfahrungen machen. Tania beobachtete die beiden. Für ihren Geschmack tanzten sie sehr unanständig miteinander. Dr. Larsson war in Hochform. Bump, Pirouetten und andere Wegwerf- und Auffangtechniken. Lydia war dann irgendwann ganz schwindelig. Ist ja klar, dass sie dem Doktor in die Kabine folgen wird, dachte sich Tania ... Es konnte Dr. Larsson nie nachgewiesen werden, dass er Tropfen besaß, die er den Frauen in den Drink mischte, was Tania insgeheim vermutete. „Ganz sicher hat er Tropfen für eine Dauerlatte genommen“, feixte Tania in sich hinein. Die gesamte kalte Küche erschien geschlossen als Shanty-Chor und gab einige Songs zum Besten. Shanty-Chöre bestehen aus Seemännern, die Seemannslieder singen. Wenn das Schiff vorüberfährt, das kann doch einen Seemann nicht erschüttern, Heidewitzka, Herr Kapitän, samt dieser blöden, weißen Paloma, alle hatten gelernt, was Sehnsucht war und packten ihre tief schlummernden Gefühle in die Seefahrermusik. Manche schunkelten in die falsche Richtung, nicht alle waren textsicher, aber der Zusammenhalt und das Gelächter waren besonders. Tania und Hannes machten sich fast in die Hose vor Lachen. Anschließend verlief der Abend wie sonst auch immer: Noch viel mehr Drinks und Coronaflaschen gingen über Carlos Theke, entsprechend schnell schoss die Stimmung in die Höhe. Als es langsam auf Mitternacht zuging, kamen noch ein paar glitzernde Drinks und Prosecco-Flaschen dazu. Niemand hatte gemerkt, dass Tania sich langsam aus der Menge zurückzog. Sie stand zuletzt am Heck an der Reling und starrte in das aufgewirbelte Fahrwasser. Oben an Deck bei den Passagieren wurden Champagnerflaschen und Gläser für eine Glaspyramide vorbereitet. Man feierte den 6. Dezember. Franc war als Nikolaus verkleidet und kippte nun schon die vierzehnte Champagnerflasche in das obere Glas der Pyramide, es wollte noch immer kein Schluck in der untersten Etage ankommen. Alle Passagiere standen fröhlich und geduldig plaudernd im Restaurant in Vorfreude auf den Champagner von Franc. Milo fand seine Gummistiefel am Heck des Schiffes, sie lagen Backbord auf dem B-Deck, in der Nähe der Rettungsboote. Auch Tanias gelber Umhang lag brav gefaltet unter den Stiefeln. Milo lief als erstes zu Hannes.

„Hast Du Tania gesehen? Sie ist weg!" Hannes ließ seinen Drink sofort stehen. Er war noch nicht betrunken genug, um nicht zu wissen, dass es jetzt ernst war. Hannes suchte Marie. „Hast Du deine Freundin gesehen?" Er stand sehr nervös vor ihr, die nur mit den Schultern zuckte. „Sie stand eben noch am Heck!" Das war ja das Schlimme.

Milo rannte zur Kabine von Tania, sie war verschlossen. Betty war wieder am Machen mit einem der Musiker, diesmal dem Schlagzeuger. „Tania, mach sofort auf, wenn Du da drin bist, mach sofort die Tür auf!" Milo hämmerte an die Tür. Betty öffnete die Tür in einem lilafarbenen Negligé. „Oh, hi my dear, the girl you are looking for is not here", reagierte sie sichtlich genervt. Hannes rannte die Plätze ab, die Tania liebte,

A-Deck, B-Deck. Der Platz, an dem Tania oft auf dem klapprigen Stuhl saß und las. Wenn Tania gesprungen war, war es jetzt Zeit, ‚Code Oscar' zu melden. War sie gesprungen?

Seine Gedanken rasten. Wie gelähmt hielt er inne, fassungslos hielt er beide Handflächen vor sein Gesicht. Er konnte ihre letzten Worte in seinem Gedächtnis nicht finden. Worüber hatten sie gesprochen? Wie war Tania drauf gewesen? Hatte er wieder nicht gemerkt, wie verzweifelt ein Mensch neben ihm war?

Es war Milo, der Tania wohl doch noch besser kannte und damit wirklich alle Plätze, an denen er sie suchen musste. Sie war gedankenverloren an den Bug des Schiffes gelaufen, um weit weg vom Trubel zu sein. Es war zunehmender Mond, der Himmel war schwarz und Tania wollte senkrecht in die Sterne sehen. Das geht bei Mond nicht. Bei Vollmond ist der Himmel meist so hell beleuchtet, alles ist weiß, als hätte der Mond ein Nachthemd an. Die Wolken sehen dann aus wie Daunenkissen. Das Meer strahlte wie ein silbernes Betttuch. Wenn man Sterne sehen wollte, musste auf dem Meer der Mond weg sein. Sie lag auf dem Rücken auf den großen Tauen und blickte in abertausend Sterne am karibischen Nachthimmel. Draußen auf dem Meer sind Sternenhimmel fast unwirklich. Der Himmel ist so klar und tief. Sie ging den Tierkreiszeichen nach, war aber nicht gut genug darin, verfolgte den Himmel auf der Suche nach einer Sternschnuppe. Drei Flugzeuge kreuzten gleichzeitig und dann schoss die erste Sternschnuppe über das gesamte Firmament. Sie hatte keine Ahnung, dass Hannes und Milo ein bisschen in Panik geraten waren. Sie musste an ihren Vater denken, der ihr als kleines Mädchen leider eine Wahrheit erzählte, die er besser für sich behalten hätte. Dass manche Sterne schon gar nicht mehr da sind und nicht mehr existierten, sondern nur deren Licht noch scheinen würde und wir nur das Licht sehen, was noch immer auf dem Weg sei zur Erde, und dass es eben so lange braucht, weil es so weit weg ist. Tania erinnerte sich daran, wie ihr Papa völlig verzweifelt vor ihr stand, seinen Fehler augenblicklich bemerkte, weil Tania sofort angefangen hatte, zu weinen, und versuchte, seine Erklärung rückgängig zu machen. Er hatte es nur gut gemeint und wollte physikalische Gesetze erklären. Für Tania brach eine Welt zusammen. Wie konnte sie an etwas glauben und sich an etwas erfreuen, was eigentlich längst nicht mehr existierte und zu Staub explodiert war?

Eine Minute länger und Milo hätte der Brücke ‚Code Oscar' melden müssen. So aber sah er sie. Sie lag ganz friedlich auf dem Rücken auf dem großen Tau. Milo sackte erleichtert zusammen, pfiff durch die Zähne und ging dann, so schnell er konnte, zurück nach Backbord, um Hannes zu finden.

„Ich hab sie gefunden!! Ich hab sie!!! Alles gut!" Er war außer Atem. „My friend, don't worry!" Hannes legte seine Hand auf Milos Schulter. Sie waren beide sichtlich erschöpft. Tania bemerkte gar nicht, in welcher Aufregung die beiden gewesen waren. Sie lag gemütlich auf den Seilen, schaute noch immer in den Himmel und fand es mühsam sich zu überlegen, welcher Stern wohl noch der Echte war und welcher schon gar nicht mehr existierte. Und ein weiterer Gedanke kam hinzu:

Wenn Licht auf dem Weg ist, wie ist es dann mit anderer Strahlung, wie lange dauert es, bis die Strahlung eines Menschen unterwegs ist nach seinem Tod. Sie hatte keine Lust mehr, zur Nordseeparty zurückzugehen. Sie würde sowieso nichts verpassen. Sie könnte den ganzen Quatsch doch sowieso von Sandra zugetratscht bekommen oder im Anschluss auf den Ausschussfotos in den Tüten sehen. Hannes ging schnurstracks an die Bar zurück, nahm seine Jungs in den Arm, nur kurz, mit groben Schlägen auf den Rücken. Bei Männern wirkt das meistens so, als wollten sie alte Teppiche ausklopfen. Birtje stand schon wartend an der Wand. Vom oberen Deck kamen laute Stimmen und Gelächter, gelegentlich schoss ein Champagnerkorken über die Reling. Birtje musste noch zwei Stunden warten. Hannes bestellte Whisky mit Cola, dann noch einen. Sein Abgang sah ansonsten aus wie immer. Er nahm Birtje einfach nur bei der Hand und zog sie durch die Schotten. Birtje winkte ihren Kolleginnen, ein bisschen triumphierend, als wäre sie seine zukünftige Braut, weil er noch immer mit ihr ging. Franc hatte sechsundzwanzig Champagnerflaschen in das oberste Glas kippen müssen, bis die unteren auch etwas abbekamen. Er sah komisch aus, in seinem Nikolauskostüm, mit ein wenig verrutschtem Bart auf einer kleinen Leiter, um ans obere Glas zu kommen. Der Seegang war nicht besonders kräftig und doch dachte Franc oft daran, wie peinlich es wäre mit seinem gesamtem Körper und der Leiter in die Pyramide zu kippen, denn er konnte fühlen, wie sich unter dem Wellengang die Leiter mit ihm darauf sichtlich neigte. Er wurde mit langanhaltendem Klatschen bejubelt, als die unteren Gläser voll waren, und es war ihm anzusehen, dass er Freude daran hatte, den Champagner nun zu verteilen. Er war der meistfotografierte Mann des Abends, wahrscheinlich war er der meist fotografierte Mann der ganzen Cruise. Francs Charme, die Pyramide und das schöne Wetter konnten ein wenig ablenken von den eigentlichen Problemen, auf die Amerika gerade zusteuerte. Denn man feierte in die Weihnachtszeit 1990 weltweit mit durchaus gemischten Gefühlen. Viele Amerikaner waren arglos wie immer. Der Rest der Welt aber ahnte es schon längst. Der Einmarsch der amerikanischen Truppen in den Irak stand unmittelbar bevor. Alle westlichen Geheimdienste hatten angeblich chemische und radioaktive Waffenlager bei Saddam ausgemacht und vermeldeten dies. Jeder verließ sich mit seiner Vermutung auf die Recherchen des anderen und die Weltpresse hatte den Bösewicht längst ausgemacht. Das Konterfei von Saddam Hussein war seit Wochen schon auf Golfbälle gedruckt worden. Man konnte in St. Thomas drei solcher Bälle für zehn Dollar kaufen. Die Golfer an Tisch 14 feixten darüber, dass ihnen plötzlich allen ein viel weiterer Abschlag gelang. Die meisten Amerikaner glaubten im Dezember wie immer fest an den Sieg der Amerikaner und der Alliierten. Eine Materialschlacht von nagelneuen Bombern und Flugzeugen begann. Die Flugzeugträger waren allesamt unterwegs in den Golf. Und es störte sich niemand daran, man berief wieder die jüngsten und unerfahrensten Soldaten Amerikas für den Nahen Osten.

Während auf dem oberen Deck alle mit Champagner versorgt wurden, nahm Tania Milos Stiefel und den

Umhang und ging in ihre Kabine. Betty war schon fertig mit dem Schlagzeuger.

„Hi Betty!"

„Hi Tania. Ahhh, the german guy was looking for you. He was so cuuuute looking." Betty

koketierte. „Wer war da?" Tania verstand sie nicht.

„Dieser Koch, dieser Fleischmacher, der mit den breiten Oberarmen."

„Und was wollte er?"

„Er suchte Dich."

Tania wunderte sich, aber dachte sich nichts weiter dabei. Derweil Betty noch Bürsten in die Haare drehte und Reinigungsschaum ins Gesicht sprühte, war sie längst eingeschlafen.

Es folgte ein langweiliger Seetag mit wenigen Aufgaben, außer Menüs tippen, kopieren, Devisen und „Traveler´s Checks" in Bargeld umtauschen, Durchsagen machen wie zum Beispiel „Ladies und gentlemen, may I have your attention please, this is to inform you, that lunch is now be served on Sky-Deck, that is deck Number 9, thank you", und dem langweiligen Tontaubenschießen passierte nichts. Am Abend nach Dienstschluss ging Tania mit ihrem Buch aufs Crewdeck und wollte noch ein paar Kapitel in den Sonnenuntergang hineinlesen. Auf dem oberen Crew-A-Deck, auf dem sich auch die Crewbar befand, war es sehr voll und laut, es standen ein paar Liegen herum, mehrere Crewmember aalten sich in der Sonne. Tania beschloss, eine Etage tiefer zu gehen, auf das B-Deck. Es war sehr ungewöhnlich, dass eine Europäerin vom A-Deck ins B-Deck runterkam, denn alle Filipinos lebten auf dem

B-Deck, bei ruhiger See knapp über der Wassernarbe. Dort war ihr Reich. Hier saßen sie alle: die Maschinisten in Blaumännern mit den Malern, Lackierern, Polsterern, Elektrikern und ihren Frauen, die den Crewservice oder die Reinigung der Crewkabinen übernahmen. Wenn das Schiff vor irgendeiner Insel zu Anker lag, wurden vom B-Deck aus die Angeln ins Wasser geschmissen und die geangelten Fische wurden gleich dort auf selbstgebaute Grills gelegt. Man saß mit Bierflaschen und Reistöpfen zusammen und plauderte. Es gab gefühlt keine Sorgen, kein Jammern. Sie schwatzten fröhlich und lachten kreuz und quer durcheinander, es schien Tania, als wären sie insgesamt zufriedener und dankbarer für jeden Tag, als der Teil der Küchen-Crew, den sie kennengelernt hatte. Nicht selten hatte jemand eine Gitarre dabei und man sang in großen Runden alte Supertramp-Songs nach. Eigentlich fand Tania dort keine Ruhe für ihr Buch. Aber sie mochte es da unten sehr, es erwärmte ihr Herz, die vielen Filipinos in ihrer Gemeinschaft zu sehen. Sie dachte häufig, sie wäre lieber eine von ihnen. Natürlich kam auch Milo oft auf dem B-Deck vorbei, bestimmt weil das Grillen gefährlich war, aber natürlich auch, um kurze Sätze mit seinen Kollegen zu wechseln, die er sonst nie zu Gesicht bekam. An diesem Abend sprach Milo Tania das erste Mal von sich aus an. Sein Gesicht war entspannt und ruhig, immer freundlich lächelnd. „Was machst Du hier unten auf dem B-Deck, Du solltest auf dem A-Deck sitzen.“ Tania hob ihren Blick von ihrem Buch. Milo trug wie immer das hellblaue Hemd mit der dunkelblauen Hose und am Gürtel hingen eine Taschenlampe und das Walkie-Talkie. „Mir gefällt es hier. Muss ich nach oben?"

„Nein, nein. Überhaupt nicht. Ich dachte nur, Du würdest Dich vielleicht nicht wohlfühlen hier unten."

„Ich fühle mich hier unten sehr wohl. Die Leute hier sind fröhlicher als alle da oben!" Tania nahm die Füße vom Stuhl. „Du bist uns jederzeit ein willkommener Gast. Möchtest Du unseren Reis probieren?"

„Ein anderes Mal, Milo, vielen Dank. Ich wollte nur in Ruhe ein paar Seiten lesen." Sie merkte, dass das wie ein Rauswurf klang und versuchte zurückzurudern. Milo nickte respektvoll, lächelte und ging. Dann kam er mit einem Teller Reis wieder und stellte ihn Tania auf ihr Buch. Ihre Blicke trafen sich, es tat ihr so gut, einen Verbündeten zu haben. Der Reis war köstlich, er war durchmischt mit gegrilltem Fisch und einer süß-sauren Sauce. Tania widmete sich wieder ihrem Buch, obwohl sie dieselbe Seite schon zum dritten Mal las. Ab jenem Abend war Milo ein treuer Aufpasser für sie geworden. Er war nie aufdringlich, immer dezent versteckt, nahm er alles von Tania wahr. Wenn Tania angetrunken aus der Crewbar kam und Steuerbord den langen Gang entlang zu ihrer Kabine ging, ging er parallel auf der Backbordseite mit und ließ sie erst aus den Augen, als sie ihre Zimmertür von innen verriegelte hatte. Es war wieder mal so ein Abend, an dem Betty Besuch in der Kabine hatte. Tania konnte nicht erkennen, welchen Typ sie dabei hatte. Sie sah nur ein paar verrenkte Körperteile und Bewegungen, teilweise sah sie nackte Haut. Sie drehte auf der Stelle um, riss die Tür auf und donnerte sie mit lautem Knall wieder zu. Sie hoffte, sie würde schnell vergessen können, was ihre Augen da gesehen hatten. Manche Bilder muss man löschen, aber sie bleiben leider hartnäckig im Gedächtnis. Sie ging zurück in die Crewbar und bestellte ein Corona bei Carlos, nahm die Flasche vom Tresen und wollte zurück vor das Fotolab. Craig hatte mehrere Beutel Müll in den Gang hinausgestellt, Tania war neugierig. Eine Filmrolle zeigte mehrere Versuche, die Tontaube, in dem Moment, in dem sie durchschossen wurde, mit der Kamera festzuhalten. Was schon deswegen nicht klappte, weil der Schütze die Taube nicht traf. Man sah also irgendwo einen Punkt, der genauso gut ein Fussel hätte sein können. Auf dem nächsten Foto sah sie den Schützen, stolz präsentierte er sein Gewehr. Es war Jonathan Taylor, ein smarter Mann, der schon über fünfzig war, aber immer so tat, als wäre er erst dreißig. Baseballkappe, Kaugummi kauend, man sah ihn rechts an den Backenzähnen liegen beim breiten Grinsen. Er hatte mit den Augen blinzeln müssen, weil das Licht ihn blendete. Seine Frau hatte das Foto gemacht. Tania gab sich drei Punkte, aber die Kabinennummer fiel ihr nicht ein. Sie wohnten pseudoreich auf dem Atlantik-Deck. Tania fand ein weiteres großes Thema, das sich in allen Ausschussbildern zeigte. Sie dachte: Was bewegt uns Menschen in der westlichen Welt bloß dazu, Essen zu fotografieren, also das, was man isst, oder sich selbst beim Essen?

Immer wieder konnte man auf den Ausschussbildern Buffets sehen, geschmückt, jungfräulich unangetastet. Wer den Blitz nicht ausgeschaltet hatte, hatte den Vorspeisenplatten natürlich nichts Gutes getan: Das Roastbeef sah jetzt aus wie eine blutige Leiche und der

Fisch eher wie eine tote Betonwand. Oder man sah lange Schlangen von Menschen am Buffet wartend und mit einem Teller bewaffnet, natürlich alle von hinten. Breite Rücken, schlechtsitzende, viel zu enge BHs, aus denen ein bisschen das Körperfett heraus quoll. Was wollen wir festhalten, wenn wir unser Essen fotografieren? Soll es ein Ausdruck unseres Wohlergehens sein? Wollen wir angeben oder haben wir Langeweile? Gehen dem inneren Auge die Motive aus? Auf keinem einzigen Foto hatte Tania bislang den weißen Sandstrand aus der Bacardi Werbung gesehen, nach dem sie sich so sehnte und den sie unbedingt sehen wollte. Gab es den etwa nicht? Tania staunte über immer mehr Bilder vom Buffet. Sie fotografierten sogar den Brotkorb. Was es oben an Deck gab, wusste Tania nur von den Fotos oder aus den Menükarten, die sie täglich tippen musste, oder die Küchenchef Schwaighöfer neben ihr an der Schreibmaschine stehend diktierte. Damals gab es Schreibmaschinen, die sich schon erste Sätze merken konnten. Man tippte ein paar Wörter ein und drückte dann auf „Enter“, dann ratterte der Schreibkopf los. Die Formatierung des Seitenformats und der Zeilenabstände war schwierig. Man konnte alte Texte, alte Menükarten, überschreiben, aber wehe man überschrieb ein Formatierungszeichen, dann war die Menükarte versaut. Betty hatte sich so sehr darum bemüht, die Menükarten schreiben zu dürfen, aber sie machte schlichtweg zu viele Fehler mit den richtigen diakritischen Zeichen auf den Buchstaben. Es kam Tanja zugute, dass sie so viele Sprachen sprechen und auch schreiben konnte, sie konnte problemlos die französischen Akzente richtig setzen bei Brulée oder Niçoise. Tania quälte der Neid bei der Vorstellung, was die Passagiere morgen oben zu essen bekamen. Sie tippte:

Gebackener Ziegenkäse mit Feigenkonfit auf Feldsalat, gerolltes Seezüngchen an Safransoße, Flusskrebse, Hummerschwänze, Jakobsmuscheln mit Parmesan überbacken

Lammcarré mit grünen, speckumwickelten Bohnen, Sahne-Gratinkartoffeln.

Koscher war das nicht. Tania wusste, Frau Silbereisen machte bestimmt wieder Kommentare.

Fort Lauderdale, Florida

Die vorletzte Nacht vor Einfahrt nach Ford Lauderdale, bei Beendigung der Cruise war immer die Captains Night. An diesem Abend wurde vom Passagier Abendgarderobe verlangt. Tagsüber schloss Tania an der Rezeption mit ihrer Kollegin Sandra ununterbrochen Safes auf und zu, weil sie sich für den Kapitän alle die Klunker aus dem Safe holen lassen wollten. Die Patissiers standen für ein Captains Dinner stundenlang im Eiskühlhaus und zimmerten an einem Eisschwan und an einem Buttervogel herum. Jetzt zu Weihnachten hatten sie auch Bäume und Engel geformt, die in einem glitzernden Tannenwald zu stehen schienen. Hannes kontrollierte das Lammcarré im Ofen. Auf der Bühne im Theater wurden noch einmal die Tanz- und Gesangsszenen geprobt. Es gab keine Kreuzfahrt ohne ein Frank-Sinatra-Imitat. Weihnachten, Christmas, das gejaulte „Coming Home For Christmas“ und „Jingle Bells“ waren allgegenwärtig. Und so machte das ganze Schiff irgendetwas, nur die Calypsos hatten frei. Blechtrommelmusik war nicht weihnachtlich genug und fiel aus dem Programm. Die ersten Möwen kamen schon ans Schiff und zeigten den Weg in den sicheren Hafen. Craig und Dave bereiteten auf dem E-Deck das formelle Captains-Dinner-Abend-Erinnerungs-Foto vor. Es sollte $7,50 kosten und konnte am letzten Tag der Cruise als Erinnerungsfoto erworben werden. Sie hängten dafür einen meerblauen Pannesamtvorhang unter die Decke zwischen zwei Türen, zogen ihn an der Wand entlang bis ungefähr zwei Meter über dem Fußboden. Stuhl drauf für die Ladys, fertig. Craig stand an der Kamera, die er dazu auf ein Stativ geschraubt hatte und Dave fischte die Paare auf ihrem Gang zum Restaurant am Eingang ab: „Gentleman, stellen Sie sich bitte hinter ihre Frau." Ja, so ist es recht, Bauch einziehen, Cheese! und Klatsch, kurzer Hintergrundblitz. Fertig, ein royales Foto. Manchmal gruppierte Dave auch Familien um den Stuhl herum, dabei saß dann die älteste Frau auf dem Stuhl. Eigentlich hatte er dafür ein ganz gutes Gespür, wer als Gruppe funktionierte und wer nicht. Sie machten mehr als fünfhundert Fotos in dieser einen Stunde. Es war ihre ertragreichste Stunde auf der gesamten Kreuzfahrt. Vorausgesetzt mit dem Entwickler ging nichts schief.

Der letzte Abend in der Crewbar war immer ein sehr lauter und langer Abend. Jedes Mal verabschiedeten sich irgendwelche Crewmember voneinander, weil sie auf ein anderes Schiff oder in Urlaub gingen. Es kam auch vor, dass Verträge endeten und oft war nicht klar, ob man die Person jemals wiedersah oder ob die Person jemals wieder auf ein Schiff steigen würde. Manche hofften, sie könnten endlich einmal ‚Auf Nimmerwiedersehen' sagen zum Schiff. Hannes saß auf seinem Platz an der Bar. Tania fühlte sich allein, hatte nirgends wirklich etwas mitzufeiern, sah ihn und setzte sich neben ihn. „Und wie oft hast Du schon eine Abschiedsfeier gegeben?" Sie piekste ihn in die Seite. „Das letzte Mal vor den Ferien im Oktober. Ich dachte es zumindest..." Und nach einem langen Seufzer sagte er: „Ich dachte, es sei mein Abschied für immer. Aber man kommt nicht davon los." Er nahm einen tiefen Schluck. Dann kam er mit seinem Gesicht ganz nah an Tania heran und fixierte ihre Augen. „Ich hab es versucht, ich krieg es nicht hin. Ich werde verrückt." Nach dem nächsten Schluck fiel sein Kopf vor die Brust. Als er ihn wieder anhob hatte er traurige Falten im Gesicht. Er hickste. Dann grummelte er: „Einmal Seemann, immer Seemann!" Tania war sich ihrer Sache sicher und hieb mit der Faust auf den Tresen. „Ich bleib hier sechs Monate und keinen Tag länger!" Hannes lachte und es war ein wirklich offenes, lautes, schepperndes Lachen: „Das habe ich auch gesagt. Aber dann fang dein Leben da draußen mal irgendwo wieder an. Du wirst sehen. Das geht gar nicht. Ich hab hier alles, brauche nichts. Kein Auto, kein Telefon, nichts. Es ist einfach." Er zündete sich eine Zigarette versehentlich am Filter an. „Habe immer nette Mädels um mich rum, genug Bier! Wohnungen, Versicherungen, diese Drecks-Darlehen, weißt Du, wie mich das ankotzt? Ich brauch doch in Deutschland schon tausende von Mark, um einfach nur da zu sein. Ohne mich zu bewegen, zahl ich Gebühren, Steuern und Versicherungen. Und hier, hier bin ich einfach und es kostet mich nichts."

„Hast Du denn irgendwo da draußen irgendwen, der auf Dich wartet, was weiß ich, Mutter, Vater, Familie, Freundin?"

„Nee…Meine Familie – die seh ich im Urlaub. Das reicht mir." Er wirkte inzwischen schon sehr betrunken. Er säuselte leise und gedankenverloren das Lied „Come on, Baby light my Fire" vor sich hin. Er hatte den ganzen Tag praktisch nur getrunken. „Ach, ist doch scheißegal", stammelte er resigniert und ging auf die Außenfläche, von der aus er in den Himmel starrte. Er stand dort vom Mondlicht angeschienen breitbeinig da wie ein Cowboy, die Finger in den Jeanslaschen, die Tolle vor sich her schwingend und wieder zufrieden grinsend. Tania stellte ihren Gin ab und verabschiedete sich innerlich von ihrer ersten Kreuzfahrt. Zwölf weitere würden folgen. Für die Reeder war es Kreuzfahrt Nummer 194. Sie wollte ins Bett. Morgen war der große Aufräumtag. Da war sogar die Crewbar geschlossen. Alles drehte sich um die Immigration, die Rückeinreise nach Amerika, um das Reinigen des Schiffs. Eine komplette Inspektion der amerikanischen Gesundheitsbehörden stand in Fort Lauderdale bevor, das große Verklappen begann.

Der letzte Tag auf See sollte für alle Passagiere so angenehm wie möglich sein. Die formelle Abendgarderobe sollte getrost im Koffer verstaut bleiben, ließ der Cruise Manager in seiner Zeitung ausrichten, abends zum Dinner reichte das Oberhemd und eine lange Hose. Mittags wurde ein großes italienisches Buffet aufgebaut, Hannes hatte allerlei Reste in der Lasagne verarbeitet, es gab verschiedene Pastasaucen. Alles, was bis heute Nacht nicht aufgegessen wurde und unverpackt war, wurde weggeschmissen, ging über den Schredder zum Wasserentzug. Später über die Schotten ins Meer. Laut Gesetz durfte kein verarbeitetes Essen wieder in den Hafen nach Amerika eingeführt werden. Davon ausgenommen war Knäckebrot. Die Fische im Meer freuten sich auf die Reste. Sie warten bestimmt schon, dachte Tania. Hannes liebte diesen Tag. Sie nannten die letzte Nacht polnische Nacht. Verwerten und vor die Fische werfen. Alles wurde klinisch blank gewienert. Hannes war jetzt Souschef, putzen, das konnten getrost auch seine Assistenten machen. Es war der Tag, an dem die Postenchefs locker auf dem Crewdeck lagen, um sich über die Reste Corona oder, was sonst noch weg musste, her zu machen. Wer eine Freundin hatte, hatte seine Freundin dabei. Auch Birtje lag schön mit Tanning Oil auf der Liege. Sie hielten Händchen. Tania verbrachte ihren Feierabend ab 14 Uhr mit einem Schiffrundgang. Ein paar Mal schaute sie auf die Decks über ihr, wo gelegentlich auch einmal Passagiere an der Reling standen und aufs Meer schauten. Sie wanderte mit ihrer Kamera umher und fotografierte kleine Details, Schiffstaue, die zu Rollen, zu Schnecken, zu Achten aufgerollt waren. Unwirkliche Schatten durch Verstrebungen, die ein grafisches Bild erzeugten. Sie fotografierte die lange Schiffsreling, den weißen, strahlenden Koloss, auf dem ein einzelner Kopf mit Sonnenhut draufzustecken schien.

Anschließend ging sie ins Fotolabor und schaute Dave und Craig bei ihrer Arbeit zu. Jetzt kamen die Portraits vor blauem Pannesamt durch die Rollen. „Hier rollt das Geld!“, freute sich Craig und rieb sich die Hände. Es war ein recht stressiger Tag für die beiden, denn natürlich hatten alle Passagiere noch die letzten Filme abgegeben und auch die mussten entwickelt werden. Eine ordentliche Menge an Filmen lag als Ausschussbilder wieder in den Mülltüten, weil die Maschine wieder doppelt belichtet hatte. Sie fand einen Film, der bestimmt von einem Filipino abgegeben worden war. Man sah acht Personen in einer Viererkabine, in der Mitte wieder einen Riesenkochtopf, zwischen Daumen und Zeigefinger hingen lange Baracudas an den Kiemen, die Männer lächelten stolz in die Kamera. Der Tisch war voller Flaschen. Tania freute sich über diese kleine, gemütliche Filipino Party.

Ein Film musste von einer der Stewardessen kommen: Lauter Mädels in Bikinis lagen in Aruba, wie Tania anhand der Landschaft und Meeresfarbe vermutete, und tranken Piña Colada aus Kokosnüssen mit bunten Blumen drauf. Oder war es doch Tortola? Sandra war mittendrin, sie schien der Fotografin Befehle gegeben zu haben und grölte auf jedem Bild in die Kamera. Man sah deutlich, wie Sandra lachte, als hätte sie dabei einen Zustand der totalen Freiheit. Es war ihr komplett egal, was der Fotograf dort gerade von ihr ablichtete, auch wenn es die Plomben am hinteren Backenzahn wären. Kein einziger, noch so kleiner Muskel im Gesicht zeigte Anspannung, nur natürliche Falten. Das Lachen kam von ganz unten, ganz tief heraus. Die beiden anderen Frauen auf dem Bild versuchten, nett und freundlich lächelnd fotografiert zu werden, und wirkten dagegen gekünstelt. Tania mochte Sandra immer mehr. Auf einem anderen Foto entdeckte sie Familie Goldstein, Kabine 442, 444. 13 Punkte! Sie saßen, wie konnte es anders sein, beim Essen in einem Insel-Restaurant. Vor ihnen auf dem Tisch stand irgendein Karibik Schaumwein, so teuer wie Champagner, aber Fusel und daneben eine große Fischplatte mit mindestens sieben verschiedenen Krebs- und Langustentieren. Sie saßen im Schatten unter einer Veranda. Gab es an Bord nicht genug zu essen?

Tania hatte Frühschicht am folgenden Tag, die See war ruhig. Alle kamen schon sehr früh an die Rezeption. Hier und da wechselten die Passagiere große Dollarnoten in kleine um, ging es doch jetzt darum, die Trinkgelder für alle zu hinterlassen. Sie leerte zum letzten Mal vor Ankunft in Fort Lauderdale den großen Briefkasten an der Rezeption. An diesen letzten Tagen war er immer besonders voll, auf den letzten Drücker werden die meisten Postkarten geschrieben. Sie wusste, dass sie die Post eigentlich nicht lesen sollte, *aber Ansichtskarten, darf man sich ansehen*, sagt sie zu sich. Eine Frau hatte an die fünfundzwanzig Postkarten geschrieben. Sie hatte unterschiedliche Motive gewählt, aber sie enthielten alle denselben Text: John and I are out again for a splashing wonderful trip through the Carribeans and we try to find Santa Claus, Merry Christmas!

Und was die für Lügen auftischten: Nicht nur, dass sie beim Wetter schummelten, manche behaupteten, sie waren in Häfen, in denen die Royal Norway nicht einmal angelegt hatte. Tania amüsierte das. Übermorgen, wenn der große Postsack am Hafen stand, hoffte sie, er würde überquellen vor Liebesbriefen von Italo an sie. Diese ganzen schönen Songs auf dem Meer machen keinen Sinn ohne Liebe.

Die Achille Lauro

Als auch der letzte Safe geleert war und der letzte Gast von Bord war, wurde das Schiff neu beladen. An der Pier standen noch weitere Paletten Plastik-Weihnachtsbäume mit Lichterketten und bunten Kugeln. Der Cruise Manager nahm sie entgegen und teilte sie an die Abteilungen auf. Tania hatte fünf Tannenbäume in Rezeptionsnähe aufgestellt und dekoriert. Die Adventszeit und Weihnachten waren für Angestellte auf Luxusdampfern bis auf die Hütten-Jausen in der Crewbar eigentlich sehr unromantisch. Passagiere durften feiern, die Crew musste noch aufmerksamer und fleißiger sein. Die Weihnachtstouren kosteten ein Vielfaches. Das Menü wurde noch aufwendiger zusammengesetzt, Kaviar war da, Wild, Reh, Hirsch und Fasan wurden aus Deutschland eingeflogen, und Hummer, Hummer und nochmals Hummer und natürlich Langusten. Das Restaurant hatte einen fünf Meter hohen Baum bekommen, der an der Stelle stehen sollte, an der sich sonst die Champagnerpyramide befand. Jede Bar, die Bühnen, sogar das Kino hatten einen Baum bekommen und im Kartenspielraum und in der Kapelle lagen üppige Weihnachtsgestecke. Tania versetzte jeder weitere Baum und jedes weitere Gesteck, das sie sah, einen Stich, denn es fehlte der Geruch von Tanne, was sie unglaublich traurig machte. All diese Bäume sind Plastikbäume und die Lichterketten waren schon DRAN. Der Fuß passte immer, kein Gesäge und die Äste sind in wunderbarer Form. Amerikanische Weihnachtsbäume stehen wie eine eins. Die Träume von zuhause vom Tannenbaumgeruch, den Bienenwachskerzen, den kleinen Strohsternen oder den roten Äpfeln waren dahin, dachte sie traurig. Nur kurz flackerten bei Tania Bilder und Gerüche aus Erinnerungen auf, dann verscheuchte sie sie mit einem energischen Fuchteln wieder. Wer amerikanische Tannenbäume kennt, findet sie unheimlich kitschig, aber wenn sie dann bunt umherblinken, merkt man die falsche Tanne nicht und es sieht so kitschig aus, dass es eigentlich auch schon wieder schön ist. Um 15 Uhr hatte Tania endlich Feierabend und Zeit, bis zum Auslaufen um 18 Uhr von Bord zu gehen. Sie nahm ihr Rad aus der Kabine und trug es von der Gangway hinaus auf die Pier, auf der das routinierte Beladen des Schiffes in vollem Gange war. „Na endlich ist das Rad aus der Kabine weg, wird auch Zeit“, frotzelte Betty, während Tania die Kabine mit ihrem Rad verließ. Sie hatte ja Recht. Tania wollte es jetzt lieber im Frachtraum lassen. Sie radelte die lange Pier entlang, wo an- und abreisende Autos hintereinander in Schlangen standen und fuhr mit ihrem Rad Richtung Downtown Fort Lauderdale. Sie hatte am New River Court einen Zeitungsladen empfohlen bekommen, der deutsche Zeitschriften und Magazine anbot. Sie wollte sich noch einen „Stern“ oder „Spiegel“ besorgen. Was war, außer dass bald Weihnachten war, los in der Welt? Es war unmöglich, das auf dem Schiff zu erfahren. Die Nachrichten waren überhaupt nicht weihnachtlich. Seit der Irak Kuwait überfallen hatte, lief das deutsche Embargo gegen den Irak. Deutsche hatten den Irak beliefert und wollten dies fortan tun, jetzt trieb es manche deutschen Firmen in die Insolvenz.

Deutschland lieferte schon immer Material für Kriege, das war Tania nicht neu. Manchmal waren diese Länder nur leider irgendwelche Schergenstaaten. Jetzt lag die Wirtschaft mit der Politik im Kreuzfeuer. Die Zeitungen waren voll mit Prognosen und Warnungen, was die Konsequenzen wären, wenn Amerika sich mal wieder in den Krieg dort einmischen würde. Alles roch nach Konflikt und Auseinandersetzung, so kräftig, wie es bei einem aufziehenden Gewitter nach Regen riecht. Als Tania um halb sechs wieder zum Schiff zurückkam und am Pier durch die Security gehen wollte, waren wieder alle in heller Aufregung. Das Nachbarschiff am Dock, die MV Seraphine, hatte eine Bombendrohung erhalten. Deren Passagiere und Crewmitglieder standen alle an der Pier und versammelten sich in großen Gruppen. Eine Bombendrohung von wem diesmal? Saß da ein lustiger Spaßvogel am Telefon? Oder kam der Krieg nun auch tatsächlich im eigenen Land, an einem Pier im sonnigen Florida an? Für Terror waren Kreuzfahrtschiffe leichte Zielscheiben. Konnte man im Hafen leicht Bomben an Bord bringen? Getarnt in Gemüsekisten oder zwischen Champagnerflaschen?

„Wahrscheinlich irgendein frustrierter, arbeitsloser Idiot aus dem Hochhaus gegenüber! Trottel!“, mutmaßte Sandra verärgert, sie hatte Spätdienst und beriet sich mit dem Staffcaptain. Trotzdem hatte Kapitän Haugen vorsichtshalber auch seine Norway evakuieren lassen. Und aus mehreren Crewmembern, die nicht von Bord gegangen waren, wurde ein „Bomb Search Troop“, ein Bomben-Suchtrupp gebildet. In Zukunft, gab Gunnar Holmberg bekannt, war Crewmember

#210 verantwortlich, bei Bombendrohungen alle Safes auf- und zuzuschließen und nach Bomben abzusuchen. Sowie alle Wände und Flure bis zu den Mitteltüren. Die Kellner suchten das Restaurant ab, die Köche die Küche, die Stewardessen die Kabinen. Maschinenraum, Elektrik, Brücke. Jeder seinen Bereich. Das sah erst lächerlich aus, wie ein Eiersuchen zu Ostern, aber es hatte einen fürchterlichen Beigeschmack: Was wäre eigentlich, wenn man eine Bombe fände? Dazu ausgebildet war natürlich niemand. Bombendrohungen wie diese gingen ab diesem Tag beinahe in jedem US Hafen ein und beinahe für jedes Schiff. Spinner hin oder her. Der Terror war da. Die Angst war da und sie wuchs. Niemand an Bord hatte daran gedacht, ins Visier zu geraten, für einen direkten Terrorangriff, vielleicht einen Torpedobeschuss? Oder vielleicht gar für Entführungen, Erpressungen gegen Geld oder für die Freilassung von inhaftierten Verbrechern, wie es einst bei der Achille Lauro war. Keiner erinnerte sich genau an die Geschichte der Achille Lauro. Nachdem die Norway wieder freigegeben worden war und die Passagiere wieder an Bord gegangen waren, stand Tania mit dem Staff Captain an der Gangway. Er hatte seine Pfeife schon die ganze Zeit im Mund hängen, man erkannte ihn bereits von weitem an den kleinen Rauchwolken, die ihn umgaben.

„Was ist das hier, Gunnar? Wer hat uns diesmal bedroht?“, fragte Tania verunsichert. Gunnar hatte eine ernste, nachdenkliche Miene. „Wir werden das beobachten müssen. Aber ich sag Dir, das ist nicht das letzte Mal, dass wir eine Bombendrohung bekommen. Wir müssen auch aufpassen, wen wir an Bord lassen.“

„Wer soll denn an Bord kommen?“

„Palästinenser, Tania – irgendwelche Schurken.“

„Warum Schiffe? Warum hier in Florida?“

„Es ist ja nicht das erste Mal, dass gedroht wird. Es wird nur immer versucht, es zu vertuschen.“ Er ließ seinen Blick über den Hafen schweifen und zog dabei seine Augen zusammen, als wolle er am Kai etwas noch schärfer erkennen. Dann drehte er sich wieder zu Tania. „Kannst Du Dich an die Achille Lauro erinnern?“

„Ja… nein… ein bisschen…“ Der Name Achille sagte ihr etwas, aber was, hatte sie natürlich vergessen.

„Ich erzähl's Dir!“ Er zog kräftig an der Pfeife. „Die Achille lag in Alexandria am Dock, sie lag damals hinter der Royal Denmark. Das war am 7. August 1985! Ich weiß das so genau, weil meine Frau an dem Tag Geburtstag hat. Man munkelt, es sollte die Denmark treffen, aber es traf die Achille Lauro!“

„Was traf die Achille?“, fragte sie mit wachsendem Unbehagen. Gunnar rieb seinen Bart und erzählte weiter.

„Es passierte am fünften Tag der Kreuzfahrt durch das östliche Mittelmeer vor der ägyptischen Küste. Von den fast 1500 Passagieren waren 800 mit Bussen nach Kairo ins Museum unterwegs, der Rest, 700 amerikanische und europäische Passagiere blieben an Bord, genossen mehr Platz, mehr Ruhe, sie tranken oder spielten Bridge. Ein Garbagemanager oder die Kabinenstewardess, das weiß ich nicht mehr genau, hatte in einer Kabine einen Koffer mit Waffen gefunden und dies dem Kapitän mitgeteilt. Es waren zwei Palästinenser, irgendwelche Mittelsmänner an Bord, sie waren getarnt als französische Touristen. Andere aus der Gruppe der Palästinenser seien auf dem Weg nach Israel gewesen, um dort einen Terrorangriff zu starten. Aber weil der Kapitän nun über die Waffen Bescheid wusste und alles aufzufliegen drohte, haben die Palästinenser kurzerhand beschlossen, das Schiff zu kapern."

Gunnar lachte ein bisschen auf. „Und dabei haben sie sich irgendwie vertan, die Deppen, und kurzerhand die Achille genommen und nicht die Denmark. Sie haben das falsche Schiff gekapert! Die Denmark lag genau am gleichen Dock an dem Tag. Käpt'n Ulversen, der lange Zeit auch Kapitän auf der Norway gewesen war, hat das immer erzählt. Um ein Haar wäre die Denmark damals in die Luft geflogen! Die Achille wurde von nur vier Palästinensern angegriffen, gekapert und letztlich entführt. Die in Kairo merkten erst nichts, für die anderen 700 Passagiere begann eine Kreuzfahrt der ganz besonderen Art, eine, die sie nie vergessen würden: Keine Kreuzfahrt, sondern eine Odyssee in den Terror."

Gunnar nickte dabei langsam und genoss die Wirkung seiner Worte. Die Eingangstür am Schott wurde dicht gemacht. Gunnar kontrollierte den festgezogenen Bolzen und nickte den Filipinos zu. Sie gingen den langen Gang entlang über mehrere Schotten. Es entstand eine Pause, die Tania zu lang war und dann fuhr er fort: „Die Palästinenser forderten die Freilassung von 51 in Israel inhaftierten Landsmännern und drohten, bei Nichtfreilassung das Schiff spätestens in Alexandria in die Luft zu jagen. Sie verließen den Hafen und nahmen auf offener See mehrere Geiseln, eine davon war ein armer gehbehinderter, fast 70-jähriger jüdischer Amerikaner namens Leon Klinghoffer.. Die Behörden waren viel zu langsam. Verstehst du? Das war ganz neu, ein Schiff zu kapern! Minister, Geheimdienste, Behörden und Botschaften wussten lange Zeit nicht, was sie machen sollten. Und dann haben die Palästinenser die Nerven verloren und den armen Mann einfach erschossen und ihn im Rollstuhl über Bord geworfen."

„Code Oscar!", ergänzte Tania trocken.

„Richtig! Aber er fiel schon tot über Bord."

Tania hörte mit offenem Mund zu.

„Das macht mir Angst".

„Muss es auch!"

„Aber wir sind doch weit weg vom Nahen Osten." Tanias Stirn lag in Falten. „Und was würden Terrorristen von uns wollen?"

„Tania, denk nach!" Tania fiel nichts ein.

„Wir haben über 80 Prozent Juden an Bord! Und Du glaubst, der Terror dreht sich diesmal nicht um Juden und Palästinenser? Um Israels Freundschaft mit den USA und die Verbrüderung von Palästinensern mit dem Irak? Araber und Moslems gegen Juden. Der ständige Konflikt in Nah Ost, weil die UNO 1947 einen Staat Israel mitten in Palästina ansiedelt und sich wundert, dass sich die Araber ihr Land nicht so einfach wegnehmen lassen." Tania kämpfte innerlich mit sich, bevor sie schließlich doch erwiderte: „Ich trau mich das gar nicht zu sagen, aber es war ja wohl keine so gute Idee, Israel nach Palästina zu verfrachten."

„Da hast Du recht. Es war sogar eine schwachsinnige Idee! Trau Dich ruhig. Das war nicht zu Ende gedacht. Die Juden eroberten immer mehr Land, sie nahmen sich das fruchtbarste Land und enteigneten die Palästinenser. Manche mordeten und zwangen Familien zur Flucht", zählte er ohne Luft zu holen auf.

„Und dann wundern sie sich, wenn sich die Palästinenser wehren?", entgegnete Tania entrüstet und ungläubig. „Ja, sie wundern sich. Wenn Du mich fragst, kann ich die PLO verstehen. Reden hat überhaupt nicht geholfen. Israel bekam immer schon Unterstützung von den USA, vor allem in Form von Waffen, ist doch klar, dass sie provoziert sind und zurückschlagen."

In Tania keimte ein komisches Gefühl auf. Sie dachte nach, warum einige Juden, nachdem man ihre Familien jahrelang verfolgt hatte, nun keineswegs friedlich mit Menschen umgehen konnten, sondern stattdessen Palästinenser ermordeten.

„Warum stellen sich einige Juden über die Araber?", fragte sie zögerlich und dann schlug ihr Verstand ein neues Buch auf: Sie war plötzlich irgendwie auf der Seite der Palästinenser. Gunnar ließ ihr Zeit nachzudenken. Er mochte ihre interessierten Fragen. Meistens unterhielt sich niemand so lange mit ihm. Gunnar seufzte und fuhr fort: „Jerusalem wird nie zur Ruhe kommen. Alle Religionen behaupten, der Tempel gehöre ihnen."

„Egal, ob Palästinenser, Iraker, Libanese, für viele Araber ist das Bündnis zwischen Israel und Amerika ein Satansbündnis. Ein amerikanischer Jude ist demnach ein Doppelt-Satan, ein Satan hoch zwei!" Tania schob ihr Kinn vor, lehnte sich mit dem ganzen Körper zurück und stieß trockene Luft aus. Sie hatte verstanden: „Radikale Moslems werden unsere Schiffe lieben!" Aber sie machte sich Mut und entgegnete so selbstsicher wie nur möglich: „Ach, was! Überall auf der Welt fahren Schiffe rum, warum ausgerechnet unseres?" Gunnar bekam einen Auftrag über sein Walkie von der Brücke, was das Gespräch abrupt beendete. „Sorry, Tania, Brücke ruft. Ich muss zurück." Tania ging allein den Weg durch das Treppenhaus auf A-Deck. Ihre Schritte waren schwerer als sonst. Das ungute Gefühl war ab jetzt an Bord und reiste mit.

Am selben Abend klopfte Tania an Gunnars Bürotür. Sie wollte noch mehr wissen von der Achille. „Gunnar, darf ich stören?", fragte sie, während sie die Tür einen spaltbreit geöffnet hatte und ins Innere der Kabine spähen konnte. „Komm herein, setz Dich. Möchtest Du ein Bier?"

„Nein danke, was war dann mit der Achille, wie ging es aus?" Gunnar machte sich ein Bier auf, wühlte in seinem Tabak und stopfte sich langsam eine Pfeife. Und dann erzählte er ihr alles, was er wusste, er war schließlich selbst dabei gewesen. „Weder Syrien, wo die Terroristen der PLF hinwollten, noch Zypern, ließen die Achille andocken. In Port Said schließlich stiegen die Männer in eine Boeing um, die dann aber mit zig Militärmaschinen, alle vom großen US Flugzeugträger der USS Saragota, abgefangen wurde. Die Boing landete in Sizilien. Ihr Anführer Muhammad Zaidan, der seine Männer in Sizilien besuchte, wurde von den Italienern wegen Mangels an Beweisen gebeten, nach Jugoslawien auszureisen, die Amerikaner verurteilten ihn dennoch zu fünfmal lebenslang. Daraufhin war Amerika natürlich stinksauer auf Italien, dass sie den Chef der Palästinensischen Befreiungsfront (PLF) haben einfach so gehen lassen. Du musst wissen: Muhammad Zaidan, der eigentlich Abu Abbas hieß und einer der Gründer der PLF war, hatte im Irak unter Saddam Husseins Schutz acht Jahre lang auf einer Farm Kiwis angebaut."

„Tania, rate mal, was die Amerikaner daraus gemacht haben!", Gunnar grinste spöttisch. Die Haare im Ohr fingen an zu wackeln.

„Keine Ahnung!"

„Na klar: Es wurde ein Hollywoodstreifen daraus gemacht, 1990! Stell Dir vor! Einen bekloppten Film haben sie daraus gemacht. Na ja, nichts Tolles: „The Achille Lauro Affair". Und rate mal, wer die Hauptrolle, den Klinghoffer, gespielt hat: Der rote Korsar Burt Lancaster! Die Hauptrolle im Rollstuhl!" Tanja kannte den roten Korsaren, sie liebte ihn mit seinem Salto vom Dach. Gunnar trank die halbe Flasche auf Ex. „Und dann produzierten sie Jahre später aus dem spannenden Stoff noch ein Musical als Film. Ja! Stell Dir das vor: der Palästinenserüberfall als Musical!" Er lachte beim Reden. „John Adams, ein nicht unpopulärer Komponist und Dirigent komponiert das große Terror Fiasko als Musical! Die PLF Terroristen drohen mit Maschinengewehren nach Orchestermusik! Der arme Klinghoffer geht mit großem Streichkonzert über Bord! Frau Klinghoffer sitzt eingekesselt von Terroristen auf dem Deck und singt still leidend ein Ligretto. Jahre lang möchte Adams seine Oper auch auf der Bühne uraufführen, was ihm in Amerika alle verweigern."

„Weil seine Oper antisemitisch war und die Terroristen glorifizierte?"

„Ja genau!“

„Die Oper spaltete die Meinungen. Sie haben Adams wahrscheinlich auch mit Tomaten beworfen. Bis heute wird er angefeindet.“

„Warum muss es überhaupt politische Themen in Opern geben? Kann ich jetzt doch was zu trinken bekommen?“

„Sicher, hier nimm.“ Er reichte ihr ein Bier. „Hast Du Wasser? Ich hab nachher noch Dienst.“

„Vielleicht bin ich einfach nicht intellektuell genug und verstehe nichts von politischer Freiheit in der Kunst.“

Gunnar ging an seinen Wandschrank und nahm eine Videokassette in die Hand:

„Und noch einen Film gab es: Hier! Die Schreckensfahrt der Orion. Aber die Geschichte ist natürlich nicht echt: Hier geht es um einen Ebola Virus, an dem schon das halbe Schiff dahingerafft wurde, wäre da nicht eine tapfere Ärztin mit ihrer Tochter.“

„Klingt langweilig.“

„Ist langweilig! Die Regierung stellt das Schiff unter Quarantäne und droht, es später in die Luft zu jagen, weil der Virus nicht aufzuhalten ist. Da kommen die Meuterer an Bord, von PLO Gesinnung merkt man in dem Film nichts. Die Navy hat jetzt alle Torpedos aufs Ziel gerichtet …klingt beknackt, oder? Ist es auch, denk Dir den Film selber zu Ende.“

Tania sah sich das Cover an, das Schiff sah aus wie die Norway. Sie gab sie ihm zurück und er stellte sie zurück in den Wandschrank. „Kreuzfahrtschiffe erschleichen sich so langsam den Hauptdarsteller auf der Leinwand.“

Gunnar wirkte, als freute ihn das richtig und machte ihn stolz, aber er ergänzte dann noch mit spitzem Ton: „Ich meine nicht die erste Titanic Verfilmung vom Nazi Goebbels 1943!“. Gunnar stand an seinem Regal voller Bücher und Videos und griente.

„Erst durch die Achille wurde Terror auch auf Schiffen als Verbrechen erklärt.“ Gunnar kramte ein Buch hervor und blätterte. „Hier, der Artikel 3 der „Rome Convention for the Suppression of Unlawful Acts against the Safety of Maritime Navigation of 1988” ist quasi nach der Affäre mit der Lauro dazugefügt worden.“ Er rezitierte: „Die gewaltsame Übernahme und Kontrollausübung eines Schiffes ist ein internationales Verbrechen, so wie die Tötung oder Verletzung einer Person an Bord.“

„Und Du glaubst, der Norway könnte das Gleiche wie der Achille passieren.“

„Ja, Tania, das glaube ich. Der Norway und jedem anderen Schiff mit vielen Passagieren drauf. Aber wenn ich darüber rede, werde ich ausgelacht.“ Tania trank ihr Bier aus, ihr war mulmig geworden. Sie verabschiedete sich. „Danke, Gunnar. Wollen wir mal hoffen, dass hier nichts passiert.“

„Ja, Tania, das hoffe ich auch.“ Tania ging zurück durch das endlose Treppenhaus am Mittelschiff. Je länger sie darüber nachdachte, desto mehr verschwammen ihre Empfindungen. Wer waren im Nahost-Konflikt die Bösewichter? Die Palästinenser? Die Israelis? Warum waren die Juden nie so richtig beliebt? Ging es mal wieder ums Öl? Verstand sie die Zusammenhänge richtig? So durcheinander es in Tanias Kopf war, so durcheinander war es wahrscheinlich selbst bei den verantwortlichen, hochbezahlten Politikern.

Die MS Norway lief wegen der vorsorglichen Evakuierung mit zwei Stunden Verspätung aus, aber von den Passagieren merkte keiner wirklich etwas. Sie standen an der Reling und warfen etwas häufiger Luftschlangen vom Schiff und auf den Balkonen der Seabreeze Hochhäuser standen die Fans noch länger als sonst, denen ging die Puste nie aus. Die Norway stand wirklich unmittelbar vor den Hochhäusern, Balkone und Reling genau gegenüber, man konnte alles erkennen. Die Frau, die Tania schon im rosafarbenen Bademantel kennengelernt hatte, stand jetzt in einem türkisblauen Frottee-Jogger da. Tania belegte unzählige Safes aufs Neue und half verwirrten Passagieren, sich auf dem Schiff zurechtzufinden. Sie zeigte einem alten Mann den Bridgekartenraum, den hatte Tania ebenfalls noch nie gesehen, ansonsten kannte sie sich jetzt schon recht gut aus. Große Postsäcke standen an der Rezeption und es war Sandras Aufgabe, die Post zu verteilen. Päckchen von den Philippinen. Zeitschriften, Briefe aus aller Welt. Jeder Briefmarkensammler wäre vor Freude in die Knie gegangen. Tania beobachtete Sandra ganz genau. Sie schielte auf jeden Brief. „Du denkst, Dir hat jemand geschrieben?“ Sandra sortierte jeden Brief genussvoll langsam, nachdem sie bemerkt hatte, dass Tania sie beobachtete. „Bislang noch nichts,“ frotzelte sie. Sie war sich ihrer Macht bewusst. „Da scheint ja jemand verliebt zu sein, he, davon weiß ich ja noch gar nichts, wirst Du mir das erzählen, sweetheart?“ Dabei ging Sandras

Stimme deutlich in eine höhere, fast quiekende Tonlage. „Ich hab es versaut!“, antwortete Tania leise.

„Was hast Du versaut? Erzähl mehr!“ Sandra witterte Abenteuer. „Ganz sicher nicht hier! Wenn überhaupt, dann vielleicht abends mal“, gab sie klein bei. Es war schlimm, sich Sandra so ausliefern zu müssen. Wenn sie wüsste, wie kompliziert es war, das zu erzählen. War sie überhaupt verliebt? In wen eigentlich? War sie immer dann verliebt, wenn sie spürte, dass der Mann verliebt war? War sie verliebt in die Tatsache, dass er verliebt war? War sie verliebt, weil sie irgendein Kribbeln in sich spürte? War sie dann eigentlich viel mehr in sich selbst verliebt, weil sie solche Gefühle haben konnte, oder war sie tatsächlich in den Mann verliebt? Tania wünschte sich in diesem Moment nichts sehnlicher als schnell auf ihre Kabine zu entschwinden, weg von Sandra und dieser furchtbar unangenehmen Situation.

Die Bombendrohungen waren das Thema des Abends in der Crewkantine. Es schien, als hätte es niemand so ernst genommen wie Tania. Alle waren der Meinung, dass Amerikaner zu viel fern sahen und sich einen Spaß machen wollten. Tania begleitete einen alten Herrn mit Rollator zum Gottesdienst von Pastor Young in der kleinen Kapelle neben der Piano-Bar.

Der Pastor erhob seine Arme und predigte feierlich aus dem Buch Mose:

„Als nun Mose seine Hand über das Meer reckte, ließ es der Herr zurückweichen durch einen starken Ostwind die ganze Nacht und machte das Meer trocken und die Wasser teilten sich. Und die Israeliten gingen hinein mitten ins Meer auf dem Trockenen, und das Wasser war ihnen eine Mauer zur Rechten und zur Linken. Und die Ägypter folgten und zogen hinein ihnen nach, alle Rosse des Pharaos, seine Wagen und Männer, mitten ins Meer. Der Herr sprach zu Mose: Recke deine Hand aus über das Meer, dass das Wasser wiederkomme und herfalle über die Ägypter, über ihre Wagen und Männer. Da reckte Mose seine Hand aus über das Meer. Und das Wasser kam wieder und bedeckte Wagen und Männer, das ganze Heer des Pharaos, das ihnen nachgefolgt war ins Meer, so dass nicht einer von ihnen übrigblieb."

Tania dachte: Gut, dass das keine Palästinenser oder Ägypter hörten. Pastor Young wäre über Bord gegangen. Sie wünschte sich nur, schnell Feierabend zu haben, auf das Hochbett zu klettern und zu schlafen. Der Tag war zu viel für den Kopf und zu viel für ihr Herz gewesen. Sie hatte keine Post bekommen. Ihr Herz zersprang vor Kummer und hätte ihr Herz Flügel gehabt, es wäre aus der engen Lüftungsluke herausgeflogen. Sie starrte auf die Lüftungsklappe und dachte daran, wie sie Italo kennengelernt hatte. Sie traf ihn auf einer fürchterlichen Party, die irgendwo 20 km außerhalb Zürichs draußen in Dietikon von Drogenheinis für Untergrundtypen gemacht wurde. Italo kam aus der italienischen Schweiz und war Bänker. Die Diskothek war irgendwo im fünften Stock, es war ein Laden, der nur deswegen eine Konzession hatte, weil er keinen Alkohol ausschenkte. Da konnte man seinen Alkohol selber mitbringen! Tania hatte eine Gin Flasche dabei und musste nur 12 Stutz (Stutz ist das moderne Wort für Franken) für eine Flasche Tonic bezahlen. Fies daran war natürlich, dass alle irgendwelche Flaschen dabei hatten und sich alle wie wild irgendwelche Cocktails ausdachten mit der Bierkiste und dem Whisky vom Nebentisch. Die fünf Stockwerke kam kaum einer heile runter. Nach so einem Abend war man krank. Tania war sich nie sicher, warum die Schweizer sich das antaten. Italo war total zugedröhnt mit Kiff und Whisky. Tanias Gin gab ihm den Rest. Er verliebte sich sofort in sie, weil sie alle unter den Tisch trinken, tanzen konnte und zu den schönen Dingen in ihrem Leben nicht nur einfach „schön g'seh", sondern für einen Schweizer so lustige Worte wie „knorke", „rattenscharf" oder „geil" sagte. Als Tania das erste Mal mit Italo im Bett lag und ihr T-Shirt hob, fiel Italo in Ohnmacht, weil sie keinen BH trug, wohl aber zwar kleine, jedoch feste, nahtlos braungebrannte Brüste hatte. Italo war so entsetzlich in Tania verliebt, dass ihm zittrig wurde und er in der Bank die Zahlen verdrehte. Tania liebte es, tagelang mit ihm im Bett zu liegen und mehrmals am Tag mit ihm in Ohmacht zu fallen. Sie liebte auch seinen Karthäuser Kater mit Wohnung-an-der-Autobahnauffahrt-in-Dietikon-Neurose, dafür durfte sie auch den hässlich originalgetreuen 1,50 m hohen Porzellantiger bei einem Wutausbruch aus dem Fenster knapp auf die Autobahnauffahrt schmeißen. Sie brachte ihm alles bei, von dem sie immer dachte, dass es alle wissen müssten, den Unterschied von Rotwein und Rotwein, den Unterschied zwischen Lammcarré und Lammdöner, aber auch den Unterschied von einfach nur küssen oder ohnmächtig knutschend vom Barhocker zu kippen.

Sie schrieb:

Lieber Italo,
ich vermisse Dich. Ich habe hier bislang nur wenige Vertraute. Ich kann mich nur mit wenigen Menschen unterhalten. Aber es sind so viele Geschichten. Alle haben so viel erlebt. Interessiert es Dich, was ich mache, oder hast Du mich aus Deinem Leben verbannt? Ich bin traurig, wenn ich an unsere Zeit in Dietikon denke oder an unser Café am Limmat. Ohne Dich wär ich gar nicht hier, Du hast mir so die Daumen gedrückt beim Vorstellungsgespräch, weißt Du noch? Du warst so eifersüchtig, weil der Personalchef der Norway mich in ein Hotelzimmer bestellte. Ich schwör Dir noch mal, da war nichts, da war gar nichts. Das Zimmer war eine Suite und ich saß im Büroteil. Damals setzte er mich auf die Warteliste. Jetzt bin ich schon hier. Ich weiß nicht, ob es richtig war. Es würde mir helfen, wenn Du mir sagst, wie Du darüber denkst.
In Liebe Tania.

Die Schweiz, die Bank, alles war unmittelbar wieder bei ihr. Der dicke Karthäuser Kater lag sogar beinah auf dem Papier. Tania weinte still vor sich hin. Sie hatte alle Wurzeln abgehackt, war heimatlos und schipperte durch die Karibik, derweil das Leben in Europa irgendwie ehrlicher schien. Sie schämte sich für ihre Herzlosigkeit. Sie schämte sich für die herzlosen Amerikaner. Für die herzlosen Israelis. Sie weinte sich in den Schlaf.

Am nächsten Morgen versammelten sich die Menschen am Info-Brett vor der Rezeption nur, um den über Telex und per Sputnik von Brücke an Rezeption gepusteten Wetterbericht zu lesen. Wieder kein Wort von Krieg. Wie war das Wetter? Das Wetter war wichtig. Wehe in Alabama war es wärmer als in Miami. Wehe man verpasste ein paar sonnige Tage zu Hause, wo man doch tausende Dollar in der Karibik für Sonne ausgab. Hoffentlich regnete es den Nachbarn ordentlich aufs Dach.

Der nächste Seetag begann und es ging wieder in den Bahamasgürtel. Tania beschwerte sich beim lieben Gott, dass er zu den üblichen Strömungen und Wellen noch Wind beigemischt hatte, fast sogar Sturm. Aber sie wusste, es standen ihr wieder fast 24 Stunden Geschaukel bevor, 15 Grad Neigung, eigentlich eine Lachpille für Seemänner. Es war trotzdem beängstigend, das Boot kippt nach links und noch ein Stück und noch ein Stück, die Gardinen rutschen beiseite, die Schubladen reißen auf und scheppern wieder zu, die Flaschen unter dem Spiegel fallen um, die Kleider auf den Bügeln im Schrank verrutschen, um dann mit demselben Schwung nach rechts zu kippen. Die Wellen waren sieben Meter hoch. Lesen ging nicht, schreiben erst recht nicht. Tania entschied sich, spätabends noch an die frische Luft zu gehen, um einen Blick auf den Horizont werfen zu können. Sie ging an den Schotten entlang, wurde immer mal wieder nach rechts und links geworfen. Tania stellte sich die riesigen Wassermassen rechts und links vor, die das riesige Schiff zerschnitt. Es machte ihr Angst, umgeben nur von schwerem Stahl unter der Wassernarbe entlang zu laufen. Tania fühlte sich wie in einem U-Boot. Gedanklich nahm das U-Boot Fahrt auf, hinab in einen Strudel aus negativen Gedanken und Gefühlen. Es kostet sie viel Kraft, von diesem Tiefpunkt wieder aufzutauchen und diese Emotionen wieder von sich zu schieben. Sie konnte an ihrer Situation nichts ändern. Sie versuchte, zu vertrauen, sich diesem Auf und Ab ohne Gegenwehr hinzugeben. Sie verstand Hannes' Worte zur Verbundenheit und der verqueren Freiheit, die man auf dem Schiff hatte, immer besser. Sie lief weiter und kam zu ihrem Lieblingsort auf dem A-Deck am Heck. Der Mond hing wie eine große Lampe am Himmel und machte aus dem weißen Schiff in der Dunkelheit einen Körper, der auch von selbst aus zu leuchten schien. Ohne Probleme hätte sie in der Nacht in ihrem Buch lesen können, so hell war es. Tania warf lange, schwarze Schatten hinter sich. Die Strudel, die die Turbinen aufwarfen, sahen aus wie Wasserfälle. Die weißen Schaumberge leuchteten scheinbar von selbst. Es waren Kunstwerke. Tania bewunderte die lange weiße Spur, die das Boot auf dem Meer hinter sich herzog, wie eine Braut ihren Schleier. Tania dachte nach: *Wenn man auf die Wellen sieht, glaubt man immer, man sieht Delphine und Wale. Aber es sind Wellenkämme. Wie muss der weiße Pottwal in einem solchen Mondlicht geleuchtet haben! Wie ein Eisberg! Und was muss Kapitän Ahab mit seiner Crew für eine Wahnsinnsgeduld mit Moby Dick gehabt haben. So viele Tiere leben da unten, aber sie bleiben einfach unter der Decke.*

Sie tauchte gedanklich unter Wasser zu den Tieren

und fühlte sich sofort wohl. Sie genoss es, mit ihnen zu schweben. Die Geräusche, die das große Schiff machte, verebbten langsam, es blieb nur noch das Meer ohne Geräusche, ohne Motoren, kein Hämmern von Turbinen, nur ein leiser Herzschlag, der immer leiser wurde, immer leiser und dann friedlich stehenblieb. Tania fragte sich, ob sie ihr Herz zum Stillstehen anleiten könnte. Sie träumte im Nichts zu schweben und fühlte sich entspannt und befreit. Das Schiff stieg im stetigen Rhythmus langsam in die Höhe, bis zu einem toten Punkt und senkte sich in derselben Langsamkeit bis zum tiefsten Punkt der Welle. Tania wollte diesem Auf und Ab, diesem Schiff, entkommen. Sie war sich sicher, dass sie im Wasser schwimmend weniger umhergeschaukelt werden würde, als an Deck, vor allem wenn sie allein im Wasser war. Sie sah sich langsam sterbend unter Wasser sinken. Es war ein angenehmes Gefühl. Eine Liege auf dem Deck wurde umgeworfen, von dem lauten Geräusch erwachte Tania aus ihrer Melancholie. Sie kam auf Deck an und nahm sich die Liege. Tania stellte sie längs zur Fahrtrichtung auf. In der Kabine lagen alle immer quer zur Fahrtrichtung und Tania dachte, dass das eigentlich nicht wirklich gut sein konnte. Jetzt wollte sie das Liegen längs zum Schiff ausprobieren. Sie versuchte gedanklich nun jede Bewegung mitzumachen: Das hieß zu erleben, wie der Magen fast von den Fuß- bis zu den Haarspitzen und zurück schwappte. Die Wellen wurden so stark, dass sie dachte, sie würde über den hinteren Rand der Liege rollen, wie bei einer Rolle rückwärts. Tania schlief ein, bis Milo sie weckte. „Geh nach Hause, die Wellen sind zu stark. Und es wird kalt“, sagte er und berührte dabei leicht ihren Arm. Tania wandelte unter Milos Begleitung völlig benommen und schlaftrunken zurück in ihre Kabine.

Boat Drill

Draußen auf dem Sky-Deck gab es wieder einen Lebensrettungsdrill, angeordnet vom Staff Captain Gunnar Holmberg. Tania hatte wieder ihr Boot #10 und freute sich, Franc wieder zu sehen. Er und zwei Filipinos mussten diesmal das Rettungsboot hinunterfieren, hierbei gab es jede Menge Dinge zu kontrollieren: Es waren Schäkel und Splints zu öffnen und Hebel umzulegen. Es klappte ganz gut. Tania sah Francs Oberarme in der Sonne blitzen, unter der Weste. Sie waren gut trainiert und sehr muskulös. Die Passagiere waren vollzählig erschienen. Es waren alles Amerikaner. Es waren fast alles alte Amerikaner. Ein Pärchen kam auf zwei Rollatoren an. Ein Familienvater machte Fotos von seinen Kindern und bat Tania und Franc mit aufs Bild. Für einen Moment hätte man denken können, es sei ihre eigene Familie, ein glücklicher Franc, eine glückliche Mutter Tania und ihre zwei Kinder. Das fühlte sich schön vertraut an. Zum ersten Mal mochte Tania den Lifeboatdrill. Das war gut so. Der Staff Captain überprüfte die Crew bei ihren Übungen, fast unsichtbar ging er zu den Booten und schrieb Protokolle. Später lud er Tania, Franc und die anderen beteiligten Crewmitglieder auf die Brücke ein, zur Nachbesprechung. „Ihr habt das gut gemacht. Alle Passagiere haben zugehört, das Einsteigen war ruhig. Das Fieren hat gut geklappt, ohne Rucken, gleichmäßig. Da habt ihr gut zusammengearbeitet.“ Er sprach ruhig und bedacht. „Das mit den Gruppenfotos ist nicht so schön, aber nun gut, bitte lassen Sie das in

Zukunft. Ein Lifeboatdrill ist zwar kein Ernstfall, aber auch kein Event für die Foto-Story." Er zündete sich seine Pfeife an. Gunnar sah aus wie ein Seebär. Weil es lange still war, flüsterte Tania, „Darf ich Ihnen eine Frage stellen?"

„Noch eine? Hast Du nicht gefrühstückt? Nur zu, girl!" Seine Handflächen öffneten sich einladend und er sah ihr konzentriert in die Augen. Die Filipinos verabschiedeten sich.

„Was hat es mit Code Oscar auf sich, ich meine, gibt es das wirklich? Mann oder Frau über Bord? "

„Was möchtest Du genau wissen?" Tania traute sich nicht richtig: „Naja, springen die Menschen absichtlich, gibt es das? Oder fallen sie zufällig?"

Gunnar dachte einen Moment nach, strich sich den Bart am Unterkiefer glatt. „Ich habe es in meiner Laufbahn mehrfach erlebt, ja, ja...manche Menschen kommen an Bord, um sich das Leben zu nehmen. So richtig mit Absicht. Andere sind einfach nicht vorsichtig. Sie trinken, werden labil, sentimental, melancholisch, zweifeln an ihrem Tun. Die springen aus Verzweiflung. Und wieder andere stolpern. Ja, sie stolpern wahrscheinlich über Bord."

Tania dachte über das Gesagte nach.

„Bitte, Gunnar, könnten Sie mir mehr davon erzählen?" Gunnar lachte leicht verwundert über Tanias spezielles Interesse auf, nahm einen kräftigen Zug aus der Pfeife und holte in einer dicken Wolke von süßem Tabak zu einer langen Rede aus: „Ich bin jetzt 26 Jahre auf See, 14 Jahre mit den Royal Cruise Lines unterwegs, fünf Jahre auf der MS Norway als Staff Captain. Allein auf der Norway habe ich zwölf Menschen gehabt, die über Bord gegangen sind. Zwei sind gefallen, einer wurde geworfen, die anderen sind wahrscheinlich freiwillig gehopst."

Franc war nun auch gefesselt: „Von diesem Schiff?"

„Ja, zwölf von diesem Schiff. Das machen die nicht zufällig, wisst ihr. Die kommen auf das Schiff, reisen eine letzte Passage. Sie kommen an Bord, um das Leben zu verlassen. Ich glaube, sie planen das. Sie suchen sich nur noch den passenden Augenblick.

Der Mond, das Wasser, die Strudel, das zieht an wie ein Magnet, offenbar kann man sich dem nicht entziehen." Gunnar sah nachdenklich auf seinen Schreibtisch. Eine nächste Rauchwolke umhüllte die drei. Franc sagte nichts. Er saß da, bewegte sich nicht, seine verschränkten Hände lagen ruhig auf den Knien. „Eine junge Frau war dabei, sie war Kabinenstewardess lange Jahre. Das war schlimm, denn ich kannte sie. Ich mochte sie. Carolina, ja. Pause. Andacht. Ich vermisse sie sehr." Gunnar verzog sein Gesicht, man sah ihm den Schmerz an. „Sie meinen, die springen plötzlich mit Absicht und begehen Selbstmord?", kam es von Tania voller Entsetzen. „Ja. Die falten ihre Sachen und legen sie fein säuberlich auf irgendeinen Desk-Chair oder irgendwo hin, stellen noch die Schuhe ordentlich nebeneinander dazu und springen ins Meer." Franc und Tania sagten gleichzeitig: „Nackt?"

„Ja, nackt! Nur einer war angezogen. Fein angezogen. Am helllichten Tag! Er hatte einen Anzug aus feinstem Stoff an, mit weißem Frackhemd und weißer Fliege, wie auf einem Opern-Ball."

„Und hat man Abschiedsbriefe gefunden, irgendwas?

Irgendeinen Anhaltspunkt? Wer soll denn das verstehen?" Tanja regte das richtig auf. „Meistens nein." Er korrigierte sich. „Doch! Von der Stewardess gab es einen Brief: Sie hat sich bei Gott bedankt für das schöne Leben."

„Und warum hat sie es beenden wollen?" Tania war betroffen. „Nun ja. Die Lebenswege nehmen oft einen anderen Verlauf. Bei Carolina war es so, ihr langjähriger Freund hatte sie mit so einer Kosmetikfrau aus dem Spa betrogen. Das war zuviel für sie. Ich glaube, ihr letzter Halt, ihr letzter Strohhalm knickte ein." Tania und Franc sahen sich tief in die Augen, als wollten sie sich gegenseitig mit Baumstämmen festhalten. Aus Franc platzten die nächsten Fragen heraus: „Was passiert dann? Was macht die Crew dann? Findet man die Menschen?"

„Erst kommt die Durchsage: Code Oscar Steuerbord, Backbord, Bug, Heck, Mittelschiff – wo auch immer, aus den Lautsprechern auf der Crewebene, der Kapitän veranlasst einen sofortigen Maschinenstopp und die zuständigen Crewleute versammeln sich auf der Brücke, dann geht sofort das motorisierte Schlauchboot zu Wasser und sucht. Alle Scheinwerfer gehen aufs Wasser. Manchmal wird auch auf Passagierdeck eine Durchsage gemacht. Dann werden auch die Passagiere gebeten, mit aufs Wasser zu sehen. Das aber nur bei Tageslicht. Nachts hab ich das noch nie gemacht, da sieht man sowieso nichts. Und ich schmeiße keine Passagiere aus dem Schlaf und versetze die alten Menschen in solche Aufregung. Das geht tagsüber, am Pool. Da kann man schon mal auf Mithilfe hoffen. Aber tagsüber springt niemand. Da fällt höchstens jemand."

„Und, findet man sie?"

„Am Tag hab ich einmal den Mann wiedergefunden, den im Frack. Aber nachts, nachts… Nein, nachts … niemals. Fünf Sekunden reichen und sie sind weg! Kein Radar schnappt sie auf, kein Auge, kein Fernrohr, die Köpfe, die da aus dem Wasser ragen sind so winzig, vergiss es. Ich habe nur einen der zwölf wiedergefunden."

„Aber Mr. Holmberg! Warum tun die das?" Tania war mehr als geschockt, sie sank in sich zusammen. Sie hatte eigentlich selbst eine Antwort, denn sie kannte das Gefühl der Verzweiflung, es schlich sich ja auch ganz langsam in ihre Blutbahnen ein. „Es muss die Nähe von Todessehnsucht und Todesfurcht sein. Vielleicht der Reiz von Beidem zur gleichen Zeit. Wenn das so ist, sind vielleicht alle Menschen, die irgendwo Halt verloren haben, die sich fühlen, als werden sie nicht mehr gebraucht, gefährdet. Vielleicht ist das Springen dann eine Erlösung von dem qualvollen Alleinsein?"

Tania saß still da und dachte über das Alleinsein nach. Ihr Blick war noch immer gesenkt. Sie knetete ihre Hände und spielte mit ihrem dicken Ring, den sie am Ringfinger ihrer linken Hand trug, in dem sie ihn abwechselnd abnahm und ansteckte. Gunnar, der sie dabei beobachtete, betrachtete ihre Hände. Plötzlich sagte er: „Du hast sehr interessante Hände, Tania!"

„Vielen Dank, Gunnar, komm Franc wir gehen", antwortete sie mehr als verwirrt über diesen abrupten Themenwechsel und Gunnars Interesse an ihren Händen. Sie fühlte sich unbehaglich und wollte lieber schnell gehen. „Nein, warte." Gunnar bat die beiden, sich wieder zu setzen, holte einen dicken schweren

Ordner aus dem Regal und schlug ihn langsam auf. Man sah originalgroße Abdrücke von Handflächen und Fingern. Er blätterte durch die Seiten. Skeptisch verfolgte Tania sein Tun und wollte schon erneut äußern, dass sie jetzt wirklich gehen müsste, da sagte Gunnar voller Eifer: „Hier sind die Handabdrücke meiner Hände. Der rechten und der linken Hand. Jedes Jahr mach ich mehrfach einen Abdruck. Sieh mal hier, das ist meine Hand vor fünf Jahren, aber sieh mal: die Linie ist plötzlich ganz anders." Tanias Blick fiel auf eine Linie, die auf einem der neuesten Abdrücke plötzlich abbrach, in den vorherigen jedoch noch deutlich länger gewesen war. „Wir verändern uns. Die linke Hand sagt, was dein Leben vorgibt. Die rechte zeigt, wie du dich bewegt hast. Meine Frau ist vor fünf Jahren gestorben", sagt er wie beiläufig. „Die Linie ist – abgebrochen. Rechts siehst Du, links ist sie lang und rechts bricht sie ab. Zwei Hände sind nie identisch. Die linke Hand weist den Weg, zeigt, wie dein Leben gedacht ist und in der rechten siehst Du, wie es verläuft."

„Zeig mir mal deine Hände!" Tania zögerte. Wer möchte schon gern, dass jemand in einem lesen kann? Oder womöglich vorgegebene Dinge voraussagte, die Tania nicht verkraftet hätte. Nach kurzem Ringen siegte ihre Neugier und sie hielt ihm die Hände hin. Gunnar nahm Tanias rechte Hand, dann die linke. „Hier diese Linien. Handkante. Hier ist eine Schwangerschaft! Hast Du ein Kind? Hier, hier ist ein Einschnitt, siehst Du, den hast Du links nicht."

Tania saß abends auf Deck-B, hatte sich langsam mit

Rotwein betrunken und schrieb einen langen Brief mit sehnsüchtigen Worten an Italo:

Lieber Italo,
ich würde jetzt gerne mit dir Wein trinken und aufs Meer schauen,
Dich küssen, und wieder aufs Meer schauen,
und Wein trinken, und nach Knoblauch stinken,
Deine Haut und meine Haut,
braungebrannt und mit Sonne geladen, und Sand im Bett,
lange Schatten, flackerndes Licht an der Wand,
und Dich lieben, immer nur lieben.
Kippen mit Dir, aus den Laken,
einen langen Felsen hinunter, wie zwei Möwen,
hinüber über Gischt und Schaum,
und dann kippen in die Wellen,
in das Blau und Schwarz – in das Schweigen,
und dann schwerelos schwimmen und tauchen,
wie zwei Delphine,
und dann am Meeresboden entlang, kippen in die Kruste, in die Spalte, dem Erdkern nahe,
Hitze und verbrennen,
und dann fliegen durch einen langen Krater
und wieder Möwe, Wind und Gischt,
und wieder Laken,
und wieder Wein und dann Flecken im Bett,
und wieder Knoblauch und Dich noch mehr lieben.
In Liebe, Tania

Sie hätte den Brief genauso gut auch Franc schicken können. Die Sehnsucht nach körperlicher Nähe wurde immer schlimmer. Sie dachte immer, ihr Verlangen sei treu an immer nur einen Mann gebunden. Aber es war egal, welcher Person der Brief galt. Wichtig war nur zu erkennen, dass man überhaupt in der Lage war, sehnsüchtig zu sein. Vielleicht auch leidenschaftlich. Die Sonne und das Meer taten immer ihr Übriges, sie tankten diese Urbedürfnisse einfach auf und verstärkten jedes Gefühl. Als würde bei vom Salzwasser weichgespülter, braun gebrannter Haut alles erst so richtig aus den Poren herausquellen. Sie legte den Brief beiseite und nahm eine heiße Dusche, verkrümelte sich danach sofort in ihrer Kabine und betäubte die Poren mit noch einem Glas Rotwein.

Die Stimmung an Bord wurde langsam weihnachtlicher, Tania merkte das vor allem an den Postsäcken. Es wurden immer mehr, die der Hafenagent zu ihr an Bord brachte. Der Hoteldirektor legte fest, nach dem 20. Dezember sollten nun auch dekorative Pakete und Päckchen unter den Tannenbäumen liegen. Tania umwickelte nun täglich leere Kartons mit buntem Papier und band Schleifen darum. Manchmal gesellte Maggie sich dazu und sie konnten währenddessen über alle möglichen Dinge reden, auch über alte Weihnachtsbräuche daheim in den Familien. Tania erzählte viel von polnischer Tunke, die ihre Großmutter immer kochte, Maggie erzählte, wie viele Tage ihre griechische Großmutter in der Küche stand, um nach Australien ein halbwegs griechisches, orthodoxes Weihnachtsessen zu zaubern. „Ich fühl mich so leer, wie dieser Karton hier, hab höchstens ne schöne Schleife drum, die mich zusammenhält“, seufzte Tania. Maggie war immer ein wenig sachlicher: „Denk dran honey, Du wolltest den Job, hier ist er, also hör auf zu heulen.“

„Feiern Juden eigentlich auch Weihnachten wie wir?“, fragte Tania unvermittelt. Maggie stutzte, sie war total überfordert von Tanias Frage. Die beiden standen am Concierge Desk, als Ursula Silbereisen gerade um die Ecke kam und Kurs auf Tania hielt. „Frag die doch!“

„Meinst Du?“ Tania konnte noch immer nicht normal mit den jüdischen Passagieren reden, geschweige denn sie etwas Persönliches fragen. Sie konnte sich nicht erklären, warum sich dieses beklemmende Gefühl immer noch nicht in Luft aufgelöst hatte, sondern sie immer noch begleitete. Sie schämte sich wie auf Knopfdruck. Sie stotterte: „Go...good morning, Mrs. Silbereisen, darf ich Sie etwas fragen?“

„Aber gerne, honey, immer raus damit!“ Ursula Silbereisen schlug die Arme über ihrem Bauch zusammen und legte erwartungsvoll den Kopf schief. „Feiern Juden auch Weihnachten?“, brachte Tania nach einer längeren Pause endlich heraus.

„Ahh, das ist es! Nein, Honey, wir feiern kein Weihnachten. Und nein Hanukkah ist auch nicht das jüdische Weihnachten, wie oft fälschlicherweise gesagt wird, es ist nur zur ungefähr gleichen Zeit. Für uns gibt es kein Weihnachten, weil es ja die Geburt Jesu ist und bei uns gibt es keinen Jesus, deswegen auch kein Weihnachten.“

„Diese Bäume, die Geschenke, die

Weihnachtsdekoration hier, mach ich die dann quasi umsonst? Ich meine, es sind doch viele Juden an Bord."

„Nein, Honey, das machst Du nicht umsonst. Viele Juden feiern Weihnachten, weil sie es für ihre Kinder so schön finden. Du glaubst ja nicht, wie viele Juden aus Amerika deutsche Familien haben! Manche Juden sind auch christlich geworden!" Frau Silbereisen lachte fröhlich: „Weihnukka, Chrismukka, honey, so nennen wir das!" Sie lachte dabei, als hätte sie etwas Lustiges gesagt. „Eine Mischung aus beidem! Schön macht ihr die Pakete, es sieht so lovely aus. Ich freue mich schon auf den Abend und das großartige Weihnachts-Menü und danach schenke ich mir ein besonderes Geschenk." Maggie traute sich, nachzufragen: „Sie beschenken sich selbst?"

„Man macht sich selbst die besten Geschenke, honey. Keiner kann es besser, als Du selbst", sagte sie mit Bestimmtheit, während sie noch im Gehen mit dem Blumenfinger auf Maggie zeigte. Sie hatte eine Parfümwolke von einem sicherlich kostbaren, aber viel zu aufdringlichen Parfüm hinterlassen. „Da merkst Du es! Die hat es drauf! Das war druckreif!" Maggie grinste ihr bewundernd hinterher. „Naja, ist ja schon ein bisschen komisch, dass einige Juden hier eigentlich nicht so richtig wissen, was sie wollen. Koscher essen will sie, aber an Weihnachten drücken sie ein Auge zu?" Tania war nach dem Gespräch noch verwirrter als vorher. Die Aussagen der alten Dame hatten ihr nicht wirklich weitergeholfen, um sich ein besseres Bild der Juden und ihrer Gebräuche zu machen. Das beklemmende Gefühl war auch nicht weniger geworden. Sie war enttäuscht und irgendwie verärgert darüber, dass Frau Silbereisen ihr Gespräch oder auch sie nicht ernst genommen hatte, sondern offenbar eher belustigend fand. „Die Frau ist durchgeknallt, wenn Du mich fragst," sagte Maggie in die entstandene Stille hinein. „Hast Du ihren Goldzahn am Hals gesehen? Ich weiß es von Roberto, er ist Sommelier an ihrem Tisch. Er hat ein Gespräch aufgeschnappt. Sie hat diesen Zahn bei der Besichtigung eines Konzentrationslagers bei Dir da in Deutschland gefunden und jetzt will sie in ihrer Heimatstadt ein Holocaust Denkmal errichten und diesen Zahn irgendwie einmauern lassen. Sie sagte, sie hat schon mehrere Millionen Dollar in ihrer jüdischen Gemeinde in Pittsburgh zusammengesammelt. Sie will mitten auf dem Platz so ein Beton oder Granitteil aufstellen und diesen Zahn da feierlich beleuchten lassen. Er soll an das Morden erinnern."

„In Pittsburgh? Was hat das denn mit Pittsburgh zu tun?" Tania fand das unlogisch, wieso denn nicht in Deutschland oder Israel.

„Ich hab keine Ahnung, vielleicht will sie sich wichtig machen?"

„Naja, so oft wie möglich an den Holocaust zu erinnern, ist ja auch erstmal nicht verkehrt, oder?"

„Aber in Pittsburgh, mit einem Betonklotz und dem Zahn eines Unbekannten? Ich weiß ja nicht!" Maggie zuckte mit den Schultern, beide waren sie ratlos.

Am Abend luden die Schwedinnen in die Crewbar ein. „Ihr müsst unbedingt kommen, es ist so sweet", warb Sandra beim Lunch in der Kantine. „Tania, leg dein blödes Buch weg und komm, um Mitternacht geht's los!", sagte sie unwirsch. Die Schwedinnen saßen ja sowieso jeden Tag gemeinsam am Tisch, aber dieses Mal steckten sie die Köpfe ungewöhnlich dicht zusammen.

Die Crewbar war bis 23 Uhr menschenleer, aber dann kamen plötzlich viele. Auch die, die sonst auf der Brücke in ihrer eigenen Offizierskantine blieben, waren in weißen Uniformen gekommen. Es war dunkler als sonst, Carlos hatte kein Licht anmachen dürfen. Dann drehte er auch die Musik runter. Vom Backbord Schott aus hörte man ein leises Glöckchen klingen. Dann noch einmal.

Dann ein weiteres, lauter und näherkommend. Und dann kamen die Schwedinnen in einer langen Reihe hintereinander in die Bar, in weiße Kleider gehüllt und mit brennenden Kerzen und Lichtern in der Hand. Barfuß. Sie sangen dazu ganz sanft, drehten sich dann im Kreis, hoben die Kerzen synchron gen Himmel und wieder vor ihre Brust und sangen auf Schwedisch ein Lied. Alle hatten einen Kranz, eigentlich eher eine Goldkrone, im Haar, die Haare darunter waren offen und glatt gebürstet. Sie sahen aus wie Engel. Wie Elfen. Birtje war auch da, ihr Kleid war ein wenig durchsichtig, was Hannes sehr erregend fand. Es hörte sich an wie ein Singsang aus alten Zeiten, als man die Geister des Lichts beschwor, wiederzukommen, oder ihnen dankte, dass sie wiedergekommen waren. Die Spannung hielt lange, auch wenn das Lied sich jetzt wiederholte und der Tanz langsam aussah wie Ringelpietz, die Luft war erhellt mit ihrem Licht und Kerzenschein und schenkte ein paar festliche Minuten. Das Innehalten, das Schweigen und Staunen beseelte alle. Bei der dritten Wiederholung brach die Stimmung ein, ein paar Engel hatten fürchterlich angefangen zu kichern und zu prusten, dann löste sich der Elfenpulk auf und sie rannten in Trippelschritten alle durcheinander aus der Bar und waren verschwunden. Carlos war so nett und wartete mit der Musik noch einen Augenblick. Nach diesem Tanz wurde kräftig bei ihm bestellt, deutlich mehr als sonst. Nur Betty blieb nicht, sie hatte wieder einen Typen an der Angel. Tania wusste, es dauerte jetzt so ein bis zwei Stunden. Sie nannte es Bettys Tun und Machen mit Schmierereien. Spätestens um ein Uhr stolperte dann immer irgendeiner völlig benommen über die Schwelle. Als Tania um zwei von der Feier nach Haus kam, dachte sie, die Luft sei rein, war es ja irgendwie auch, der Typ war weg, aber rein war die Luft nicht, es roch nach dem eklig, billigen Nina Ricci Parfüm.

Die große Weihnachtscruise startete am 22. Dezember in Fort Lauderdale, ging am 23. Dezember bei Key West an das Dock und fuhr dann über die Feiertage gemütlich auf offener See herum. Tania war nicht besonders weihnachtlich zumute. Sie wollte nur, dass die Tage möglichst schnell vorbeigingen. Am Heiligen Abend, am 24. Dezember 1990, drohte der irakische Präsident Saddam Hussein, dass Israel das erste Ziel eines Angriffs sein werde, sollten sich die UN-Bündnispartner gegen ihn wenden. Am 26. Dezember 1990 entsandte die Sowjetunion zwei Schutzpersonen nach Bagdad, um die Rückkehr der 1.700 noch im Irak befindlichen Fachleute und Beamten vor Ablauf des Ultimatums zu ermöglichen.

Bølge

„Wer macht eigentlich heute den Club Empfang?" Sandra warf die Frage in die Runde an der Rezeption, obwohl sie schon längst wusste, wer dafür ausgesucht worden war.

„Den bitte was?", fragte Tania sie. Sie schloss gerade einer 85-jährigen Dame den Safe auf und wieder zu. Das war so ungefähr das 78ste Mal an diesem Abend. Sandra erklärte: „Der Club-Abend. Da treffen sich alle Club Mitglieder der Royal Norway und trinken auf den Kapitän. Der ist heute, am Vorabend des Heiligen Abends, etwas ganz Besonderes, Tania. Wie wär's? Kannst zwei Stunden weg von der Rezeption." Sandra zwinkerte ihr mit ihrem rechten Auge verschwörerisch zu. Mit Speck fing man bekanntlich Mäuse. Was Sandra verschwiegen hatte, war, dass Tania in ein norwegisches Dirndl gesteckt werden würde und ein Tablett voll Linie Aquavit den über 70-jährigen wie Sauerbier anbieten musste. Linie oder Aquavit wurde unter Seemännern getrunken, wenn der Äquator überquert wurde. Das ist weltweit so, schon seit hunderten von Jahren. „Aber wir überqueren doch den Äquator gar nicht!", protestierte Tania leise. Ihr kläglicher Versuch, sich doch noch irgendwie aus der Affäre zu ziehen, misslang. Sandra lachte nur und nickte ihr dabei aufmunternd zu. Die Reederei hatte sich den Bølge-Club als Vielbucher-Belohnung ausgedacht. Der Name „Bølge" ist das norwegische Wort für Welle. Am Bølge-Clubabend werden all diejenigen eigens vom Kapitän begrüßt und geehrt, die schon ein paar Mal mit der Royal Norway unterwegs waren.

Nicht gleich beim zweiten oder dritten, aber ab dem fünften Mal wurde man zu einem solchen Abend eingeladen, ab dem zehnten Mal gab es eine Anstecknadel mit Wellenemblem und norwegischer Flagge drauf aus Silber. Tania stand wenig später in einem rot-grün-karierten Dirndl mit grüner Schürze und weißer Bluse an der Eingangstür der Captains Lounge. Nach zehn Cruisen wurde man noch ein bisschen freundlicher begrüßt. Dann gab es zur Begrüßung einen Schaumwein und einen Obstkorb auf das Zimmer. Man kann sich kaum vorstellen, dass an diesem Abend jemand geehrt wurde, der bereits fünfzigmal mit der Royal Norway unterwegs gewesen war. Es war eine Dame namens Alice Rubinstein.

Alice Rubinstein

Alice Rubinstein wurde 1922 in Freiburg als Alice Effenberg geboren. Ihr Vater war Besitzer einer großen Schneiderei in Freiburg gewesen. Er war bis 1941 der Meinung, der Krieg wäre sicher bald beendet und die Diskriminierung der Juden würde nach Hitlers Sieg bestimmt vorbei sein. Er dachte damals noch, Juden wurden nur vorübergehend zum Arbeiten in Arbeitslager gesteckt werden und er erhoffte sich einen Einsatz an einer Kriegsnähmaschine. In allerletzter Minute konnte er Deutschland über Frankreich verlassen. Er wurde von einem Freiheitskämpfer namens Varian auf das Frachtschiff MV Paul Lemerle gesteckt, die am 24. März 1941 Marseille verließ. Das war sozusagen Alices erste große Seereise und ihr erstes Eintauchen in das Karibische Meer. Die Reise ging nach Martinique. Diese Fahrt hatte die Reederei bei ihrer Ehrung gar nicht mitgezählt, weil sie davon natürlich nichts wussten. Völlig abgemagert und mittellos traf Alice im Alter von 19 Jahren auf diesem Schiff ihre große Liebe Karl. Karl war Sohn eines russischen Bankiers und ebenfalls auf der Flucht in die neue Welt. Sie blieben eine Weile in Martinique, eröffneten ein kleines Uhrengeschäft an der Ecke einer Hauptstraße und von dort aus ging es nach New York. Alice Vater starb, als Alice 23 Jahre alt war. Alice blieb kinder- aber nie mehr mittellos: Den Effenbergs hatten damals in New York mehrere Bekleidungshäuser gehört. Ihre Mutter Ludmilla hatte die Häuser dann 1962 an Bloomingdales verkauft. Das hatte Karl eingefädelt. Alice heiratete den gleichen Karl zweimal. Einmal kurz nach Eintreffen in New York 1943 und noch mal 1982. Zwischendurch lebte sie mit einer Frau zusammen, weswegen sie sich 1963 von Karl scheiden ließ. Karl Rubinstein hatte ebenfalls die Liebe seines Lebens auf dem Schiff gefunden. Er hatte es in kürzester Zeit zu Einfluss und Geld geschafft und hatte seitdem immer zu den reichsten Amerikanern gehört. Er kannte die hohen Gesellschaften Amerikas, zu denen viele Juden gehörten, sehr gut. Aber nichts, so sagte er stets, nichts hätte ihm jemals die Wärme gegeben, wie es der bunte Baumwollumhang seiner Alice tat, an Bord des Frachtdampfers Capitaine Paul Lemerle, nachts, draußen an Deck, neben dem Frachtkran. Die 68-jährige Lady Alice Rubinstein kam in die Captains Lounge und hatte ein kleines diamantenes Diadem in ihrem zuchtperlengrauen Haar, sie hatte reichlich leicht blauen Lidschatten und rosafarbenen Lippenstift aufgetragen. Sie sah sehr schön aus, fand Tania. Ihr Kleid war bodenlang hellblau und mit sehr vielen Strasssteinchen verziert, die sich in floralen Mustern, die aussahen wie Blumenranken, über den schillernden Stoff zogen. Es war am Rücken tiefer ausgeschnitten als vorne. Sie konnte das tragen, sie hatte immer noch einen schönen Rücken, ein wenig faltig zwar, mit ein paar Altersflecken, aber sonst makellos. Ihre Ausstrahlung konnte selbst ein Blinder erkennen, sie wirkte durchaus sexy. Alice herzte und liebkoste Kapitän Haugen wie einen Schwiegersohn, der wiederum über das Mikrophon noch Details von Alice erfahren wollte und sie höflich und charmant zu ihrer ersten Reise auf einem Schiff befragte. Voller Freude über diese Möglichkeit, ihre Geschichte mit jemandem zu teilen, erzählte Alice von dem Frachtdampfer, ihrer schönsten Fahrt nach Papua-Neuguinea. Hier erst begann sie, von den Royal Norway Fahrten und von Karl zu schwärmen. Es durften alle erfahren, dass es natürlich ihren geliebten Ehemann gegeben hatte auf 40 der Cruisen, auch auf dieser seiner letzten, denn sie hatte ihren Karl jetzt auch dabei. Niemand traute seinen Ohren, sechs Aquavit fanden sofort Abnehmer. Die Asche des im letzten Jahr verstorbenen geliebten Ehegatten Karl, der die See so liebte und verehrte, sei in der Urne dabei. Etwa im Safe? Tania gruselte sich sofort bei der Vorstellung. Sie erzählte voller fröhlichem Stolz, dass der Kapitän noch auf dieser Fahrt bei guter Wetterlage eigenhändig ein Seebegräbnis durchführen wird. So stand es im letzten Willen von Karl und so hatte Alice es schon vor der Buchung der Reise vereinbart, so sollte es gemacht werden. Alle jubelten und klatschten in die Hände, alle freuten sich mit Alice. Blitzlichter zuckten. Craig und Davids Entwicklungsmaschinen sollten die nächsten Tage auf Hochtouren arbeiten. Tania hingegen wusste nicht, ob sie sich bei der Vorstellung nun freuen sollte für Alice oder sich vor Karls Asche ekelte. Dennoch verstand sie den Wunsch der Frau, ihren geliebten Mann dem Meer zurückzugeben. Der Kapitän kramte feierlich ein kleines, weinrotes Kästchen hervor, klappte es auf und holte die goldene „Bølge-Nadel" hervor. „Alice ist nun auf der 50. Kreuzfahrt mit der Royal Norway unterwegs, Ladies and Gentlemen. Sie hat vom Schiff aus die ganze Welt gesehen. Applaudieren Sie mit mir!

Congratulations, my dear Alice!" Alle klatschten eifrig in die Hände. Eigentlich hat sie auf der Norway gewohnt, stellte Tania fest. Viele Gäste waren zu Tränen gerührt, manche neidisch, andere ärgerten sich darüber, dass sie die Buchungsoption mit dem Seebegräbnis nicht gekannt hatten. Denn immerhin saßen dort mehrere Bølge-Witwen und Bølge-Witwer zusammen. Am Ende aller Reden und sechs weiteren Silber-Jubilaren wurde auf den Kapitän einen Toast ausgesprochen und dann gab es Aquavit. Skål! Prost!

„Honey, what is this?" Kam es von rechts. „Lovely, what is inside?" Ertönte eine Stimme zu Tanias Linken. Und Tania, anfangs fröhlich lächelnd, fing plötzlich an monoton runterzuleiern: „It is Schnaps, made out of Potatoes."

„So it is like Gin, honey?"

„No. Gin is made out of juniper, this is out of potatoes." Natürlich hörte sich Kartoffelschnaps nicht sehr lukullisch an. Die Gäste blieben zögerlich. Tania kam mit dem Tablett zu Alice. „Madam Rubinstein, darf ich Ihnen einen Aquavit anbieten?" Alice war skeptisch und schielte auf Tanias Namensschild. „Oh, Tania, so you are German!?" Tania war sich nicht sicher, was Alice damit sagen wollte. Alice nahm zwei Gläser vom Tablett und hielt Tania eins hin.

„Trink einen mit mir, darfst Du das!?" Tania schaute sich nach dem Kapitän um, der weit entfernt mit anderen vor den Kameras posierte. „Ich denke schon." Die beiden Frauen lächelten sich an und prosteten sich zu. Mit fast synchroner, schneller Bewegung kippten sie sich den Aquavit in die Kehle. „Du musst nicht denken, dass ich viel trinke.“ Alice wischte sich ein wenig Aquavit vom Kinn. „Aber ich trinke gern mit Deutschen.“ Tania war verdutzt und dachte sich: Wieso ausgerechnet mit Deutschen? Wieso sagt sie das so? „Es geht mir besser, viel besser, wenn ich Freundschaft schließe mit ihnen, statt in Hass und Gram zu versinken. Hass macht mein Blut nur ranzig.“ Alice haute das leere Glas auf das Tablett und ging. Die anderen Gläser wackelten. Tania war so perplex, sie hatte vergessen, das Tablett fest genug zu halten. Sie nahm sich heimlich noch ein Glas und trank auf Alice und ihre direkte Art. Nach einer Stunde rauschten die Club-Mitglieder zum Abendessen davon, der Kapitän verabschiedete sich mit einem Zwinkern von Tania und sie blieb im Raum zurück, mit lauter nur halbgeleerten Gläsern Whisky und Drinks auf den Spiegeltischchen und ihrem Tablett mit 16 noch vollen Aquavitgläsern. Sie ließ sich für einen Moment auf die Sitzcouch fallen. Auf dem dunkelblauen Teppich zeichneten sich blaue und grüne Pailletten ab. Sie funkelten wie Sterne am Nachthimmel. Mehrere Kleider mussten Pailetten verloren haben, stellte Tania erschöpft fest. Sie hatte das Tablett auf den Knien und kippte sich heimlich noch drei Schnaps hinein, dann noch zwei auf dem Weg hinter die Bar und noch zwei mit dem Barchef.

„Das halt ich nicht aus, ist das jedes Mal so?“ Tania war frustriert und erschöpft. Sie seufzte und starrte mit den Gedanken noch bei dem, was Alice gesagt hatte, auf ihr Dirndl, das sie immer noch trug. „Ja, aber Du hast es gut gemacht. Sind nur zehn zurück, normalerweise sind es über dreißig. Gratuliere, Tania, Du hast den Job.“ Der Barchef lachte laut, trocknete weiter Gläser ab und hörte nicht auf mit Lachen, als Tania schon längst hinter der Bar im Treppenhaus verschwunden war. Ihre Knie waren weich vom Alkohol, sie wollte sich schleunigst umziehen, doch anstatt in ihre Kabine trugen sie ihre Beine zur Küche. Sie machte einen Fehler. Es war Todsünde, dem Küchen- und Servicepersonal an der Essenausgabe im Weg zu stehen. Da es in diesem ganzen Bereich keine einzige weibliche Angestellte gab, weder eine Kellnerin noch eine Köchin, war es noch viel schlimmer, wenn dort auch noch eine Frau mit Dirndl herumstand. Aber Tania hatte zwei Stunden Ausgang, wie Sandra versprochen hatte, und sie wollte die Gelegenheit endlich mal nutzen, zu sehen, was gerade in der Küche hinter den Schwingtüren passierte. Tania stand direkt neben der Essensausgabe und suchte natürlich als erstes Hannes mit ihrem Blick. Seine Kochmütze war ganz fleckig an der Stirn, der Schweiß war aufgesaugt, wie eine Filtertüte das mit Kaffee machte. Er stand mit einer Fleischgabel, an der neun geschnittene Lamm Carrés aufgespießt waren, an der Anrichte. Die Teller standen aufgereiht unter ihm. Die Soße wurde schon draufgegossen, ein schöner weinrot-glänzender Kreis. Er rutschte auf seinen Birkenstocksandalen von Teller zu Teller und drückte mit den Fingern jeweils ein Lamm Carrée Stück in den Soßenkreis. Dann kam der Kartoffelgratinmann angerutscht, dann der grüne Bohnenmann mit seinen Bohnen-Speckbündchen, welch herrlich grüne Farbe! Der kalte Küchemann hielt ein Ästchen Rosmarin zur finalen Dekoration des Kunstwerks bereit. Diese Abende waren für alle in Küche und Restaurant sehr stressig. 2000 Essen wurden so auf Tellern angerichtet, mit

Silberclochen zugedeckt und zu den Tischen gebracht. Die Kellner standen beinah in einer Reihe mit Silberclochen in der Hand und schleppten mit jedem Gang drei Teller ins Restaurant. Wie die Ameisen. Franc kam hereingeschossen. Er hatte trotz Schweißperlen immer Zeit für Charme, denn er begann sofort mit Tania zu flirten, nachdem er sie entdeckt hatte. „Uhlàlà, ma jolie puce! Was machst Du hier, hast Du Hunger?“ Um Antworten zu können, musste Tania zwei Minuten warten, bis er wiederkam, so schnell flitzte er raus. „Ja, und wie mir das Wasser im Munde zusammenläuft.“ Tania konnte bei rosa gebratenem Fleisch noch nie widerstehen. Sie hatte fürchterlichen Appetit bekommen und ihr Magen rumorte lautstark. Franc hörte das laute Grummeln, lachte und raunte ihr dann auf Französisch zu: „Sei nachher auf dem Zimmer, ich bring Dir was.“ Er zwinkerte. War dies Ankündigung eines außergewöhnlichen Weihnachtsabends? Tania war mit einem Mal ziemlich aufgeregt, sie nickte, erwiderte aber nichts. Dadurch, dass der Chefkellner, ein stattlicher Herr, wie Pan Tau, mit leicht ergrautem Haar, in diesem Moment bereits das zweite Mal böse zu ihr herübersah und auch der Küchenchef mit der Fleischgabel auf das Stahl an der Ausgabe trommelte, wurde es Tania auch endlich klar. Sie sollte nun wohl besser von hier verschwinden, bevor es noch Ärger gab, weil sie Abläufe blockiert hatte. Ein Nicken und ein kurzes Grüßen in Richtung Hannes und weg war sie, durch das innere Crewtreppenhaus im Mittelschiff zwei Etagen tiefer zurück an der Rezeption.

Es war Zeit, an Betty Forderungen zu stellen: „Betty, hör mal: Es wäre toll, Du wärst heute Abend nicht in der Kabine, denn ich bekomme Besuch." Tania hatte Betty in der Crewkantine getroffen. Betty rümpfte die Nase und tat erst so, als hätte sie Tania nicht gehört. Auch die Kantine war heute festlicher eingerichtet, es lagen Papiertischdecken mit Weihnachtsmuster auf den Tischen, es stand ein kleiner Weihnachtsteller mit Nüssen, Spekulatius und getrockneten Früchten darauf und ein elektrisches Teelicht flackerte vor sich hin. Betty hatte nachgedacht, stellte ihr Tablett auf den Tisch, winkte ab und lächelte: „No problem! It's ok, ich wollte sowieso hoch ins Casino. Bob hat mich eingeladen, bei ihm am Black-Jack-Tisch zu sitzen. Ich weiß, zwar nicht genau wie Black Jack geht, aber ist ja auch egal, Hauptsache Bob ist da." Während sie das sagte, kicherte sie vor sich hin, was Tania unangenehm fand. „Betty, ich wusste gar nicht, dass wir da hoch dürfen", murmelte sie pflichtbewusst, aber Betty war sich ihrer Sache wie immer sehr sicher und fühlte sich Tania und wahrscheinlich auch allen anderen Crewmembern gegenüber überlegen. Sie erwiderte mit einem schelmischen Grinsen: „Das fällt nicht auf. Ich habe einen guten Draht zum Cruisedirektor und nur der darf mich da oben im Casino rausschmeißen." Tania bezweifelte das zwar stark, war jedoch einfach froh, dass sie erreicht hatte, was sie wollte.

Für die Crew gab es ebenfalls ein festliches Weihnachtsessen: Viel Lachs für die Skandinavier, Braten in Blätterteig, leider hatte er nicht die Farbe des Lammkarres und Truthahnbraten mit Backpflaumen. Tania saß allein mit Sandra an einem Tisch. Sandra hatte ihren Frühdienst schon beendet und genoss ihre freie Zeit.

„Sandra, kennst Du Dich mit Juden aus?“, fragte Tania vorsichtig. „Ich!? Wieso fragst Du das, seh ich etwa jüdisch aus?!“

„Nein, das meinte ich nicht. Ich frage mich nur die ganze Zeit, wo das herkommt, dass man gegenüber Juden so viele Vorurteile hat, wahrscheinlich, weil man dumm ist“, bemerkte Tania so beiläufig wie möglich. Sie fand es immer noch schwierig über dieses Thema mit anderen zu sprechen und hoffte, dass Sandra sie deswegen nicht als seltsam abstempeln würde. „Bist Du immer noch dabei, die Welt verstehen zu wollen?“, Sandra lachte. „Ich weiß nur, dass Juden früher nicht sehr beliebt waren. All diese christlichen Kaisermächte haben Juden unterdrückt. Ihnen war untersagt, Land zu besitzen oder Bauern zu sein. Deswegen haben die Geldgeschäfte gemacht und Handel für die reichen Christen betrieben.“

„Das ist doch aber extrem schlau, oder?“

„Ja klar, deswegen hatten sie ja so viel Geld. Sie blieben vor allem unter sich, haben sich alle Jobs quasi unter der Hand verschafft. Ich kann mir schon vorstellen, dass alle neidisch auf deren angehäufte Reichtümer waren.“ Tania dachte darüber nach und doch regten sich weiterhin Zweifel in ihr. „Ich verstehe nicht, wieso ausgerechnet einige dieser Menschen es den Menschen in Palästina so schwer machen.“

„Jetzt spinnst Du aber, was interessiert Dich Palästina, ist doch nur Sandwüste! Ist doch gut, wenn sie die Schotterpisten da ein wenig begrünen.“

„Sandra, ganz ehrlich, die klauen Land und begrünen höchstens ihren eigenen Teil,“ ärgerte sich Tania. Wie konnte Sandra nur so unbedarft über diese Sache reden?

„Mir sind Juden egal.“ Damit hatte sie nicht gerechnet und starrte Sandra mit offenem Mund ungläubig an. „Du musst dich ja auch nicht schuldig fühlen!“, platzte es plötzlich ein wenig zu laut aus Tania heraus. Das wollte sie eigentlich gar nicht zur Sprache bringen, schließlich waren es ihre tiefsten Gefühle, die sich da ungewollt ihren Weg an die Oberfläche erkämpft hatten. „Bist Du Nazi oder was? Wieso fühlst Du Dich schuldig?“ Tania senkte ihren Blick und stocherte angestrengt in ihrem Essen herum. Sie konnte es nicht erklären. Niemand hatte darüber irgendwas erzählt. Sie wusste, ihr Opa kam unerwartet nach vielen Jahren mit einem kürzeren Bein aus russischer Gefangenschaft zurück. Er war Soldat, sicher. Aber Nazi? Falls es so war, wurde es wahrscheinlich totgeschwiegen.

„Nein! Ach, ich weiß nicht. Ist schon gut, vergiss es“, sie fühlte sich sehr unbehaglich in ihrer Haut und wollte sich so schnell wie möglich aus dieser unangenehmen Sackgasse befreien, in die sie sich selbst hinein manövriert hatte. „Komm, lass uns feiern gehen.“ Das war wohl die einfachste Möglichkeit, Sandra von ihrer Unterhaltung abzulenken. Sie stand auf und griff nach ihrem Tablett. „Das wollt ich meinen!“ Sandra stubste sie freundschaftlich an und schien dankbarerweise ebenfalls nicht weiter darüber reden zu wollen.

Tania musste anschließend noch drei Stunden zurück an die Rezeption, was sehr langweilig war, denn alle Passagiere waren beim Essen und keiner ließ sich bei ihr am Tresen blicken.

Erst kurz vor ihrem Dienstende gegen 22 Uhr kamen

die ersten Passagiere vom Restaurant und machten am Tresen vorbei ihren Verdauungsspaziergang. Später brachten sie alle wieder ihre Klunker zurück in den Safe. Tania musste deshalb am Heiligen Abend auch noch eine Überstunde machen. Als sie nach Dienstschluss in die Kabine trat, fiel ihr auf, dass in ihrer Kabine nicht sehr viel Weihnachtliches war. Sie hatte sich ihre gesamte Weihnachtspost aufgehoben und es war schön, einen fröhlichen Brief ihrer Mutter zu lesen. Betty hatte eine Schnur gespannt, auf die sie ihre Weihnachtskarten aufhängte. Warum jemand eine Grußkarte an das andere Ende der Welt verschickte, auf der außer dem vorgedruckten „Fröhliche Weihnachten" und der Unterschrift nichts geschrieben stand, war ihr schleierhaft und machte sie traurig. Sie starrte an die Wand, zog sich langsam um und überlegte, ob sie schon mal ein so trauriges Weihnachtsfest verbracht hatte. Sie starrte fassungslos auf Bettys Sprühflaschen- und Lidschattensammlung und wünschte sich, in eine andere Kabine ziehen zu dürfen. „Wenn ich schon so doof rumsitze, kann ich wenigstens an Berchtesgarden weitermachen", sprach sie laut zu sich selbst, gab sich einen Ruck und kniete sich in das Puzzle. Gegen Mitternacht polterte Franc mit einem großen Tablett gegen die Tür. Das Tablett war so groß, dass es nicht durch die Kabinentür passte. Die beiden Silberclochen glänzten vornehm und spiegelten Tanias erstauntes, fröhliches Gesicht auf dem Kopf stehend wider. Er hatte seine Kellnerweste ausgezogen, sein weißes Oberhemd war ein wenig aufgeknöpft. Er roch ein bißchen herb, verschwitzt, aber gemischt mit Parfum war es ein dunkler, erdiger Geruch, den Tania sehr anziehend fand.

„Du hast die beiden Clochen bis hierher geschleppt?“ Tania freute sich sehr. Franc setzte das Tablett auf Bettys Bett ab. Man konnte da unmöglich aufrecht sitzen. „Komm lass uns uns auf den Fußboden setzen, ich mag das Bett nicht.“ Ein kurzer Blick hatte gereicht. Franc wusste: „Ah, du schläfst oben!?“ Sie setzten sich auf das Berchtesgardener Puzzle. Von den 5000 Teilen waren mindestens 3000 Laubwald und Herbstimpressionen in Braun- und Gelbtönen. Tania hatte mühsam den Rand und die obere linke Ecke geschafft. Franc hob die Clochen hoch. Es lagen sechs Scheiben feinstes Lammcarrée darunter, rosa und zart badeten sie im Burgunder, die Bohnen waren immer noch grün und nicht grau, der Speck, der die Bohnenbündchen zusammenhielt, war noch immer kross und das Gratin hatte eine feine, sahnige Muskatnote. „Ich muss nochmal weg, jolie puce, ich hab den Rotwein vergessen.“ Tania konnte sich nicht beherrschen und steckte den Finger in die Burgundersoße. Franc kam mit einer 3/4 Flasche Chateauneuf du Pape wieder. „Wie hast Du das geschafft? Sechs Scheiben? Und die noch heiß! Und dieser herrliche Rotwein?“ Tania konnte ihr Glück kaum fassen.

„Ach, jolie puce, ich bin schon lange im Geschäft. Gute Sachen bunkern und gute Kontakte zur Küche pflegen, das lernt man doch als erstes! Fröhliche Weihnachten!“ Franc war ein bisschen stolz auf sich, ihr diese Freude schenken zu können. Das Filet war so zart, dass man es gegen den Gaumen durchdrücken konnte. Die Zunge versank darin. Die Abwechslung zwischen Fleisch und Rotwein, neutralisiert und gekühlt vom sahnigen

Gratin, es war das beste Lamm, das Tania je im Mund hatte, beschwor sie mehrmals. Sie hatten die Teller restlos aufgegessen und streckten ihre vollen Bäuche. Berchtesgarden verrutschte. Der Chateauneuf war lange weg, aber Tania hatte noch einen Rioja aus irgendeinem Laden in Fort Lauderdale im Schrank. Sie saßen lange dort auf dem Fußboden der kleinen Kabine und redeten und langsam näherten sich ihre Seelen an. Mitten in dem Wo-kommst-du-her-Kram ertönten die Lautsprecher an Crewdeck: „May I have your attention please. Code alpha, code alpha. Crewmembers in charge please report to the bridge immediately." Es war Gunnars Stimme, die durch die Anlage Schotten oben von der Brücke hallte. „Franc, was ist passiert?" Tanias Herz schlug mit einem Mal bis zu den Ohren. Sie sprangen zur Kabinentür hinaus. Mehrere Kabinentüren wurden aufgerissen.

„Da hat sich wieder irgendwer zu Tode gefressen, jolie puce, mach dir nichts draus." Sagte er gelassen, während er auf dem Boden sitzen blieb. „Das passiert so oft. Sie essen und essen, trinken schweren Rotwein stehen auf und haben einen Herzinfarkt. Ist doch ein schöner Tod, oder?" Franc war die Ruhe selbst ganz im Gegensatz zu Tania, er zog sie zurück in die Kabine und trank einen tiefen Schluck aus dem Glas. Ihre Augen trafen sich. Franc beugte sich langsam vor und versuchte, Tania zu küssen, aber Tania hielt ihn mit einer Armbewegung zurück, noch viel zu durcheinander von Code Alpha: „Und was wird mit der Person geschehen?"

„Man wird sie versorgen und zu Dr. Larsson bringen, wenn sie stabil ist. Er oder sie wird die Nacht dort verbringen. Wenn er tot ist leider auch. Wir haben es noch zwei Tage bis Philipsburg, da wird kein Helikopter angefordert. Eigentlich passiert das immer auf dem Rückweg. Wenn die Leute so richtig vollgefressen sind. Nicht schon auf dem Hinweg! Wir haben doch gerade erst angefangen!"

„Das ist ja ein schönes Weihnachten für den armen Mann oder die arme Frau." Tanias Stimmung war leider schlagartig umgeschlagen. „Denk nicht drüber nach, jolie puce, genieß den Abend mit mir", versuchte Franc sie abzulenken, jedoch mit mäßigem Erfolg. Am Ende des Abends lasen sie sich aus St. Exupery vor, dem kleinen Prinzen, und hörten die Stingscheibe „Soul Cages" rauf und runter und am Ende nannte sie ihn „petit prince", der auf dem Planeten nach Stings „Saint Agnes and the burning Train" Sirtaki tanzt, und sie willigte ein, ab sofort ‚jolie puce' zu sein. Tania fand das zwar sehr albern, aber dadurch waren sie sich sehr vertraut. Weitere körperliche Annäherungen gab es nicht, auch wenn Franc kaum entgehen konnte, wie hungrig Tania war, weil sie die Soße vom Teller leckte. Und Tania bemerkte, wie Franc mit den Fingern fast zärtlich am Rotweinglas rumspielte.

Betty kam um halb zwei hereingepoltert und beendete den Abend abrupt. „Hi Guys! Having Fun?!", rief sie ungeniert. Franc und Tania sprangen auf. Ein paar Puzzleteile klebten an ihren Hintern.

„Meinst du, wir könnten das wiederholen? Gibt es beim nächsten Captain's Dinner wieder Lammkarree?" Tania mochte Rituale und hoffte, dass dieses eines werden könnte. Es war völlig klar, dass sie, sobald ein anderer in ihre Nähe kam, sofort französisch miteinander sprachen. Jeder, vor allem Betty, hasste das.

„Oui, jolie puce, bonne nuit. Et jeueux fetes." Sie half Franc mit den Tabletts aus der Tür und sie küssten sich französisch, vier Mal, abwechselnd rechts links, rechts links. Milo stand da und wünschte allen eine gute Nacht und ein gesegnetes Fest.

„Bonne Nuit, petit prince."

„Gute Nacht Milo, Dir auch ein gesegnetes Fest."

Sie sah noch Hannes im Mittelschiff am hinteren Gang vorbeischlendern. Er hatte Birtje an der Hand und sicher auch eine gute Weihnachtsnacht. Wieder in ihrem Bett starrte sie an das Holzimitat an der Decke über ihr. Betty wusch und wusch sich, putzte länger als acht Minuten ihre Zähne und kämmte sich eine Ewigkeit. Tania hatte Zeit nachzudenken.

Was machte Italo gerade? Saßen sie gemütlich bei der Bescherung zusammen? Wie spät war es in Zürich eigentlich? Hatten sie dort schon mit dem Essen begonnen? Und ihre Familie? Dann kamen die Gedanken an Franc zurück. Warum hatte Tania Franc nicht gebeten zu bleiben? Hätte Franc überhaupt bleiben wollen? Würde Franc sie auch einmal nachts auf seine Kabine mitnehmen? Wollte sie das überhaupt?

Das Weihnachtsfest ging langsam und zäh vorbei. Sie las den Weihnachtsbrief ihrer Mutter wieder und wieder, als hätten neue Buchstaben dazugekommen sein können. Schon am ersten Weihnachtstag abends gab der Cruise Captain Anweisung, die Weihnachtspakete wieder einzusammeln: „Weihnachten ist vorbei, sammelt die Pappe ein." Tania wickelte die Schleifen ab und brachte die leeren Kartons zum Garbagemanager.

Eigentlich war sie sehr froh, dass Weihnachten vorbei war. Der Casinomann hatte Betty eine silberne Kette mit einem Anhänger aus meerblauem Topaz im Bord-Shop gekauft und an Weihnachten feierlich überreicht. Betty hatte Tania abends in der Kabine stolz die Kette vor die Nase hingehalten. Sie war überglücklich. Jetzt fasste sie sich ständig alle paar Minuten an den Hals, um sicherzugehen, dass die Kette noch da war. Der Casinomann hatte aber auch Ohrringe gekauft, die aber einer anderen Frau geschenkt, einer Kabinenstewardess aus Schweden. Es machte Sandra eine helle Freude, beide Frauen über diese Zusammenhänge aufzuklären, Betty lag danach stundenlang weinend im Bett und warf die Kette über Bord. Die Stewardess verschenkte ihre Ohrringe an eine philippinische Kabinenstewardess, die sich sehr freute. Im Casino wurde zur Weihnachtszeit sehr viel Umsatz gemacht und das Trinkgeld dort war um ein Vielfaches höher als gewöhnlich. Der Casinomann hatte am Roulettetisch gesessen und an nur einem Abend die Zahl 36 dreimal gebracht. Sandy Goldstein war 1936 geboren, schwor auf diese Zahl und räumte tatsächlich dreimal ab. Der Casinomann tobte innerlich und wütete leise in sich hinein, bekam zwar Trinkgeld, aber er wurde ausgetauscht und an den Baccara Tisch gesetzt. Dies ist ein ganz natürlicher Vorgang, aber es kratzte sehr an seinem Ego. Sein ganzes Machogehabe bekam so etwas vor den Bug. Die heulende Betty gab ihm den Rest.

Hannes trank Whiskey in den wenigen Stunden, die er zwischen dem Mittags- und dem Abendfestmahl hatte. Das war streng verboten, er wusste das, aber es kümmerte ihn nicht. Jeder kämpfte an Weihnachten auf seine Weise gegen die eigenen Dämonen. Hannes hatte keine Post erhalten. Das Beste war wirklich, den Tag zu behandeln, als sei er irgendein anderer Wochentag. Zu seinem Kumpel Anton sagte er nur: „Die Menschen machen große Fehler, wenn sie diesem Tag immer eine solche Gewichtung und Schwere geben. Wer nichts erwartet, kann auch nicht enttäuscht werden."

Am 29.12.1990 machte die Norway in Barbados Halt. Maggie fieberte dem Tag schon lange entgegen, auch die Crystal lag dort im Hafen. Sie wollte unbedingt ihren Vater besuchen. Nachdem der Immigrationsbeamte mit ihr alle Crew- und Passagierlisten abgeglichen hatte, und ihren Pass kontrollierte, rannte sie als Erste von Bord, der Crystal entgegen.

Das war der Tag, an dem Tania mit einem Calypsotypen von Bord ging, um dort seine Familie kennenzulernen. Steven wurde von seinem Bruder abgeholt, der in einem alten Plymouth Valiant am Hafeneingang stand und wartete. Die Brüder umarmten sich herzlich mit sehr ausführlichen Gesten, gaben sich Fausthiebe und plapperten danach in einer Sprache weiter, die Tania kaum verstand. Sie klang wirklich sehr nach Rastafari, ganze Silben waren verschluckt und an den oberen Gaumen gedrückt, aber Tania war sehr erleichtert, andere Menschen zu sehen, ein bisschen andere Luft zu schnuppern und einen Fuß auf Erde zu setzen. Sie stiegen ein und fuhren zum Rest der Familie, dort angekommen gingen sie in Richtung einer ausladenden Veranda eines Holzhauses, das einen hellblauen Anstrich und weiße Fensterrahmen hatte. Stevens Mutter blickte durch eines der Fenster, erkannte ihre Söhne und eilte durch die Fliegengittertür auf die Veranda. Sie wischte sich die Hände an ihrer Schürze ab, darunter trug sie ein dunkelgrünes Kleid mit kleinen, weißen Punkten. Sie nahm den Kopf ihres Sohnes in beide Hände, als wollte sie ihn von den Schultern abheben, und riss ihn an ihren Mund, die Küsse hörten gar nicht auf, dabei redete sie auch in einem fort Kreolisch, bis es ihrem Sohn unangenehm war, weil Tania wie vergessen danebenstand. Er stellte sie stolz vor: „Mama, this is Tania, from Germany." Die Mutter formte ihre eigene Hand zu einem kleinen Brett und schlug ihn damit auf den Hinterkopf, lachte aber dabei, dann bat sie Tania, nun endlich ins Haus zu kommen. Sie hatte literweise Cola und Sprite auf den Tisch gestellt und es roch köstlich nach gebratenem Hähnchen. Tania aß und aß und hörte nicht auf zu essen. „Das Essen schmeckt besser, als jedes Menü auf dem Schiff", lobte sie lachend und machte Stevens Mutter damit natürlich sehr glücklich. Nachmittags fuhren sie im Plymouth in die nahegelegene St. Peter Parish Kirche. Der Gottesdienst dort war ein Gottesdienst unter Schwarzen, die alle ausnahmslos festlich gekleidet waren, die Männer in Anzug und Krawatte, die Frauen in Kleidern und hohen Pumps, auf denen viele kaum laufen konnten. Sie trugen sogar bunte Hüte mit kleinen bunten Schleiern oder Schleifen. Tania durfte auf der letzten Bank Platz nehmen, Steven blieb bei seiner Familie in den vorderen Reihen. Der Pastor war mehr ein James Brown als ein Pastor und die Gemeinde kommentierte alles, was er predigte mit „Good Lord", „Yes, praise the Lord" und „the almighty Lord", sie riefen es alle laut aus, „let it out of your heart, yes, scream it, shout it out, so he can hear you". Die Gemeinde schrie. Noch nie hatte Tania einen solchen Gottesdienst erlebt, er ging ihr sehr unter die Haut. Viel schöner noch als die Predigt waren natürlich die Lieder, vorgetragen von einem großen Gospel Chor, die Frauen darin klatschten und groovten mit ihren üppigen Hüften, als stünden sie auf der Disko-Tanzfläche. Die Männer gestikulierten mit ihren Armen und Händen gen Himmel, die ganze Gemeinde hob ab. Tania ließ sich einfach treiben, klatschte und tanzte mit. Am Ende gaben sich alle die Hand, nach rechts, links und zum hinteren Nachbarn. Auch das kannte Tania nicht, in der katholischen Kirche kniete man eigentlich nur auf harten Holzbänken und betete, dass es schnell vorbei sein würde. Aber Gospel war schön, Jesus war ein fröhlicher Mensch. Ob er wirklich auf die Welt kam, um uns zu retten, war Tania in diesem Moment egal. Sie hatte auf Barbados ein bisschen Frieden gefunden.

Die Norway lag wie eine Königin da in der Abendsonne auf hellblauem Wasser, majestätisch und stolz, obwohl sie angebunden war mit den großen Tauen, die steil nach oben ragten, denn sie lag sehr hoch im Niedrigwasser. Das Boot sammelte wieder alle Schäfchen ein. Zum Glück gab es keine Bombendrohung an so einem Tag, dachte Tania noch, als sie an den Securities vorbeiging und ihre Crewkarte in den Kasten legte. In ihrer Kabine las sie in einer amerikanischen Zeitung von der Brutkastenstory. Vor dem amerikanischen Kongress hatte eine junge Frau namens Nayirah, angeblich eine Krankenschwester aus Kuwait, mit tränenerstickter Stimme berichtet, wie irakische Soldaten vor ihren Augen Babys aus den Brutkästen eines Kinderkrankenhauses gerissen und auf den kalten Fliesenboden der Krankenstation geschleudert hätten. Man behauptete später, es wurden 312 Babys gestohlen. Das gab den Startschuss, jetzt konnte man ganz frei auf Saddam rumhacken. Präsident Bush erwähnte die Geschichte in wenigen Wochen mindestens zehnmal. Franc schnappte es an jedem Tisch auf. „So ein Schwein!", schimpfte man auf Saddam herum. Jetzt stieg auch der Hass an Bord ein und reiste mit. Seit der Brutkastenstory stand die halbe Welt hinter den USA. Erst später stellte sich heraus, dass die junge Frau die Tochter eines kuwaitischen Diplomaten war, der in Amerika lebte. Das hatte Hill & Knowlton, eine weltweit agierende US-freundliche PR Agentur, für schlappe zehn Millionen Dollar eingefädelt.

Es war der letzte Tag vor Silvester und Tania kam er vor wie aus einem Bilderbuch. Ein stahlblauer Himmel mit sechs Wattebausch-Wolken, das Wasser auf den Wellenkämmen glitzerte wie tausende Sterne, ein laues Lüftchen wehte. Alfons Levy, der Code-Alpha-Mann vom Weihnachtsabend, hatte sich bei Dr. Larsson schnell erholen können. Er hatte einfach zu viel von dem Rotwein gehabt und das Fleisch schlecht gekaut. Er saß wieder neben seiner Frau, wie viele andere Passagiere auch auf dem Sky-Deck und genoss die Fahrt in der warmen Sonne bei erfrischendem, minimalem Fahrtwind. Auf Himmel und Meer waren alle Blautöne versammelt.

Am hinteren Bildrand sah man dann ein wunderbares Weiß: Am Heck, auf dem Pazifik-Deck über dem Pool standen der Kapitän und drei weitere Offiziere in ihren weißen Uniformen, mit weißen Jacken und Hosen, mit ihren goldumrandeten Schirmmützen und weißen Handschuhen. Zusammen mit dem Himmel gab das ein malerisches Bild ab, der perfekte Tag für eine Seebestattung. Alice Rubinstein hatte ihr altes Hochzeitskleid von 1943 und 1982 an und es passte ihr noch immer. Die Urne mit Karl hielt sie in der Hand. Sie hatte noch ein paar Freunde und Neugierige mitgebracht. Craig war auch da. Alice hatte ihn gebeten, dezent im Hintergrund zu bleiben und von dort ein paar Fotos zu machen. Da Craig leider schlecht von der Seeseite her fotografieren konnte, versuchte er sein Glück, indem er hinter der Gesellschaft stand, so sah er alle aber nur von hinten und wenn er sich seitlicher stellen wollte, verdeckte der eine den anderen Offizier. Die zarte Alice war seitlich leider gar nicht zu sehen, geschweige denn konnte er irgendwie die dunkelblaue Urne ablichten. Die Rede des Kapitäns war herzlich und warm. Offenbar hatte er den Verstorbenen tatsächlich gekannt. Er philosophierte viel über Freiheit, und dass niemand soviel von Freiheit verstand, wie derjenige, der auf See ist. Er erzählte von mehreren gemeinsamen Fahrten mit Karl durch den Panama Kanal, später sogar durch den Suez Kanal. Dann sprach Pastor Young ein kurzes Gebet und alle sprachen zusammen das Vaterunser, das bekannteste Gebet der Christen. Es folgte eine Schweigeminute. Auf Zeichen erklangen die Signalhörner zum Farewell: drei langanhaltende, tiefe Töne schnarrten kilometerweit über den Ozean. Der Geigenspieler aus der tschechischen Musiktruppe spielte auf Alices Wunsch ein schönes Adagio von Vivaldi. Die Urne wurde dem Kapitän gegeben, der sie über die Offiziere zum Pastor weitergab. Dieser malte seinen Segen in die Luft über die Urne. Dann gab er sie feierlich Alice, die sichtlich gerührt war, zurück und sie schritt mit der Urne in ihren Händen an den Rand der Reling. Sie öffnete den Deckel und kippte den Behälter in die See. Genau in diesem Moment frischte die Luft auf und eine Böe schlug der Gruppe entgegen. Himmel – wenn nur ein Ascheklümpchen in die See gelangt wäre! Die Offiziere schlugen Karls Menschpartikel von ihren weißen Jacken. Alice selbst hatte ihren Mann in die Augen bekommen und weinte nun bitterlich. „Es gibt immer wieder Dinge, die ich schon mehrmals erlebt habe, aber sowas, nein, sowas ist mir in meinem ganzen Leben nicht passiert", waren die traurigen Abschiedsworte des Kapitäns nach dieser Zeremonie. Er ging kopfschüttelnd und beinah beschämt mit auf dem Rücken verschränkten Armen zurück zur Brücke. Für alle diese Leute war der schöne Tag gelaufen.

Am nächsten Tag war Silvester. Er war genauso herrlich sonnig und blau wie der Vortag. Er begann für Passagiere mit einem ausgeklügelten Sportprogramm auf dem Außen-Deck, unter Deck war die Schlagzahl und der Puls schon seit Stunden erhöht. Es war der Hoch-Kampftag im Restaurant und in der Küche. Hannes war seit 7 Uhr in der Küche und wies seine Köche an: „Heute müssen ma reinhaun! Jungs an die Arbeit!" Die Norway legte in Castries, St. Lucia an.

Castries, St. Lucia

Woran denkt man, wenn man Castries, St. Lucia, hört? Das erste jedenfalls, was man sieht, sobald man auf St. Lucia von Bord gegangen ist, ist ein Esel, der zwei Korbtaschen trägt, die geschmückt sind mit immergrünen Palmenpflanzen. Ist ja eigentlich ganz hübsch. Da wundert man sich noch nicht gleich. Klar wird einem die Bedeutung des Esels erst, wenn man seinen Besitzer sieht, der daneben steht. Er hat ein buntes Kleid in weißen, orangefarbenen, gelben und blauen Mustern und Applikationen an und trägt ein Kopftuch aus demselben Stoff. Seine Nase ist breit und sein schwarzes Gesicht glänzt wie Erdöl in der Sonne. Ihm fehlen mindestens vier Zähne. Er hat sich am Hintern mehrere Polster bis zum Gürtel geklemmt. Soll der Mann Ähnlichkeit mit dem Esel haben? Beim Blick auf den Strohhut wird alles klar: der mit einem Durchmesser von 1,50 m riesige Strohhut in seiner Hand! Genau, die Passagiere sollen sich auf den Esel setzen, mit dem Hut auf, damit ihr Partner sie fotografieren kann. Und unser St. Lucia Bewohner mit Eselarsch posiert neben ihnen! Für nur einen Dollar! Was man jetzt sicher nicht ahnen kann, ist aber, dass es tatsächlich mehrere Passagiere wirklich tun! Sie hieven sich gegenseitig auf den Esel und rufen, „Gosh, it is so funny." Jeder kann jetzt behaupten, richtig Spaß gehabt zu haben auf St. Lucia. Tania hatte Kopfschmerzen an diesem Tag. Sie schwänzte St. Lucia. Ihr Dienst begann um 16 Uhr und sie dümpelte im Bett herum. Betty ging früh aus der Kabine und, nachdem der Spraygeruch verflogen war, war Tania wieder eingeschlafen. Ein paar Kellner und Stewardessen ließen sich mit größeren Taxishutteln zur Marigot Bay fahren. Sie hatten wie immer nur sehr wenig Zeit, wollten aber trotzdem dem Schiff entkommen und wenn es nur für zwei Stunden war. Schließlich war es der Jahresabschied, ein kleines, privates Silvesterfest, wenigstens für zwei Stunden. Maggie nahm sich ein Taxi zusammen mit dem hübschen, österreichischen Kellner Marco. Der hatte in der Crewbar schon öfter die Nähe von Maggie gesucht, aber sie schien bisher nie besonders interessiert gewesen zu sein. Sie widmete immer allen Menschen die gleiche, freundliche Aufmerksamkeit und man konnte ihr nicht ansehen, wen sie besonders mochte und wen nicht. Marigot Bay war eine wirklich atemberaubende, grüne Bucht, umgeben von Bananenplantagen, mit mehreren kleinen Holzhäusern umsäumt. Die Hotels waren nur zweistöckig, hatten alle kleine Holzveranden, meistens um einen Pool herum. Man musste sich mit einem kleinen Shuttle-Boot übersetzen lassen und saß dann an einem Hotelstrand in kleinen Holz-Pavillons über dem dunkelgrünen, fast einem See gleichenden Wasser, auf dem Boote hin- und her schipperten.

Maggie nahm zwei Drinks an der Bar und schwamm im Pool herum. Sie hatte sich ein Buch mitgenommen, einen Liebesroman aus dem schottischen Hochland, aber sie kam nicht zum Lesen, sie steckte bei Seite 43 fest. Sie beobachtete die Boote, die um die kleine Bucht herum in den Hafen kamen, und die Menschen, die mit ihren Handtüchern und Sonnenhüten hantierten. Die Zeit verraste. Marco, der Kellner, lag die ganze Zeit ohne eine einzige Regung auf der Sonnenliege. Zugegeben, Maggie hatte Geschmack. Er war gut trainiert, gut gebaut, hatte schöne, glatte, haar- und pickellose, braune Haut. Die Art, wie er seine Shorts ein wenig herunterzog, bis fast die Schamhaare sichtbar waren, um damit die beiden äußeren Muskeln, das göttliche „V", wie die Frauen es gern nannten, unter den Hüftknochen freizulegen, war wirklich sehr sexy. Da er die ganze Zeit die Sonnenbrille auf der Nase hatte und die Augen geschlossen hielt, konnte sich Maggie ganz unverhohlen jeden Zentimeter seines Körpers einprägen. Das Taxi stand pünktlich am vereinbarten Eingang zum Hotel. Auf dem Weg zurück zum Schiff sprachen sie kein Wort. Maggie war aber sehr aufgeregt und nervös. Wie ging es jetzt weiter? Wie sollte sie Marco ansprechen? Hoffentlich würde er in die Crewbar kommen.

Auch Hannes hatte St. Lucia geschwänzt. Er hatte die wenigen Stunden zwischen 14 und 16 Uhr, die ihm zwischen seinen Dienstzeiten blieb, schlafend mit Birtje in der Kabine verbracht. Die Vorbereitungen für das Abendprogramm nahmen das ganze Schiff ein. Generalproben auf der Bühne, Korrekturen an den Menükarten, Klunker raus aus dem Safe und in Küche und Restaurant ein einziges Geschreie und Gerenne. Das Schiff legte Silvesterabend pünktlich um 18 Uhr wieder ab. Auf der Norway war es noch so, dass alle Passagiere zur selben Zeit zu Abend aßen. Es gab keine zwei Seatings. „Die Erwartungen von 2000 Passagieren an diesem Sylvesterabend befriedigen, DAS will ich von Euch", begann Hannes seine kurze Rede vor allen Postenchefs. Die Köche hatten schon vor Tagen angefangen, das Buffet vorzubereiten und kochten auf allen Flammen, in allen Öfen. Hannes hatte die absurde Idee, sechs kleine, gebratene Spanferkel – stehend – vor einen echten Holzschlitten zu spannen. Auf dem Schlitten sollten zwei komplette Rinderrücken liegen, vom Rücken bis zur Hüfte, alle hohen Rippen einzeln, zum Teil die T-Bones, aber auch die Porterhouse Steaks mit größerem Filet dran und die größeren Tomahawks mit langem Knochen. Das alles auf den Punkt zu garen forderte Timing und hohe Konzentration. Es war Hannes' Idee und seine Kollegen zogen nicht gleich mit. Sein zweites Großprojekt war ein großer, ungefähr drei Meter langer Schwertfisch. Der Fisch sollte auf einer riesigen Spiegelplatte schwimmen, die aussehen sollte, wie das tropische Meer. Auf blauem Gelee mit fiesem Farbstoff, liebevoll sogar mit weißen Wellenkämmen mit einer leicht gewürzten Mayonnaise versehen. Es war äußerst anspruchsvoll, den Schwertfisch so an einem Stück zu garen. Er passte gerade so in die großen Öfen. Hannes schwitze den ganzen Tag. Die Platte, auf der der Schwertfisch lag, war umsäumt mit schwarzem Seehasenrogen. Man sollte glauben, es sei Kaviar. Oben lagen Haufen mit rotem Rogen, als sollten sie Inseln oder Vulkanketten darstellen. In der Küche liefen alle kreuz und quer und stritten um den Platz im Kühlhaus. Der Potatomann warf einen Sack nach dem anderen in die Abrubbelmaschine. Im Restaurant wurden achttausend verschiedene Wein- und Sektgläser poliert, Bestecke auf Hochglanz gebracht, Servietten zu Bischofs-Mützen gefaltet und die Tische mit feinster weißer Tischwäsche eingedeckt. Zum Schluss wurden ein paar Luftschlagen über die Tische geworfen, was Franc hasste, denn in Verbindung mit Flüssigkeit verfärbten sie die Tischdecken bunt. Craig und Dave bauten sich diesmal mit lila farbigem Pannesamt und einem selbstgebastelten Schild „New Years Eve“ mit aufgeklebten silbernen Styroporzahlen „1991“ neben dem Restauranteingang auf. Die Kellner standen mit Gläsern voll eiskaltem, prickelnden Sekt auf der anderen Eingangsseite, Craig bat alle aufs Bild, die schon Sektgläser in Händen hielten. Die Szene war ausgesprochen festlich, die Frauen kamen in langen Kleidern und trugen funkelnde Schmucksteine um den Hals und an den Händen. Die Männer trugen Anzüge und Krawatten mit Einstecktüchern, die sie farblich zur Abendgarderobe ihrer Gattinnen oder Begleiterinnen abgestimmt hatten. Alles glitzerte und funkelte um die Wette. Es gab nicht viele Single-Männer an Bord. Frau Silbereisen wurde neben eine auch allein reisende Frau gesetzt, die weitaus bescheidener schien, als Frau Silbereisen. Franc sagte später Frau Silbereisen hätte den ganzen Abend auf die Frau eingeredet und ihr etwas von einem Denkmal in Pittsburgh erzählt. Der Sommelier hatte mehrere Flaschen Wein gebracht. Die andere Frau verließ noch vor dem Dessert den Tisch. Das Restaurant wollte um 22 Uhr schließen, danach ging es zur Mitternachtsshow ins große Kino. Hier übernahm der Cruise-Direktor dann die Moderation des Abends in Frack und Zylinder. Franc war glücklich darüber, an so einem Tag verschwanden dann wirklich alle aus dem Raum und die Crew konnte in Ruhe aufräumen, um selbst den Jahreswechsel feiern zu können. Carlos hatte in der Crewbar auch schon früher als sonst begonnen, ein wenig Silvesterstimmung zu verbreiten, er hatte eine Discokugel aufgehängt, ein paar bunte Flackerscheinwerfer zusätzlich über der Tanzfläche montiert und lauter Luftschlangen über die Leitungsrohre an der Decke gezogen. Tania war mit ihren Kolleginnen beim Hoteldirektor auf der Brücke auf einen Sekt eingeladen worden. Sie stand dort mit allen Offizieren und Pursern herum, schlürfte ein wenig viel zu süßen Sekt, aber so richtig heiter war sie nicht. Sie schätzte die Einladung sehr, aber irgendwie kam da oben keine Stimmung auf. Tania, Maggie und Sandra wechselten vielsagende Blicke. Sie verabschiedeten sich sehr schnell, sie wollten unbedingt zu den anderen in die Crewbar. Um elf spätestens wollten sie da sein und um elf wurde es dort auch richtig voll. Es gab Partygänger, die gehen nur auf die Tanzfläche, um zu balzen und zu baggern, sie haben die Augen beim Tanzen immer geöffnet, durchforsten das Publikum in jeder Ecke auf der Suche nach Opfern, hoffen von irgendwoher beobachtet zu werden, oder sie bewegen sich auf die Person zu, die auffällig neben ihnen tanzt. Das machen sie hemmungslos schon beim ersten passenden Lied, ganz gleich, ob es ein ihnen völlig unbekanntes oder ihr Lieblingslied ist. Rauf auf die Fläche, rein in den bunten Lichtkegel. Der Rhythmus ist egal, am besten irgendein Disco-Takt. Jeder bekommt so ein Alibi Schritt-rechts-Einknicken-Schritt-links-Einknicken hin. Zu diesen Partygängern gehörten zum Beispiel die Kosmetik-Mädchen aus dem Spa, einige Stewardessen und Betty. Betty gehörte immer zu den ersten auf der Fläche, egal welches Lied spielte, da sie die Aufmerksamkeit in vollen Zügen genoss. Dazu kamen einige Schwedinnen. Auch Birtje tanzte im Windschatten ihrer schwedischen Freundinnen. Beinah bewegungslos baumelten ihre Arme an den hängenden Schultern. Svenja und die anderen bauten wenigstens mal eine Drehung ein. Birtje blieb regungslos. Vielleicht war sie zu müde von ihrem anstrengenden Arbeitstag. Sie hatte alle Kabinen und Flure auf Deck-D saugen müssen. Vielleicht waren deswegen ihre Arme zu schwer. Es wirkte aber so, als hätte sie weder Freude am Tanzen, noch Taktgefühl. Synkopisch traf sie immer genau den Takt dazwischen. Dr. Larsson kam in die Bar. Er war schnurstracks in den Schein der Flackerlampen neben der Discokugel gegangen und tanzte wie ein blasierter Gockel. Tania beobachtete das Geschehen und philosophierte: Alle, die dort im Jetzt tanzen, sind im äußeren Ich. Sie tanzen, um wahrgenommen zu werden. Sie bewegen sich für andere, aber welche Signale sendeten sie? Sie saß an der Theke, bestellte Gin Tonic und sah sich überall genauer um. Tania teilte für sich die gesamte Crew in drei Typen ein: Die Disko-Bagger-Tänzer, die Ich-sauf-nur-nicht Tänzer und die Techno-Traumtänzer. Es gibt die, die am Barhocker kleben und warten. Wer sie zum Tanzen auffordert, bekommt einen Korb. Hannes, Anton, eigentlich die gesamte Küche war vollkommen lustlos, was das Tanzen betraf, sie kamen noch nicht mal zum Gucken in die Crewbar. Sie steckten lediglich mit den Köpfen zusammen und die Tanzfläche kümmerte sie nicht. Hier ging es nur ums Corona oder um Whisky Cola, schnelle Entspannung, später Müdigkeit, und Schlaf in der Kabine. Dr. Larsson bumpte sich derweil durch die Schwedinnen, immer mit dem gleichen, blöden Grinsen, stellte Tania fest. Zugegeben, er war ja auch gutaussehend, gut gebaute Statur, hanseatischer Typ, hübsche, blaue Augen, kräftige Arme. Manche flirteten kurz mit ihm, aber die meisten drehten ab, wenn sie ihn sahen. Dr. Larsson betrank sich mit Whisky, was eigentlich keine gute Idee war, denn er hatte Bereitschaftsdienst. Franc war leider noch nicht gekommen, er hatte mal wieder eine Glaspyramide mit Champagner befüllt und musste den Jahreswechsel oben mit den Passagieren feiern. Im Casino fiel wieder die 36 in den Schacht. Carlos verkündete durch das Mikrophon: „Thirty Minutes to go to New Year, Guys, hurry, get your drink!"

Tania ging wieder zu ihrem Platz nahe der Reling am Heck, man konnte von hier auch ein wenig vom B-Deck erspähen. Die Filipinos saßen in einem großen Pulk zusammen, eine Gitarre wurde herumgereicht. Tania war nicht in der Stimmung zu feiern, sie setzte sich auf den Boden und lehnte sich an das Bugloch. Der Wind blies kräftig von unten durch die Öffnung hoch. Der Countdown lief, genau um 12 quietschte und johlte alles. Tania beobachtet aus der Ferne, wie sich alle umarmten, auch die, die sich nicht leiden konnten. Über dem Schiff sah sie vereinzelte Raketen fliegen und sie hörte das übliche Ahhh! und Oooh! der Zuschauer. Es war rührend irgendwie, mitten auf der See irgendwo, verlassen mit so vielen Menschen auf ein neues, eventuell besseres Jahr zu hoffen und anzustoßen. Aber Tania war traurig, sie fühlte sich einsamer denn je. Betty rannte von einem Hals zum nächsten. Tania mochte kollektives Umarmen nicht, sie war froh über ihr kleines Versteck und kam auch erst heraus, als sie Franc sah. „Wo warst Du, jolie puce, ich habe Dich vermisst. Frohes Neues Jahr, ma jolie puce“, rief er freudestrahlend als er sie auf sich zukommen sah. Er nahm Tania fest in den Arm, hob sie ein wenig an und schüttelte sie vor Freude. Er drückte ihr einen spontanen Kuss auf, der perfekt passte. Mittig. Fest. Halb weich. Tanias Stimmung erhellte sich schlagartig ein wenig, sie nahm Franc an die Hand und zog ihn zur Bar.

„Gin Tonic, Carlos.“

„Für mich einen Whisky Cola bitte.“ Franc bezahlte beide Drinks. Nach dem dritten Gin Tonic und Whisky-Cola kamen ihre Gesichter immer enger zusammen. „Ich fühl mich wie auf einem sinkenden Schiff.“ Tania lag mit dem Kinn in Francs Armbeuge.

„Ich hol Dich raus, ma jolie puce“, flüsterte er in ihr Ohr, was Tania einen wohligen Schauer über den Rücken jagte. Tania genoss die Sicherheit, welche sie in Francs Gegenwart immer stärker spürte, und beobachtete weiterhin, was rundum geschah. Das war wohl eine von Tanias ausgeprägtesten Eigenschaften, sie beobachtete liebend gerne ihre Mitmenschen und die Umwelt, fand jedoch kein Verlangen, aktiv daran teilzuhaben.

Erst weit nach Mitternacht kamen die wahren Tänzer auf die Fläche. Hier ging es jetzt darum, dem eigentlichen Ich zu entfliehen, mit der Musik aus dem Jetzt und dem Ich herauszukommen. Die Augen blieben dabei geschlossen. Diese Tänzer interessierten sich überhaupt nicht dafür, wie sie auf andere wirkten, noch, wer die Zuschauer waren oder wer sonst noch um sie herumtanzte. Sie schwebten über sich. Es war, als hebe die Seele ab und folgte dem Takt ins All. Vom Körper blieb nichts Fühlbares zurück, er war nicht im Weg, er bockte nicht. Er schwebte einfach mit, derweil die Seele in den Himmel und aufs Meer entschwand. Diese Menschen tanzten, um das Jetzt zu verlassen, die eigene Seele fliegen zu lassen in eine andere, vielleicht ältere Welt. Sandra war so eine Techno-Traumtänzerin: Sie stand so oft Stunden auf der Tanzfläche, sie merkte gar nicht, wie weit sie draußen auf dem Ozean war, die Musik war mit ihr davon galoppiert, am besten ging das wohl zu Techno oder Rock. Sie drehte Spiralen im Takt des Basses, sie liebte es besonders, wenn der Sound von der linken Box zur rechten sauste. In der Crewbar sauste der Sound deutlich von Backbord nach Steuerbord. Ihr Finger zeigte in den Himmel, das Ich kehrte sich aus ihr heraus. Die Bewegungen des Körpers schienen nicht mehr von Sandra gesteuert zu werden, der Körper floss in irgendeinem Klang in irgendeiner göttlichen Mission dahin. Tania mochte es sehr, wie Sandra tanzte, weil sie sich so intuitiv und frei bewegte, ihre Bewegungen waren keine Wiederholungen. Alles war einzigartig und erinnerte Tania an Geschichten von tanzenden Wesen, die damit sogar durch Steine reisen konnten. „Sandra ging es noch nie darum, einen Mann zu finden, oder eine Frau, es ist ihr eigentlich jeden Abend egal, ob da jemand ist oder wäre“, sagte Tania. Franc wusste nicht, wovon Tania sprach, aber er war froh, dass sie überhaupt noch etwas sagte und nicht schlief. Man sah Sandra nie auffällig lange mit einer Person stehen, die Zeitspanne war immer viel zu kurz, um vielleicht irgendetwas anzunehmen oder gar Gerüchte zu streuen. Hannes war furchtbar betrunken. Er trank den Whisky viel zu schnell und lallte vor sich hin, sprach mit Carlos, der ihn aber nicht verstand, winkte dann ab. Er wirkte mitunter aggressiv. Wenn Carlos ihm nicht nachschenkte, wurde er unangenehm laut. Sogar Birtje schickte er mit einer abfälligen Handbewegung weg, wahrscheinlich sagte er sowas wie „Verpiss Dich!“, was wirklich gar nicht nett war. Franc spürte, dass Tania sich Sorgen um Hannes machte. „Franc, ist es ok, wenn ich den Koch ins Bett bringe?“ Sie gab Franc einen viel zu schnellen Kuss auf beide Seiten und eilte Richtung Hannes, ohne auf eine Antwort von ihm zu warten. Tania ging auf Hannes zu und sprach ganz ruhig: „Komm, Alter, Feierabend, genug gesoffen, ich bring Dich nach Hause.“

„Nichts bringst Du, lass mich in Ruhe“, motzte er, seine Augen waren schon ein wenig verdreht, irgendwie hing die Zunge schief auf der Unterlippe, er sabberte etwas. Milo kam Tania zu Hilfe. Sie hakten ihn ein und nahmen ihn in ihre Mitte. Seine Füße schafften es nicht über die Schotten, er stieß sich mit seinen Füßen böse an den Stufen an, aber sie schafften es, ihn zur Kajüte zu bringen und auf sein Bett zu werfen. Anton lag schon oben und schnarchte.

„Danke, Milo, den Rest schaff ich schon.“ Tania bat Milo, sie jetzt allein zu lassen, er gehorchte sofort und zog die Tür hinter sich zu.

Tania zog Hannes‘ Schuhe, Jeans und T-Shirt aus. Dann war Hannes plötzlich wieder wach und wollte Tania zu sich reißen, brachte die Kraft aber nicht ganz auf, seine Arme fielen wieder auf den Körper. Tania war sich nicht sicher, ob sie das jetzt witzig fand oder nicht. „Na endlich kommst Du auch mal in mein Bett“, griente er und hielt dann schlagartig ihre Hand fest, viel zu fest. Er zog Tania wieder blitzartig zu sich herunter und versuchte Tania die Zunge ins Ohr zu stecken. „Hannes, was soll das? Lass mich in Ruhe, hör doch auf!“ Tania versuchte, ihre Hände aus seinem Griff zu befreien, aber irgendwie schaffte sie es nicht. Hannes drückte immer fester zu. Tania konnte ihre Hände nicht lösen. Hannes führte jetzt Tanias Hand runter zu seinem Schritt und lallte: „Wenn Du schon nicht mit mir schlafen willst, dann hol mir wenigstens einen runter!“

„Halts Maul, Falco,“ rief Anton von oben runter.

„Schlaf weiter Du Vollidiot, los Tania mach!“ Er versuchte hektisch, mit Tanias Hand an seinem Griff auf seinem Schritt rumzurubbeln. „Scheiße, Mann! Ich krieg keinen hoch!“, brüllte er frustriert. Danach kam der Schwächeanfall, er säuselte nur noch und ließ Tania endlich los. Ihre Handgelenke waren rot. Hannes fiel sofort in einen tiefen Schlaf. Tania löschte das Licht und fand Milo draußen wieder vor der Tür, er begleitete sie bis zu ihrer Kajüte.

„She ist not there“, sagte er mitfühlend. Gottseidank, dachte Tania. Betty war auf der Brücke, sie hatte wieder irgendein Opfer gefunden. Tania war sehr erleichtert, allein zu sein. Sie hatte eine Seite an Hannes kennengelernt, die sehr ungesund war. Männer, die im Suff aggressiv wurden, hatten auch woanders große Probleme, das musste sie bereits mehrfach in ihrem Leben feststellen. „Happy New Year! Milo!“, flüsterte sie leise und versuchte dabei glaubhaft zu lächeln. Ihr war alles andere als zum Lachen zumute, sie rieb sich ihre schmerzenden und noch immer geröteten Handgelenke und schüttelte sich, versuchte das unschöne Gefühl der Hilflosigkeit abzuschütteln. Sie war froh darüber, dass Milo sie noch begleitet hatte, es gab ihr Geborgenheit und das Gefühl, dass jemand auf sie aufpasste inmitten dieses einsamen Ozeans. „Happiness to you, Tania", wünschte Milo, drehte sich um und entschwand den Gang entlang.

Sandra tanzte noch, als alle schon schliefen. Sie hatte weitaus mehr Energie als alle anderen. Die letzten an diesem Silvesterabend waren Sandra, der Crewbarchef Carlos und eine Handvoll Filipinos, die sich am Ende doch noch in die Crewbar begeben hatten. Der Potatoman war auch so ein Techno-Traumtänzer, was Sandra sehr gefiel. So viel Hoffnung lag in der Silvesternacht, aber wahrscheinlich begann für viele das Neue Jahr genauso trostlos, wie das Letzte aufgehört hatte. Die Alten wünschten sich Gesundheit und fragten sich insgeheim, ob sie den nächsten Silvesterabend noch erleben dürfen, ob es wohl noch eine nächste Cruise geben würde, und die jungen Leute schworen sich , nie wieder Alkohol zu trinken, weil sie den gesamten Neujahrstag verkatert arbeiten mussten. Wic sollte das Jahr werden, wenn man es gleich mit einem Kater begann? Sandra bemerkte den Sonnenaufgang spät, eigentlich erst, als Carlos die Musik gestoppt hatte, erst da fing ihr Körper an, die Seele zurückzupfeifen. In Sandras Fall dauerte das lange. Sie stand an der Reling und wartete auf die ersten frühmorgendlichen Böen, die ihre Seele zurückbringen sollten. Wenn die Sonne aufging, zog auch der

Wind langsam auf. Sie sah gar nicht, dass oben auf dem Passagierdeck schon die ersten Jogger unterwegs waren. Ehrlich gesagt, joggen nur wenige Menschen unter 50, es sind eigentlich nie mehr als fünf. Sandra wurde auch von Milo und dem Potatomann auf die Kabine gebracht. Gut, dass Sandra wenigstens Spätdienst hatte, so konnte sie sich erstmal gebührend ausschlafen. Die Welt war voller Traumtänzer zu dieser Zeit.

Am 2. Januar lag den USA ein neues Rückzugsangebot der Iraker vor, was die USA aber ablehnten, weil es Bedingungen enthielt. Der Irak beharrte darauf, dass der Rückzug aus Kuwait mit einem gleichzeitigen Rückzug der syrischen Truppen aus dem Libanon und der israelischen Truppen aus dem Westjordanland, dem Gazastreifen, den Golanhöhen und dem Südlibanon verbunden werden müsse. Somit war ganz schnell eine friedliche Lösung vom Tisch. Saddam wetterte und plusterte sich vor seinen palästinensischen Freunden auf: „Ich kann drei, ja sechs Millionen Tote hinnehmen, das stehe ich durch. Aber wie viele Tote halten die Amerikaner aus? Ist die amerikanische Gesellschaft bereit, 10.000 Soldaten in einer Schlacht zu verlieren, nur um einen dekadenten Ölscheich zu retten?“

„Ihr werdet in Blut schwimmen!“ hieß Saddams Zitat aus der 3. Ausgabe des Spiegels 1991. Man sah Bush und Saddam schon auf dem Titelbild Kopf an Kopf. Bushs Kopf war ein bisschen über dem Kopf von Saddam, als wäre Saddam körperlich kleiner. Aber Saddams Nase war höher, so als hätte er die Nase vorn. 47 Tage hatten die Vereinten Nationen dem guten Mann Zeit gegeben und 678 Resolutionen geschrieben, um sich aus Kuwait zurückzuziehen. In Genf saßen sie alle zusammen und berieten sich. Niemand fand eine Lösung. Der US-Senat stimmte schließlich am 12. Januar 1991 mit 52:47 Stimmen für eine Intervention im Zweiten Golfkrieg. Das Repräsentantenhaus stimmte mit 250:183 Stimmen für den Krieg. „Irak und Palästina repräsentieren einen gemeinsamen Willen“, drohte PLO-Chef Jassir Arafat. „Nach der großen Schlacht, so Gott will, werden wir gemeinsam in Jerusalem beten.“

Tania saß vor der Kabine mit einem Bier neben den Füßen und den Händen im Ausschussmüll. Sandra kam zu ihr, sie nickte mit dem Kopf Richtung Kabinentür und fragte: „Was machst Du hier? Kannst Du wieder nicht rein?“

„Setz Dich zu mir.“ Sie wollte Gesellschaft und fragte sich, ob Sandra vielleicht auch Gefallen an den Ausschussbildern finden könnte. „Warte, ich hol mir auch ein Bier, ja, lass uns ein bisschen quatschen. Wenn Du allerdings über den Irak quatschen willst, bin ich die falsche Person!“, sagte sie resolut und verschwand Richtung Crewbar. Tania hatte eine Fotorolle in der Hand, die rotstichig war. Sie trank ruhig einen kräftigen Schluck und genoss das genaue Betrachten der Bilder. Craig hatte wieder irgendetwas falsch gemacht. Ganz langsam nahm sie Foto für Foto und ließ sich ihre Geschichten erzählen. Die Fotos vom italienischen Buffet sahen furchtbar aus. Alle Nudeln, die Lasagne und alle Soßen waren rot, die Salatblätter braun. Die Menschen beim Essen sahen aus, als säßen sie in Infrarotkabinen. Als Sandra zurückkam, sich zu Tania setzte und sie sich mit ihren Bierflaschen zuprosteten, hatte

Tania gerade ein paar aneinandergeklebte, ebenfalls rote Fotos der Außenwand des Schiffes in der Hand. Alle waren mit Blick von oben aufs Wasser und mussten vom Passagierdeck aus fotografiert worden sein. Viele waren nicht nur rot, sondern auch unscharf. Das Meer war lila, das Schiff rosa. „Hier hat ja jemand wirklich spannende Bilder gemacht“, bemerkte Sandra gelangweilt. Sie fand es überhaupt nicht spannend, sich die Fotos anzusehen. Es tauchte eine ganze Fotoreihe aus der Crewkabine der Filipinos auf. Zwei Filipinos hatten nackte, rote Oberkörper, sie standen in geblümten Shorts mitten in der Kabine. Sie hatten Gitarren um den Hals hängen und posierten wie eine Band, sie hatten sich aus Kochtöpfen ein Schlagzeug gebastelt. Erst viel später tauchten unten in der Tüte Bilder von der Schiffsaußenwand auf, die nicht rotstichig waren. Auf einem anderen Bild neben Lifeboatboot 5 stand ein hübscher, dunkelhäutiger Mann.

„Hier, kennst Du den? Wer ist das?“, fragte Tania und zeigte Sandra das Foto.

„Ich hab den schon mal gesehen. Irgendwo.“

„War das der Jogger, von dem Du geschwärmt hast?“ Sandra überlegte ein paar Augenblicke bevor sie antwortete: „Ne! Keine Ahnung, aber hübsch ist er.“

„Ich dachte, Du kennst alle Leute auf dem Schiff!“, zog Tania sie auf und lachte dabei.

„Denkste!“ Sandra musste auch lachen. Es stimmte, sie kannte wirklich fast alle Passagiere des Schiffs. Tania sah sich das Foto noch einmal an und stutzte, weil sie den Mann auch noch nie gesehen hatte. Sie überlegte, ob er von der Casinocrew kam oder ein Tänzer war.

Oder war er vielleicht sogar Passagier? Sie wollte demnächst Ausschau nach ihm halten. Die Tür von Tanias und Bettys Kabine flog auf und der Casinotyp Andy, normalerweise gebräunt und gutaussehend, sprang jetzt recht zerzaust, ausgepumpt und blutleer heraus. Dabei stolperte er über Tanias ausgestreckte Beine. „Oops! Slowly!“, rief Tania ihm noch nach. Andy flitzte davon. Casinotypen haben um 23 Uhr Dienstbeginn und müssen mit sauberen Fingernägeln erscheinen. Dazu war es schon zu spät. Sandra hatte genug, klopfte Tania auf die Schulter, schmiss die leere Bierflasche in die Tüte und ging zurück Richtung Crewbar.

Tania erwischte noch einen Film aus Nassau. Auch wenn Tania bei Landgang nur kurz von Bord gehen konnte, zeigten ihr die Fotos Tage später, was sie verpasst oder was sie auch nicht verpasst hatte. In Nassau hatten fast alle Passagiere so einen armen, schwarzen Polizisten fotografiert, der als Überbleibsel der Empirezeit noch immer eine weiße Uniform anziehen musste und einen weißen Tropenhelm aufhatte. Der arme Kerl musste den ganzen Tag in einem kleinen, weiß lackierten Holzhäuschen an einer Straßenkreuzung stehen. Er schwitzte bestimmt fürchterlich. Tania war sich nicht sicher, ob der Mann auch wirklich ein Amt als Polizist ausübte oder eigentlich mehr vom Tourismusbüro Nassaus in das Häuschen gestellt worden war, denn er regelte den Verkehr nicht. Der Verkehr regelte sich irgendwie von allein. Auf keinem der Fotos in der Mülltüte jedenfalls verzog er eine Mine. Das zweite Hauptmotiv der Bahamas war der Strohmarkt. Alle kamen hier wohl oder übel auf dem Hin- und Rückweg zum Schiff vorbei.

Er lag genau in der ersten Straßenecke am Kreuzfahrtterminal. Hier saßen ältere Frauen hinter Strohhüten, Strohdeckchen und Strohfiguren, auf denen mit recht schludrig zusammengeknoteten Fäden bunte Blumen und Nassau-Schriftzüge aufgenäht worden waren. Auch die vielen schönen großen Muscheln, rosafarbene Flügelschnecken, die mindestens 30 cm lang waren, hatten es auf die meisten Touri-Fotos geschafft.

Tania hatte sich in Nassau nur wenige Meter vom Schiff entfernt, es legte mitten in der Stadt an. Sie saß am Hafen und bewunderte die einheimischen Fischer in ihren Booten, wie sie mit einfachen Stöcken ins Wasser tauchten und diese herrlichen „Conchen" vom Meeresboden holten. Sie hatte sich zu einem solchen Einheimischen gesellt, er holte das lebende Tier aus der schönen Schale heraus, zerschnitt es in kleine Teile und träufelte frischen Limettensaft darauf. Er ließ das Stück auf einen kleinen Pappteller flutschen, streute ein bisschen Salz und Pfeffer drüber und gab noch eine kleine Soße aus Zwiebel- und Paprikastücken dazu. Tania war eingeladen, zu probieren, und es schmeckte köstlich. Conchen waren nicht so wabbelig wie Austern und schmeckten nicht so salzig. Das Muschelhaus verkaufte er auch für fünf Dollar das Stück. Tania hatte schon zwei Stücke der Conchen gegessen und wollte sich eine Muschel kaufen. Sie suchte sich unter allen die Schönste aus, durfte sie aber nicht bezahlen. Er hatte vielleicht gemerkt, dass Tania kein Tourist war und hatte Freude daran, sie zu beschenken. Tania war in Gedanken an ihre Erlebnisse auf den Bahamas versunken, als Dave plötzlich die Tür von innen vom Fotolabor öffnete, er hatte eine weitere Tüte Ausschlussfotos in der Hand. „Hier, wenn Du Spaß dran hast?“ Er schmiss Tania abschätzig die Tüte vor die Füße, sie war sehr voll und schwer, die Fotos darin waren teilweise noch nass.

„Ist eure Maschine kaputt? Ist ja alles rot!“ Tania ärgerte ihn.

„Ach… shut up!“, rief Craig. Er war sehr genervt.

Diese Fotos waren zum Teil dreifach belichtet, die Farbe war falsch und unzählige, gute Fotos waren am Rand schief geschnitten. Sie sah wieder mehrere Rollen vom Essen. Das Buffet unangetastet, jungfräulich. Hannes Schlitten mit Spanferkel kamen nicht so gut an wie der Schwertfisch. Auch die Eisfigur wurde mal wieder zum Star, später fotografierte der Mann die Frau, dann die Schweine, dann die Frau den Mann, die Buffet-Warteschlange und umgekehrt. Anschließend die Auswahl auf dem Teller, das scharf zu kriegen, gelang den wenigsten. Es folgte rollenweise abwechselndes Futtern: den Mund weit auf, die dicken, pelzigen Zungen halb raus, der Gabel entgegengestreckt. Es gab auch Fotos von Tisch neun und sechs. Es waren die Rollen der Goldsteins von Tisch neun. Frau Silbereisen war dabei. Die Ladys von Tisch sechs hatten Franc fotografiert, erst Frau Levy und dann Herr Levy mit ihm. Er lächelte über beide Ohren, was Tania freute. Sie nahm das Foto beiseite und wollte es für sich behalten. Warum hatte sie jetzt ein leichtes Kribbeln in der Magengegend? Schade, dass sie nicht bei Franc geblieben war, sondern sich bei ihrem letzten Treffen um Hannes kümmern musste und zu ihm in die Kabine ging. Dachte Franc jetzt, sie hätte was mit Hannes gehabt? Dann dachte er was

Falsches von ihr? Tania wollte das so schnell wie möglich geraderücken.

Die späteren Essensbilder waren noch unansehnlicher, Menschen ohne Sakkos, Schweißränder im Hemd. Dann hatte jemand einen ganzen Film beim Tanzen durchgeschossen, irgendwelche Paare beim langsamen Foxtrott, Statuen ähnlich, Salzsäulen, Panoptikum, der BH-Halter war schon unter dem Kleid hervorgerutscht, er war viel zu eng geschnürt, die Haut quoll darunter vor. Tania sah schief aufgekrempelte Hemdsärmel, den Blitz immer direkt drauf. Francs Silvester-Champagnerpyramide fand sich auf fast allen Rollen wieder. Franc hatte dabei sein uhlálá Gesicht drauf. Man hatte auch versucht, am schwarzen Nachthimmel das Feuerwerk zu fotografieren, was keinem gelungen war, danach fand sie noch vereinzelte Fotos von einem Menschen, der vergessen hatte Datum und Uhrzeit seiner Kamera umzustellen, bei ihm war es Juni 1981. In der anderen Mülltüte waren ein paar Filme der Crew gelandet. Themenbilder der letzten Tage, Tania sah den Shanty-Chor, irgendeine Frau saß in einer Bar neben dem Ursutaurus, der Skulptur von Stier und Bär, vor der Börse in Frankfurt, was wohl bereits lange in der Kamera geblieben war. Sie sah die hübschen Schwedinnen, den Strand und die Läden entlang der Promenaden von Fort Lauderdale und ein Krokodil. Die Filipinos hatten in ihrer Kabine das Neujahrsfest auf ihre Art gefeiert, sie saßen eng aneinander gedrängt in einer Viererkabine, große Töpfe standen in der Mitte, auch jede Menge Whisky- und Bierflaschen. Die Frauen hatten bunte Spangen mit Stoffblumen im Haar, die

Männer trugen schicke, gebügelte Oberhemden. Dann stieß sie auf einen Film, der zweifelsohne von Doktor Larsson war. Man sah Svetlana auf dem Esel in St. Lucia, dann Lydia im Kühlraum der Schiffsklinik. Larsson zeigte ihr wahrscheinlich gerade, wo er gelegentlich Leichen aufbewahrte. Und schließlich tauchte auch noch Hanna auf, stehend vor dem Medikamentenschrank. Die letzten drei Fotos zeigten Hanna schlafend auf dem Behandlungstisch, mit einem weißen Laken zugedeckt. Ihre linke Brust kuckte heraus. Himmel nein, hatten sie es auf dem Behandlungstisch gemacht? Tanias erster Gedanke hatte sie angewidert. Hatte Larsson das Laken weggezogen, um Hannas Brust zu fotografieren? Hatte Hanna eine OP gehabt? Wenn ja, welche? Oh Gott, führte Dr. Larsson Abtreibungen durch? Tania schauderte fürchterlich bei diesem Gedanken. Sie schüttelte sich heftig, um das taube Gefühl loszuwerden, das schon wieder versuchte, von ihren Eingeweiden Besitz zu ergreifen. Sie warf die Fotos in die Tüten zurück, sie hatte genug. Larsson hatte es ihr verdorben.

Zum Glück fand Tania abends in ihrer Kabine einen Zettel von Franc, den er ihr wohl heimlich unter der Tür durchgeschoben hatte.

Jolie Puce, sehen wir uns in Saint Martin?
11 Uhr am Ausgang?

Philipsburg, St. Maarten

Das Schiff lief am 3. Januar in Philippsburg, St. Maarten, ein, also dem niederländischen Teil der Insel. Der französische Teil hieß St. Martin. Tania freute sich auf die Verabredung mit Franc und auf die Gelegenheit, dort gemeinsam ein paar Stunden zu verbringen. Tania hatte von 11 Uhr bis nachmittags frei, das war kostbar genug. Franc hatte einem französischen Kollegen Geld gezahlt, dass er Francs Stationen mit eindecken würde für den Lunch. Sie trafen sich an der Gangway, da sie zusammen von Bord gehen wollten. Für Franc war klar, dass er sich im französischen Teil der Insel aufhalten wollte, aber Tania wollte in den holländischen Teil. Die beiden stritten darüber genauso, wie all die Besatzungsmächte und Eroberer all die Jahre vorher.

„In St. Martin stritt sich nach Kolumbus halb Europa ums Salz."

„Aha, sag mal Franc, warum hatten eigentlich die Deutschen niemals eine so schöne Karibikinsel erobert, wieso haben wir es immer nur bis Afrika geschafft? Waren deren Schiffe nicht gut genug?" Sie lachten. „Du hast recht. Erst waren es die Holländer, sie wollten das europäische Salzmonopol an sich reißen, was bis dahin den Spaniern gehörte. Spanien gab dann irgendwann auf. Aber immer wieder kämpften Holländer und Franzosen um die Insel."

„Und wir Deutschen lagen vor Afrika", sagte Tania lachend und schüttelte ungläubig den Kopf. „Oalichi", sagte Franc, fröhlich lächelnd, als sie von Bord gingen.

„So nannten die Kariben die Insel: Der Ort, an dem es Frauen gibt.“ Franc kokettierte. Er kniff Tania in die Hüfte. Tania sprang hoch, so sehr kitzelte das. „Frauen und Salz. Es ist so einfach, jolie puce.“ Man konnte Franc ansehen, wie sehr er das Betreten der holländisch-französischen Insel genoss. Die Front Street allerdings, eigentlich nett anzusehen, mit den kleinen bonbonfarbenen Zuckerbäckerhäusern, war vor allem eine Shopping Mall für die Touristen geworden. Was an den Holzhäusern durch Hurrikans zerstört wurde, wurde immer gleich ersetzt durch vollklimatisierte Glaskästen mit Schaufenstern. Bennetton, Rolex, Vuitton – sie waren alle schon da. Dennoch war es eindeutig stilvoller, weil es europäischer war, als auf den US Virgin Islands. Franc bestand darauf, in den französischen Teil zu fahren und pfiff ein Taxi heran. Sie fuhren direkt ins Café de Paris an der Marigot Marina.

„Gibt's in der Karibik nur Marigot Marinas und Marigot Bays?“, fragte Tania ehrlich verdutzt über die Namensdopplung. „Diese hier ist die beste, jolie puce. Warte ab. Vertrau mir!“

In der Marigot Marina in St. Martin befand sich eine klassisch, französisch geführte Brasserie mit dem einfachen Namen Café de Paris mit rein französischer Küche. Es gab keine Pizzen, auch wenn die Amerikaner noch so sehr danach schrien. Franc hoffte, dort einen Kollegen zu finden, der irgendwann vom Boot aus auf St. Martin aus- und nie wieder eingestiegen war. Toulouse hatte hier den Job des Chef de Rangs übernommen. Er wollte damals mit Franc gemeinsam gehen, aber Franc fehlte damals noch der Mut dazu.

Vielleicht würde er ebenfalls irgendwann das Boot verlassen und hier neu beginnen. „Salut, jemand hier?" Franc suchte seinen Freund hinter dem Tresen. Toulouse kam aus der Küchentür herausgestürmt, die beiden Freunde rissen sich richtig aneinander. Toulouse war ein fantastisch gutaussehender Franzose, wie Tania fand, leider jedoch ein paar Zentimeter zu klein. Er war kaum 25, braungebrannt, hatte tadellose Zähne und duftete trotz Hitze und Schweiß nach Sonnencreme. Er freute sich wahnsinnig, Franc und Tania zu sehen, setzte sie an den besten Tisch und brachte Dinge aus der Küche, die nicht auf der Karte standen. Sie frühstückten und aßen Mittag in einem, Milchkaffee, Shrimp, Reis, Bananen. Die Jakobsmuscheln waren zart mit einem Hauch von Safran gebraten, die Langusten lagen in einem feinen grünen Kräutersud vor sich hin im Reis. Das Huhn war knusprig außen, weil es mit Honig bestrichen war, aber innen zart wie eine Wachtel. Der eiskalte Sancerre tat sein Bestes. Franc erzählte fröhlich von seiner Silvester-Champagnerpyramide, er hatte in der Sky Bar für 500 Gläser 200 Flaschen Champagner vergossen.

„Jolie Puce, ich habe in meinem ganzen Leben noch nie so viele Champagnerkorken knallen lassen." „Sie haben dich alle fotografiert, Du bist der eigentliche Star!" Sie lachten und unterhielten sich über die Ladys an Tisch 6. Tania erzählte Franc, dass sie die Fotos in den Mülltüten gesehen hat. „Sie sind ja eigentlich ganz süß, die Alten", schmunzelnd behielt Tania es für sich, dass sie ein Foto von Franc behalten hatte. „Mal sehen, ob sie das Trinkgeld auch zahlen, wenn wir wieder in Fort Lauderdale sind", sagte Franc mit deutlich hörbarem

Zweifel in der Stimme. „Wie meinst du das?“ Tania verstand ihn nicht. „Naja, Du weißt doch, die Passagiere zahlen mein Gehalt mit. Am letzten Tag geben sie mir morgens die Umschläge. Da müssten eigentlich von jedem Gast 3$ pro Tag drin sein. Du weißt doch, jolie puce, wie die Menschen sind. Wie die reichen Menschen sind. Je reicher sie sind, desto geiziger werden sie. All die Goldsteins, Silbereisens, Feingolds und Zuckermans, alle die, jolie puce, werden alles versuchen, morgen das Frühstück zu schwänzen.“ Tania war entsetzt und auch, wenn sie sich alle Mühe gab, nicht zu urteilen, sie konnte diese Eigenart nicht leiden. „Sauerei“, befand sie traurig und fügte dann entrüstet hinzu: „Das wissen die doch genau. Die wissen doch genau, wie abhängig ihr Kellner davon seid. Wie sehr sie euch umher kommandiert und umher geschickt haben mit ihren Sonderwünschen! Unverschämtheit!“

„Reg Dich nicht auf, jolie puce. So ist das Leben! In der Bibel steht: Ein Mensch, der nimmt, hat nie genug. Ein Mensch, der gibt, hat keinen Mangel. Für einen kurzen Moment sind solche Menschen froh und glücklich, weil sie ihr Geld gespart haben, aber ich kann deren Mundwinkel nach unten wachsen hören. ..djäuunnng ….wächst es… hörst du…. Sie werden feindlich und krank vor Gier.“

„Ich hasse Amerikaner! Hier sind wenigstens ein paar Franzosen!“, unterbrach ihn Toulouse. Er stand vom Tisch auf und drehte in die Küche ab. Er kannte das nur zu gut. Franc ließ sich die Laune nicht verderben. Er trank genussvoll von seinem Sancerre. Die Art, wie Franzosen die Weingläser halten beim Trinken, ist schon irgendwie edel, dachte Tania.

„Gott sei Dank gibt es unter den Passagieren immer mal wieder welche, die mehr geben, viel mehr. Eine Witwe hat mir 1000 Dollar in den Umschlag gelegt, wenn sie jünger gewesen wär, gut dann hätte ich sie geheiratet!"

„Du bist käuflich?"

„Jolie Puce, ja, aber Du bekommst alles umsonst!"

Er brachte ein bestimmtes Lächeln hervor, bei dem das Blut aus dem Gesicht entwich. Die Pupillen von Francs Augen weiteten sich und der Mund öffnete sich, als seufzte er leicht. Tania ging es nicht anders. Alles Blut schoss ihr in den Bauch und die Knie. Die Augen konnten nicht aufhören, einander zu fixieren, es war, als würde man in den Ozean des anderen eintauchen. Franc hob behutsam seine Hand und streichelte Tania die Wange. Er erhob sich vom Stuhl und riss dabei sein Weinglas um. Er nahm ihr Gesicht in seine Hände und küsste Tania mit seiner ganzen Hingabe und Liebe auf den Mund, lange, ohne den ersten Aufdruck seiner Lippen zu bewegen, eher sanft, ohne aufdringlich zu sein. Tania hörte den Wind in den Ohren rauschen und krallte sich mit einer Hand am Tisch fest. Um sie herum brach die Welt auseinander, das Restaurant klappte alle vier Wände ein, das Haus, der Strand, wie ein Blitz schoss die Liebe und das Verlangen in den Unterleib, nicht weit von Ohnmacht entfernt. Beide konnten nur noch stammeln. „Jolie Puce!" Franc schüttelte seinen Oberkörper. „Franc, was machst Du mit mir?" Tania konnte nur noch heiser flüstern. Vom plötzlichen Einschlag ihres Verlangens ganz benommen saßen sie da und konnten sich nur ablenken mit Weintrinken oder mit auf-den-Horizont-schauen. Mit diesem Kuss war alles besiegelt worden. Tania hielt sich wieder mal für schuldig. Obwohl Zürich weit weg war, fühlte sie sich schlecht. Sie hoffte, standhalten zu können. Sie wollte unbedingt treu und aufrichtig sein. Sie wollte Italo nicht verraten und ihnen eine Chance lassen. Später gingen sie am Strand spazieren. Sie hatten die Hemden ausgezogen und die Jeans hoch gekrempelt. Tania hatte nur ihr Bikinioberteil an, sie konnten wieder freundschaftlich plappern über dies und das, sie kniffen sich, bespritzen sich mit Meerwasser und sprachen über den Weltfrieden. Sie spielten miteinander wie zwei junge Hunde im Sand. Irgendwann rannte Tania davon und Franc hinterher. Er hatte sie schnell eingeholt, denn es war anstrengend im Strand zu laufen. Sie fielen, sie drehten sich, machten Hand- und Kopfstand, plötzlich saß er breitbeinig hinter Tania.

Die Körper waren sich jetzt wieder sehr nahe. Franc strich zärtlich den Sand von Tanias Schulter und streichelte weiter, als der Sand schon längst weg war. Tania schloss die Augen. Nur das Wellen rauschen und die leichten Berührung auf dem Rücken. Stundenlang könnte sie so dasitzen! Franc zählte leise auf Französisch jedes goldene Haar auf ihrem Rücken, aber bald gab es nichts mehr zu zählen. Tania spürte die Pause, die Franc sich nahm. Es war erregend, sich nicht zu berühren. Dann spürte Tania einen leisen Kuss auf der Schulter, der sich dort einbrannte wie ein Brandzeichen. Franc machte sich auf in Richtung Nacken. Tania legte den Kopf zur Seite, jetzt schob er seine Hand vor und berührte sie links an der Taille. Am Nacken konnte Tania kurz die Zunge spüren, der Wind kühlte die feuchte Haut. Und dann machte sich die Hand auf, von hinten an die Brust zu greifen, zart aber doch fordernd, nur langsam schob sich erst ein Finger unter den Bikini, dann eine warme große Hand. Tania konnte ihren Rücken nicht länger aufrecht halten, sie ließ sich in seinen warmen Oberkörper fallen, der darauf gewartet hatte, sie zu umklammern, ihr alle Wärme und alle Geborgenheit zu schenken, nach der Tania sich so sehr sehnte. Es fühlte sich so an, als würde er sie unendlich festhalten, sie niemals wieder loslassen. Sie sank auf ihn, seine Reaktion war schon aus der Jeans gewachsen, es tat schon weh, denn jetzt drückten die Knöpfe der Jeans auf sein Glied. Er schrie heiser auf und drückte sein Glied in die Hose zurück. Tania konnte über ihre Schulter blickend sehen, wie ein feuchter Faden von der Eichel auf die Jeans fiel. Franc tropfte wegen ihr! Tania ging es nicht anders. Franc sprang auf und lief davon. Tania blieb wie benommen sitzen. Sie war wahnsinnig erregt, dieser kleine Mann hatte einen größeren Penis, als sie jemals einen gesehen hatte. Franc blieb lange weiter entfernt am Strand, hob kleine Muscheln auf und warf sie ins Wasser. Auch sie brauchte ein paar Minuten, um sich zu sortieren. Nach einer längeren Zeit ging Franc wieder auf sie zu, Tania stand auf und sie gingen wieder sehr vertraut nebeneinander her. Sie lachten viel und waren froh, niemanden von der Crew zu treffen, auch nicht von Weitem. Leider raste die Zeit mal wieder dahin und das Taxi kam zu schnell. Die Zeit war um. Zurück zum Wahnsinn. Sie gingen wortlos eine Weile nebeneinander her, die imaginäre Uhr tickte leise im Hintergrund. Das Schiff rief. An Bord zurück legten sie wortlos ihre Crewkarten in das Fach zurück. Sie sprachen auch an den Schotten kein Wort. Franc ging gerade aus und Tania nach rechts. Nur einen Blick, ein einzelner Blick, einer mit geweiteten Pupillen sprach alles, meinte alles und verschwieg alles. Tania stand stundenlang an der Reling schaute aufs Meer und träumte. Es zeigte sich dunkelblau und tief, zur Küste hin immer hellblauer, fast grün, sie hatte schon mehrfach versucht, die Farben zu beschreiben und doch gab es immer neue, die hinzugefügt werden mussten. Aquamarin, türkis, heineckenflaschengrün, sandiggrün, schleimigrün, fliederblau, stahlblau, ölblau, seetankschwarzblau, rabengefiederblau, lapizlazuliblau. Das waren die Farben, dann die Beschaffenheiten: wellig, kleine Wellenhäufchen, Wellenkämme, große Wellenkämme, seestill, schäumend, frierend, zitternd, brausend, verdampfend, gelangweilt, glatt, mutig. Es wurde ihr nicht langweilig. Jeden Tag wanderte sie von einem zum anderen Lieblingsort umher und schaute aufs Meer und in die Wolken. Tania musste daran denken, wie erstaunt sie irgendwann mal im Schulunterricht gesessen hatte, als ihr ein Lehrer erklärte, dass die Vase, die er ihr auf den Tisch knallte, nur grün erscheint, weil sie das grüne Licht reflektiert, aber alle anderen Farben absorbiert, somit sei die Vase nicht grün, sie absorbiert alles rot, blau, schwarz und gelb und ist in seinem „Sein“ somit alles andere als grün. Und trotzdem glauben Menschen, die Vase sei grün. Das Meer und die Wellen reflektieren das Blau des Himmels und sind eigentlich alle anderen Farben als blau. Das Meer ist eigentlich also bunt. Es wurde ihr ein bisschen schwindelig und sie wusste nicht, wie weit sie die Gedanken noch zu Ende denken sollte. Frühmorgens, wenn die Sonne langsam aufging, war das Wasser so schön mild, ruhig und fast rosa. Unter ihr flohen die fliegenden Fische vor dem großen Schiff und dann jagten die Albatrosse, die das Schiff manchmal einen Tag lang begleiteten, nach ihnen. Sie schossen im Sturzflug senkrecht mit angelegten Flügeln tief hinein ins Blau, dabei wurde das Wasser mit Sauerstoff angereichet und dadurch türkis. Tania wollte es den großen Vögeln am liebsten gleichtun und kopfüber in das kühle Blau eintauchen. Gelegentlich kam ein fliegender Fisch aus dem Wasser, er krächzte richtig in der Luft, machte zwei Flügelschläge und klatschte wieder auf. Ebenso machten es so mantaähnliche Flugtiere. Wie Flummis schnappten sie aus dem Wasser hoch und machten über Wasser zwei Kapriolen mit Flügelschlag, als wollten sie hoch hinaus. Dann klatschen sie wieder auf, dass es laut platschte. Sehr oft begleiteten mehrere Vögel das Boot. Albatrosse segelten stundenlang an beiden Seiten des Bootes umher, sie wurden oft fotografiert. Manchmal kreuzte ein Schwarm am Himmel in eine ganz andere Richtung. Tania sah Kormorane, Pelikane, große und kleine weiße oder schwarze Möwen, kleine rote Vögel, größere grüne Finken.

Nach dem Mittag hatte das Meer erste funkelnde Wellenkämme. Im Fernglas betrachtet, war das Meer in diesem Zustand ein Himmel voll Glitzerlichter. Tania drehte in solchen Momenten an ihrem Fernglas, dann war es wie in einem Kaleidoskop, es glitzerte immens auf der Iris. Sie hielt das nur kurz aus, weil sie sich sonst fühlte, als würde sie unter dem Einfluss von Drogen stehen. Wenn die Sonne unterging, lag ein goldener, orangefarbener Teppich vor ihr auf dem Wasser. Tania dachte oft, in diesem Licht könnte das Meer auch eine Skipiste oder ein zugefrorener See sein, so hell wurde es. Und nachts, wenn sie manchmal nicht schlafen konnte, ging sie nach Achtern an ihre Lieblingsstelle und schaute in diesen unfassbaren Sternenhimmel. Oder auf die kleinen Positionslichter der Fischerboote. Oft wusste Tania gar nicht, was Boot und was Stern war. Es gab immer was zu sehen, man musste nur hingucken, auch Wellen hatten gelegentlich Gegenwind. Bei Lifeboatdrills schauten einmal Delphine zu, parallel zum Boot schwammen sie in großen Familien mit. Und dann steckten sie den Kopf raus und lachten über die Menschen, die sich Schwimmwesten angelegt hatten und wahrscheinlich lustig aussahen. Eine Hornisse war aufs offene Meer hinausgeflogen. Wo die wohl hin wollte? fragte sich Tania. Wo konnte sie landen? Nahm sie sich das Leben? Gibt es Selbstmord bei Tieren? Das war das erste Mal in ihrem Leben, dass Tania sich über so etwas Gedanken machte. Es waren überhaupt die einzigen Gedanken, die Tania umtrieben, ansonsten schaltete das Gehirn auf Durchzug. Es war, als würde der Wind durch die Seele fliegen, es gab keine Begrenzung mehr, alles war offen, von unendlicher Weite, alles war zu einem Ganzen geworden. Die Seele hatte Frieden auf dem Wasser. Sie war endlich sich selbst überlassen und frei. Der Körper stand da und blieb zurück wie eine Hülle aus hellem Nessel, wie eine Matrix von Haut, die zusammenfallen konnte zu weißem Staub, sobald man das Blut entzog.

Von hoch oben flog die Seele wie eine Möwe und betrachtete den eigenen Körper dort unten stehend, beide Armen auf der Reling abgestützt, das Kinn in den Fäusten, die Beine geknickt. Dreht die Möwe ab, fliegt sie davon? Oder fliegt sie zurück in den Kopf und belebt den einem Leinensack ähnelnden Menschen?

Fort de France, Martinique

Ein paar Tage später dockte die Norway in Martinique an, auf ebenfalls französischem Territorium. Martinique wurde nicht oft angelaufen von der Norway, in dem halben Jahr, die eine Karibik Tour Saison dauerte, höchstens drei Mal. Tania vermutete es bereits und hoffte dennoch, dass Martinique etwas Besonderes sei. Die Norway machte morgens an der Pier fest. Die Passagiere waren früh auf, hatten früh gefrühstückt und sammelten sich langsam im Bereich der Rezeption, denn schräg gegenüber hatten die Cruisedirektoren ihren Tresen. Hier wurden jetzt lauter Fragen zum Landausflug gestellt, noch weitere Optionen geprüft und dazu gebucht. Die Tour hoch zum Vulkan, zum Mount Pelée, schien Tania das Interessanteste zu sein. Sie hatte jedoch wieder Dienst bis 13 Uhr und konnte erst danach von Bord. Die Imbarkation, das Zurückkommen, war schon für 16 Uhr angesetzt. Maggie hatte längst jeden Zollbeamten, der an Bord kam, kennengelernt. Sie kamen in jedem neuen Land an Bord und wollten wissen, wer und was sich an Bord befand, eigentlich wollten sie über den gesamten Alkoholbestand bis zur letzten Flasche Bescheid wissen, die Wassergewichte im Tank, den Diesel, auch die Restmunition der Tontaubengewehre. Die Immigrationsbeamtin von Martinique war bereits an Bord gekommen und inspizierte die Pässe. Maggie hatte wie immer US und Nicht-US-Pässe gut vorbereitet sortiert. Sie erwartete, dass die Erlaubnis, von Bord gehen zu können, ohne Hindernisse erteilt werden würde. Es gab jedoch zwei Pässe, die Personen ägyptischer Herkunft gehörten. Die beiden Menschen wurden gebeten, persönlich vorzusprechen, damit die Beamtin die Pässe mit den dazugehörigen Menschen abgleichen konnte. Es schien, als würde ein besonderes Augenmerk auf Menschen arabischer oder muslimischer Herkunft gelegt werden. Das verzögerte das gesamte Prozedere des Schiffes um eine halbe Stunde, was die übrigen Passagiere allmählich unruhig werden ließ. Die beiden Ägypter, ein Pärchen über 60, wohnten seit langem in Los Angeles. „Alles in Ordnung!", sagte die Zollbeamtin schließlich, nachdem sie Visa für Visa in den Pässen durchblättert hatte. Auch David und Craig gingen davon aus, dass Martinique fast alle Passagiere von Bord locken würde und sie bereiteten ihr Foto Shooting an der Gangway vor. Sie banden ein paar bunte, mit Helium gefüllte Luftballons an kurzen Schnüren an einen Rettungsring. Die Ballons standen kerzengerade und tänzelten fröhlich im Wind. Endlich öffnete die Norway ihre Türen und die Passagiere gingen aufgeregt eng nebeneinander von Bord. Auf der Gangway kamen sie beim Rettungsring vorbei und wurden in Zweier- oder Dreiergrüppchen von Dave fotografiert. Auf kaum einem Bild waren die Passagiere ohne Sonnenbrillen oder Baseball-Kappen zu sehen, die ihre Gesichter durch lange Schatten verdunkelten. Es gab immer Leute, die fanden sich gerade schön mit Brille, weil es vielleicht eine besonders coole RayBan-Brille war. Alle lächelten brav in die Kamera.

Abenteuer Landgang Martinique. Tania freute sich schon auf die Ausschussbilder. Das erste Mal seit Beginn der Reise war sie wirklich in der Karibik angekommen. Sie hatte noch die Menülisten für das Mittag- und Abendessen gedruckt, den Wetterbereicht vom Sputnik, von der Rohrpost, die die Brücke an die Rezeption schickte, abgeholt, Safes auf- und zugeschlossen und Geld gewechselt. Sofort nach Dienstschluss um 13 Uhr ging sie von Bord. In Martinique, Port au Prince, war man gleich im Geschehen, nicht irgendwo weit draußen an irgendeiner Pier wie in Barbados, wo man ein Taxi oder Fahrrad brauchte, um etwas anderes zu sehen als Hafenmolen und Container. Hier sah es irgendwie auch nicht so geschäftig aus. Die Passagiere waren in gecharterten Bussen unterwegs zu ihren Ausflugszielen. Es lag nur ein anderes Kreuzfahrtschiff im Hafen, die Splendid. Entlang der Hauptstraße gab es vereinzelt sehr luxuriöse Geschäfte – Vuitton, Rolex, Dolce&-Gabbana – und keine 100 Meter vom Schiff entfernt einen Markt. Tania liebte das Schlendern über Märkte. Die Kräuterfrauen hatten lauter verschiedenfarbige Essenzen in bunte, kleine Flaschen gefüllt. Auf den Fläschchen stand ‚Essence de Rose', ‚Essence Reussite' oder ‚Menthe Glaciale'. Sofort war Tania umgeben von verschiedensten Gerüchen wie Vanille und Zimt, Jasmin und Rosendüften. Was bei Tania einen noch tieferen Eindruck hinterließ, war der Wohlklang der französischen Sprache, den sie bereits kurz, nachdem sie von Bord gegangen war, höchst erfreut vernommen hatte. Stark akzentuiert, harte Ds und scharfe S, aber Französisch. Hier war Flair. Hier war Atmosphäre. Ein paar Ecken weiter auf der Rue Moreau fand Tania einen Zeitungstand in einem Café. Herrlich, dachte sie und bestellte sich einen Café au lait und ein Croissant. Sie zahlte in französischen Franc und hielt den Schein bewundernd in der Hand, roch an ihm. Französische Franc. Eine Zeitung dazu, fast wie Urlaub. Sie fand im Zeitungsständer eine ein paar Tage alte Bild Zeitung. Was war los in der Welt? In der übrigen Welt sah es gar nicht gut aus. „Hussein – die Kriegserklärung!“ lautete die Schlagzeile auf der ersten Seite. „Es wird die Schlacht der Schlachten“, las Tania entsetzt weiter. Daneben stand in denselben Lettern eine große Eins. Gemeint war aber der Rotkäppchen-Camembert-Käse. Die Bild hatte während des Krieges Rotkäppchen-Käse als Werbepartner, stellte Tania fest und fragte sich, ob mehr Absurdität eigentlich möglich wäre. Auf der Mattscheibe eines kleinen Fernsehers über dem Tresen des Cafés lief CNN. Es lief eine Reportage zum bevorstehenden Krieg, die Amerikaner stellten gerade ihre Waffen vor. Es gab äußerst fiese darunter, man nannte sie Daisy Cutter, Gänseblümchenrasierer, eine Blu82. Die Daisy Cutter hatten einen Durchmesser von einem Meter und wurden an Fallschirmen hängend abgeworfen. Das hatte man in Vietnam im Busch schon erfolgreich getestet. An dem Punkt, an dem sie landeten, wurde in einem Radius von 100 m alles abrasiert. Man sah in der Wüste irgendwo an die dreißig Daisy Cutter liegend und festgezurrt auf Anhängern. Manche Bomben waren lustig angemalt. Unter der Nase sah man scharfe Zähne in zwei großen Kiefern, wie die eines Hais, und man hatte den Bomben große, böse Augen gemalt. Manche Soldaten hatten den Zeichnungen Widmungen an ihre daheimgebliebenen Freundinnen hinzugefügt. Man sah einen Soldaten, wie er quasi auf einem Daisy Cutter ritt, als würde er auf seinem Hai sitzend inmitten eines Kinderspielplatzes sein. Man sah den Männern ihre Freude auf das Verstreichen der letzten Ultimatum-Tage richtig an. Sie waren bereit, am 17. Januar zur Luftoffensive anzusetzen. Tania war geschockt. Während sie hier genüsslich ihr Croissant aß, war der andere Teil der Welt in einen Krieg verwickelt. Sie seufzte laut auf und dachte voller Empörung und gleichzeitig mit einer ordentlichen Portion Angst, die unangenehm in der Magengegend drückte: *Kriege werden nur von Männern gemacht! Herr, vergib denen, die nicht wissen, was sie tun.* Das Croissant, das noch fast unangetastet vor ihr auf dem kleinen weißen Teller lag, schmeckte auf einmal nur noch nach wenig und die Krümel blieben ihr im Hals stecken. Was sie überhaupt nicht verstand, war, dass auf dem Schiff niemand über diese bevorstehende Katastrophe sprach, obwohl die Situation schon so lange vor sich hin brodelte. Es machte ihr eine heiden Angst und sie spürte, wie aufwendig es für sie werden würde, diese zu unterdrücken. Tania saß gefangen in ihren Gedanken vor ihrem Croissant und ihrem Kaffee, als sie plötzlich eine vertraute Stimme aus ihrer Trance holte. „Salut Tania!" Franc hatte sich auch frei genommen für einen kurzen Aufenthalt auf seinem französischen Land und grüßte lautstark von der gegenüber liegenden Seite. „Viens. Sit down", rief sie zu ihm hinüber, sehr froh darüber, dass Franc sie aus ihrem Strudel negativer Gedanken gezogen, ja gerettet, hatte. Sie freute sich sehr ihn zu sehen. Tania hatte Franc seit St. Martin nicht wiedergesehen. In dem Moment, in dem sie ihn und sein breites Lächeln sah, begann es in ihrem Bauch wieder leicht zu kribbeln, was ihr nicht unbemerkt blieb und sie hoffte, dass es ihm auch so ging. Ist er mir nachgelaufen? Hat er mich etwa gesucht? Sie war von einer auf die andere Sekunde aufgeregt und beobachtete jeden seiner schnellen Schritte beim Überqueren der Straße, bis er schließlich mit ausgebreiteten Armen vor ihr stand.

Wenn Franzosen Englisch sprechen, machen sie die gleichen Fehler beim Übersetzen wie die Deutschen. Im Englischen heißt ‚Es ist ein bisschen spät' ‚It is a little late'. Die Deutschen und die Franzosen sagen hingegen ‚It is a little BIT late'. Und der Franzose sagt dabei ‚Ä Löttle Böt'.

Das war es, was sie an Franc sehr mochte und sexy fand. Sie verstanden sich bestens, sie sprachen einen Kauderwelsch aus Französisch und Englisch. Es machte nichts, wenn Vokabeln fehlten. Es war angenehm, mit Franc einfach reden zu können. Sie waren sich einig, dass das Café Créole ihr neuer Lieblingsort werden sollte. Beide lasen schweigend Zeitung bis Tania, wütend über den Artikel zum offensichtlich bevorstehenden Fiasko zwischen den USA und dem Irak, den sie weitergelesen hatte, fast schreiend ihrem Ärger Luft machte: „Wie kann das sein, Franc? Auf dem Schiff merkt kein Mensch, was sich da im Irak zusammen braut."

„Hat es schon mal einen Krieg gegeben, den die Amerikaner gemerkt haben? Vietnam wollte doch auch niemand wahrhaben." Franc wirkte ziemlich unaufgeregt. Tania wunderte sich. Warum machte er sich darüber dem Anschein nach gar keine Gedanken? War nur sie es, die Panik hatte, was das für Folgen haben könnte? „Franc, ich bitte Dich, sie steuern auf das gleiche Problem zu. Wie wollen sie diesen Krisenherd mit Luftangriffen beruhigen? Ganz miese Dinge laufen da!" Franc schwieg und nippte stattdessen den Milchschaum aus seinem Kaffee. Hatte er denn gar nichts dazu zu sagen? Tania konnte sein offenes Desinteresse einfach nicht verstehen. Er sah Tania eine Weile schweigend an, Weltpolitik interessierte ihn überhaupt nicht, er wollte ablenken. Um das Thema zu wechseln, beugte er sich vor und legte seine Hand auf die Zeitung, sodass Tania den Artikel nicht weiterlesen konnte. „Hättest Du Zeit und Lust, mit mir in eine Rum-Destillerie zu fahren?", fragte er mit einem verschmitzten Grinsen, in der Hoffnung sie würde das Gerede um die Zukunft der Welt lassen. Er sah auf die Uhr. Franc hatte immer ein Gespür für kulinarische Besonderheiten und nutzte die wenige Zeit, die ihm an Land vergönnt war, um möglichst vielen dieser Genüsse nachzugehen. Tania wollte schon protestieren, sah aber dann doch ein, dass es keinen Sinn hatte, weiter darüber zu reden. Wieso sollte man sich die Zeit, die man noch auf dieser Welt hatte, nicht auch so angenehm gestalten dürfen wie möglich, dachte sie sich. Vielleicht nahmen das Blitzen in seinen Augen und der männliche Duft sie auch einfach vollkommen ein und vernebelten ihre Sinne. Sie wollte ihm folgen, wohin auch immer er ging. Sie nickte wortlos, sie zahlten und fuhren in einem kleinen, verbeulten Taxi nach St. Pierre auf der anderen Seite der Insel. „Du wirst sehen, jolie puce! Der Sandstrand von Les Salines ist ein Traum, er ist fantastisch weiß." Er erklärte ganz ruhig, ohne dabei belehrend zu wirken, was Tania sehr gefiel: „Fast alle Inseln der Karibik wurden im 17. Jahrhundert von den machthungrigen, europäischen Entdeckern einfach besetzt, die Bevölkerung wurde als Sklaven verkauft. Die Franzosen nahmen sich Martinique. Sie hatten das Zuckerrohr im Auge und die damit verbundenen Handelsrouten." Franc wusste alles darüber und erzählte ohne Punkt und Komma. „Sie töteten viele Inselbewohner, die letzten zwölf sprangen in St. Pierre vom Berg in die Schlucht und begingen kollektiven Selbstmord, lieber das, als Sklave zu sein. Und dann lernten die Franzosen, Rum zu brennen!" 1902 wurde St. Pierre binnen Minuten ausgelöscht, der Mont Pelée stieß mit gigantischem Ausmaß Asche und 700 Grad heißen brennenden Staub aus. Damals starben über 30.000 Menschen oder anders herum, es überlebten insgesamt nur drei Personen: Ein Schuhmacher, ein kleines Mädchen in einem Boot und einer, der im Gefängnis saß. Seine Zelle war der sicherste Platz. Der glückliche, arme Gefängnisinsasse hieß Louis-Auguste Cyparis und war 25 Jahre alt. Nach dem Unglück wurde Cyparis begnadigt. Als „einziger Überlebender von St. Pierre" verbrachte er den Rest seines Lebens als tragischer Clown in einer nachgebauten Kerkerzelle in einem Zirkus. „Das Land war vernichtet, auch die Depaz Rumfässer brannten. Die gesamte Depaz Familie wurde getötet. Victor Depaz, der sich zum Studium in Bordeaux befand, kam zurück auf die Insel, um alles wiederaufzubauen. Die Vulkanasche hatte das Land fruchtbarer denn je gemacht", fügte Franc hinzu. Tania war fasziniert davon, wie fröhlich Franc beim Erzählen war, sie fand, er leuchtete innerlich.

„Jolie puce, das blaue Zuckerrohr ist das beste, das süßeste, weltweit! Es ist so gut, dass nichts hinzugefügt werden muss. Victor Depaz überließ das Rumpanschen den Anderen. Er nahm sein blaues Zuckerrohr, Zeit und Eichenfässer."

„Fahren wir gerade dorthin?" Tania war aufgeregt. Sie wollte es unbedingt mit eigenen Augen sehen. „Na klar! Jolie puce! Sofort. Rhum Agricole, AOC! Wir kommen!", rief Franc vergnügt und streckte lachend eine Faust in die Höhe. Sie fuhren an endlosen Zuckerrohrplantagen vorbei. Das Zuckerrohr stand kurz vor der Ernte. Die schöne Depaz Villa hatte man neu aufgebaut, so wie sie im 17. Jahrhundert ausgesehen haben musste, ein herrschaftliches Anwesen mit Park, Grünflächen und kleinen Fontänen. Der Weg bestand aus winzigen Kiessteinchen, es knirschte ein wenig, wenn man darüber lief. Sie gingen in einen großen, kühlen Schankraum mit großen Holzfässern, die in drei Reihen bis unter die Decke getürmt waren. Man sah mehrere Flaschen aus allen Jahrgängen aufgereiht in kleinen Glasvitrinen, so konnte man auch die alten Etiketten der über 200 Jahre alten Flaschen noch bestaunen. Ein älterer Franzose begrüßte Franc und Tania, sie verstanden sich sofort. Der Rhum hatte nichts mit dem Rum gemeinsam, den man von Bacardi oder dem guten Pott kennt, dieser war eine Offenbarung auf der Zunge, wie Franc urteilte: „Eine Schande, wenn man damit Cocktails mixt." Beim dritten Rhum wurde die Zunge schwer, der Blick in die Augen des anderen wurde genauer, die Begierde flammte wieder auf und wurde nun mit dem Rhum flambiert. Tania spürte ein Ziehen in ihren Lenden. Es tat schon fast weh, nur daran zu denken. Franc ging es nicht anders, auch in seinem Kopf war kein Blut mehr. Der ältere Herr mit seinem dicken Bauch und seinem gütigen Lächeln umarmte Franc und Tania, als hätte er sie am Rumfass verheiratet und er wäre höchstpersönlich Schwiegervater geworden. Leider mussten sich beide viel zu schnell wieder verabschieden. Das Taxi stand schon bereit. Am Pier angekommen, rannte Franc schnell die Gangway hoch, er musste um 16 Uhr pünktlich wieder im Restaurant stehen und die endlosen Tafeln für das Menü am Abend eindecken. Tania blieb noch einen Moment an der Pier sitzen und atmete tief durch, dann machte sie sich ebenfalls auf in Richtung Boot.

Am Abend stand Tania bei Gunnar auf der Brücke. Mit seinem sehr schäbigen Fernseher im Funkraum hatte Gunnar den amerikanischen Sender CBS erstaunlicherweise empfangen können. Die Live-Sendung hieß „Showdown in the Gulf" und wurde mit einem schicken Trailer angepriesen. Dan Rather, der Hauptnachrichtensprecher von CBS, saß in weißem Hemd und grauem Sacko mit blauer Krawatte am Moderationspult in New York und kündigte Bildschalten live durch die ganze Welt an. Allen, sein Kollege, stand in Bagdad, hinter ihm tranken Leute gemütlich Tee und er berichtete im Plauderton, dass hier eigentlich alles wie immer sei. Dann schalteten sie live zur Ansprache des Pressesekretärs ins Weiße Haus. Der sehr ernste, dickliche Mann verkündete nun offiziell, das Ultimatum sei abgelaufen. „Wir erklären mit weiteren 28 Bündnispartnern aus der gesamten Welt dem Irak den Krieg", sprach er fast, als wäre es keine große Sache. Dan schien ebenfalls nicht sehr besorgt zu sein. Er gab ab zu Scott, der in Saudi Arabien wartete, an den Stützpunkten der alliierten Militärs. Scott erzählte, sie hätten in Dharan Sirenen und Alarm gehört, sie befürchteten nun, Saddam schlüge mit seinen SCUD Missiles zurück. Dan forderte die Fernsehzuschauer auf, die Ohren zu spitzen und sagte: „Listen to the sound of War!“ Man hörte nun eine Minute lang eine Live-Toneinblendung von rauschenden Flugzeugen, gemischt mit Sirenen und lautem Motorenbrummen.

Er warf geschickt ein „what we know is“ und nannte Fakten, sagte dann manchmal „what we don't know“ und sprach von Mutmaßungen oder Fakten anderer. Er machte es wirklich spannend. Später standen sie vor einer Karte des Nahen Ostens und zeigten auf Saudi-Arabien, Iran und Israel. Der Irak liegt mitten drin, wie in einem Hexenkessel. Der smarte Dan schaltete dann zu einem Bob in Saudi Arabien, der hinter sich Bomber in die Luft gehen hörte, F15E Bomber aus Großbritannien. Bob erklärte an einer Zeichnung, wie so ein Bomber aussah. Er war ganz begeistert von diesem schicken Ding. Sogar in Israel, in Tel Aviv, stand ein CBS-Mann. Tom Fenton erzählt uns via Telefonschalte, dass man den Kindern hier zum Schutz Gasmasken ausgeteilt habe, die sie aber im Moment noch nicht tragen müssten. Man befürchtete jedoch, dass Saddam sofort seine mit chemischen Sprengköpfen bestückten SCUD Missiles in Richtung Israel abfeuern würde. Was er am nächsten Tag auch tat, zum Glück noch ohne Giftgas.

Gunnar und Tania standen nicht mehr allein vor dem Fernseher. Vereinzelt kamen andere Crewmember dazu, aber niemand sprach ein Wort. Wahrscheinlich hatte man bei der ersten Mondlandung auch kein Wort gesprochen. Der Irakkrieg, so wünschten es sich alle beim Betrachten der Bilder, war mindestens genauso weit entfernt wie der Mond. Sie sollten bald merken, dass dem nicht so war. Dan schaltete zu Richy Schlesinger nach Norfolk in Virginia. 31.000 Marine Soldaten kamen aus dem Stützpunkt hinter ihm und seien nun vom Befehl „Desert Shield“ zu „Desert Storm“ unterwegs. „We are with you!“, beteuerte Richy wie ein stolzer Reiseleiter. Und dann kam Judy Davenport ins Bild, sie wurde von einer weiblichen Korrespondentin in ihrem Wohnzimmer in Charleston interviewt. Auf dem kleinen Tisch vor ihr sah man Bilderrahmen mit Portraits von zwei Soldaten. Es waren ihr Mann und ihr Sohn.

„Wissen Sie, wo sich ihr Mann und ihr Sohn gerade befinden?“

„Nein, nicht genau,“ antwortete Judy ins Mikro, „ich weiß nur, dass beide gerade nicht am Luftangriff beteiligt sind.“ Ihr Sohn wäre auf einem Uboot und ihr Mann wäre an der Küste vor Kuwait stationiert. Sie hätten gestern noch telefoniert. Seit heute hätte sie keinen Kontakt mehr gehabt.

„Sie sind ja seit Tagen schon oft als Demonstrantin gegen den Krieg aufgetreten.“

„Ja, das bin ich und ich werde angefeindet dafür von den Nachbarn“, ihre Stimme zitterte.

Weinend klagte sie in Richtung Kamera, sie würde

die Truppen immer unterstützen, aber das, was Amerika da machte, „this is not right for America. They bomb innocent children and women!!!“ Am Ende weinte sie in die Arme einer anderen Frau, Tania konnte nicht erkennen, ob es die Moderatorin oder eine ältere Tochter war, denn CBS blendete zu früh wieder auf Dan. Tania weinte fast mit ihr mit, so berührt hatte sie die Szene. Tania und Gunnar tranken schon ihr zweites Bier. Milo war gekommen, auch der Kapitän und der zweite und dritte Offizier. „Verdammt! Die setzen den gesamten Golf in Flammen!“, kommentierte Kapitän Haugen. „Die machen vor der ganzen Welt den Irak kaputt.“

„Blut für Öl!“, war Gunnars kurzer Kommentar. Präsident Bush meldete sich auch zu Wort. Nach ungefähr zwei Stunden wurde live ins Oval Office geschaltet. Bush war ernst und siegesgewiss, aber auch gehörig scheinheilig: „While the world prepares for peace, Saddam prepared for war.“ Und dann ermutigte er seine Nation mit erhobenem Finger: „We will not fail! Der historische Moment sei da...“ Am Ende betete er wie üblich zu seinem christlichen Gott. Er betete für die Soldaten: „Bless each one of them and may god continue to bless our nation!” Nicht alle hielten es so lange durch, auf den Monitor zu schauen. „Was für ein Trottel“, sagte Haugen sichtlich verärgert. Es war nicht auszuhalten. Man sah live den fliegenden Raketen und Bombern zu, in grün schwarzen Bildern, wie durch Nachtsichtgeräte gefilmt. Detonationen in grünen Feuerbällen. „Hoffentlich schickt Saddam seine Chemie-Raketen jetzt nicht postwendend nach Israel“, brummelte Gunnar, seine Stimme war voller Zorn und Angst.

„Was sind das für chemische Waffen?“, wollte Tania wissen, die keine Ahnung von so etwas hatte. „Och, 280 Tonnen Senfgas für die eine Rakete, 650 Tonnen Tabun für die andere Rakete, dann ein paar Tonnen Nervenkampfstoff Sarin“, Gunnar zählte das auf wie eine Ladung Eierpaletten oder Mineralwasser. „Was? Wie kommt der Irak überhaupt zu solchen chemischen Waffen? Ich dachte, die haben nur Öl!“

„Hah, Tania, da hat dein Deutschland aber maßgeblich zu beigetragen, Deutschland liefert nachweislich seit Jahren gegen gutes Geld sein Zeug dahin.“

„Iiiih, wie können die Politiker das machen?“

„Sehr gute Frage, Tania. Deren Ruf befindet sich auch gerade im freien Fall.“ Tania begriff: „Die Deutschen liefern Gas für Waffen gegen Israel! Holy Shit!“ Sie schluckte. Tania verstand die Welt nicht mehr, wie konnte man auch. Nach einer weiteren Stunde Live-Berichterstattung vom Krieg fielen ihr vor Müdigkeit fast die Augen zu. Nur Gunnar war noch geblieben, sie gaben sich zur Verabschiedung ganz im Gegensatz zu sonst die Hand, ganz so als wären sie Bündnispartner. Mit einem Gähnen kehrte Tania Gunnar den Rücken zu und ging mit mulmigem Gefühl in der Magengegend in ihre Kabine.

Am nächsten Morgen fand Tania über dem News Report einer Journalistin aus Tallahassee folgende Überschrift: „Mideast Conflict resembles scenes from ‚Star Wars‘. Sie begann zu lesen: „Call it the Nintendo War. As the people watched their television screens on Friday, they got a firsthand look at the military technology of the 90's. … The scenes bore an uncanny resemblance to

Luke Skywalker's hair raising bomb run on an Imperial Death Star in the movie Star Wars…."

Die finden, die Ähnlichkeit zu Star Wars zu erkennen, sei eine Nachricht wert! Wie Tania richtig geahnt hatte, nahm an Bord niemand Notiz davon, sie wussten nicht, dass der Krieg ausgebrochen war. Sie stand am Morgen an der Rezeption und pinnte den Wetterbericht an die Wand.

Es war wieder so ein Tag, an dem die Norway eigentlich keine Kreuzfahrt machen musste, weil die eine und die andere Insel nicht weit auseinanderlagen. Man hätte eigentlich rüber laufen können. An so einem Abend lief das Schiff um 18 Uhr aus dem einen Hafen aus und ankerte irgendwo draußen in sechs Meilen Entfernung, um die Liegegebühren zu sparen. An diesem Abend saß Tania zufällig wieder auf dem B-Deck, in ihrem klapprigen Holzstuhl, ihr Buch lesend, die Füße hochgelegt auf einem Metallvorsprung. Neben ihr warfen die Filipinos die Angeln aus. Ob es jetzt ein Experiment war, was sie da ausheckten, oder eine lang geplante Aktion, war Tania unklar, es erregte jedoch sofort ihre Aufmerksamkeit. Fakt war, statt der sonst üblichen Paternoster-Angeln für Makrelen und diverse andere Fische hatten sie jetzt einen 45 cm langen Haken an ein kräftigeres Tau gebunden und diesem Haken hatten sie ein Hüftgelenk eines Rinds aufgesteckt. Das Hüftgelenk bestand natürlich nicht nur aus Knochen, am Beginn des Unterschenkels hingen noch ein paar Muskelfasern und oben am Gelenk war das Fleisch noch blutig. Sie waren bestimmt zu zehnt, als sie das Seil mit einem lauten „Flatsch" ins Wasser warfen. Wozu braucht man bitte zehn ausgewachsene Männer? Was wollten sie denn bitte fangen? Ein Monster? Tania war teils besorgt teils belustigt über das Treiben vor ihren Augen, sodass sie ganz vergaß in ihrem Buch weiterzulesen und stattdessen gespannt beobachtete, was als nächstes passieren würde. Die Filipinos gaben Schnur, setzten sich auf den Teil des Seils, der nicht vom Wasser verschluckt worden war, und begannen laut und fröhlich miteinander zu reden. Für Tania klang es wie Entenschnattern. Die anderen hatten ihre gewöhnlichen Angeln in der Hand, zogen gelegentlich ein paar Fische aus dem Wasser und hievten sie an Bord. Tania widmete sich wieder ihrem Buch. Die Sonne verschwand nun langsam und das Positionsflutlicht auf dem B-Deck streute einen Lichtkegel ins Wasser, der zweifelsohne die Fische anlockte. Plötzlich geschah es, ein plötzlicher Ruck, das Tau, auf dem sie gemütlich gesessen hatten, schmiss sie nun mit einem Satz herunter. Dann der kollektive Schrei: „Shark! Shark! Shark!" Tania hatte die Szene verfolgt und warf ihr Buch achtlos auf den Boden vor Aufregung, als sie aufsprang, um besser sehen zu können. Alle anderen ließen ihre Angeln und Bierflaschen sofort los und eilten zum Geschehen. Das Seil sauste pfeilschnell davon in Richtung Wasser, aber gerade noch rechtzeitig, bevor das Tier es ganz ins kalte Nass ziehen konnte, warfen sich alle mit einem Hechtsprung darauf. Jetzt begann das Tauziehen. Binnen Minuten waren zehn weitere Filipinos da, um beim Tauziehen Hai gegen Mensch mitzumachen.

Tania stand mit vor Anspannung aufgerissenen Augen und leicht geöffnetem Mund neben ihrem Stuhl und sah wie gelähmt zu. Ihr Herz schlug ihr bis in die Ohren, es sauste und rauschte ohrenbetäubend hinter dem Trommelfell. Sie konnte nicht fassen, was sich da abspielte. Innerlich hoffte sie wie ein kleines Mädchen, dass das Tier den Weg in die Freiheit finden würde, was Blödsinn war, denn der Hai hatte gierig sehr fest in den Hüftknochen gebissen. Jetzt ging es darum, dem Hai nicht mehr Schnur zu geben, als da war, vielleicht waren es nur 30 Meter. Unter größter Anstrengung hielten sie teils barfuß, teils in Gummilatschen das Seil fest, an dessen Ende sich das kämpfende Tier befand. Der Hai zog Richtung offenes Meer. Tania hatte sogar den Eindruck, dass das ganze Schiff mitgezogen wurde, es hing vorne an der Ankerkette und hinten zog der Hai das Boot im Kreis um die Ankerkette herum. Der Hai schwamm unter dem Schiff durch, was gefährlich war, denn das Seil war nun ohne Spannung, dann zog er landwärts. Er versuchte es in alle Richtungen. Immer mehr Männer kamen dazugelaufen. Sie hingen in großen Trauben an der Schnur, fielen auf dem rutschigen Deck gelegentlich hin. Wenn ihre Kräfte nachließen, wechselten sie sich ab und machten eine kurze Pause, in der sie genüsslich ein paar Schlucke Bier zur Stärkung tranken, bevor sie sich wieder ins Getümmel stürzten, um den nächsten abzulösen. Das ganze A-Deck war plötzlich voller Menschen, die die Bewegungen des Schiffes bemerkt hatten und nachsehen wollten, was dazu geführt hatte. Voller Spannung verfolgten immer mehr Menschen den Kampf der Filipinos gegen den Hai.

Tania schrieb es später so in ihr Tagebuch:

„Es war das einzige Mal, glaube ich, dass der Kapitän

auf dem B-Deck war, und es war auch das einzige Mal, dass der Hotelmanager auf dem B-Deck war. Eigentlich war es das einzige Mal, dass überhaupt alle auf dem B-Deck waren.“

Der Hai zog das Schiff volle zwei Stunden lang in alle Richtungen, doch die Filipinos ließen nicht locker, sie wollten gewinnen. „Honey, das Schiff macht aber ein komisches Manöver“, sagte Lady Rubinstein verunsichert zu ihrer Nachbarin. Sie stand oben auf dem Pazifik-Deck und wunderte sich über die seltsamen Bewegungen des Schiffs, da ihr so etwas auf all ihren Kreuzfahrten noch nicht untergekommen war. Als der Hai langsam müde wurde, galt es, ihn näher heranzuholen. Tania wurde mit einem Mal klar, dass sie wirklich planten, das Tier aufs Deck zu ziehen. Unter lautem Anfeuern „hepp“ and „hepp“ zogen sie den Hai näher ans Heck. Und nun? Wie bekam man ein solches Tier hochgehoben? Es war mindestens acht Meter lang, Körperumfang und Gewicht entsprach sicherlich dem einer alten Eiche, schätzte Tania. Sie erschauderte bei dem Gedanken, das Tier könnte aufs Schiff gehievt werden. Es gab hunderte Crewgespräche während dieses Spektakels. Die Schwedinnen fanden es gemein und plädierten für den sofortigen Stopp der Tierquälerei, den Chinesen war es total egal, die Kellner und Köche kamen, schaulustig wie sie waren, in ihren kurzen Zigarettenpausen vorbei. Franc sah ebenfalls immer Mal wieder kurz zu, verschwand dann aber wieder, um das Abendessen vorzubereiten. Hannes warf sich gleich vorne mit an die Traube. Manchmal fiel die ganze Traube einfach auf die Seite. Der Hai war näher ans Schiff gekommen, aber er zog noch immer in alle Himmelsrichtungen. So langsam sprach es sich auch bei immer mehr Passagieren herum. Das ein oder andere Gesicht erschien auf dem Pazifik-Deck. Sie konnten von oben jedoch nicht viel sehen, denn das Geschehen war von dort kaum zu erkennen. Jetzt hatte sich der Hai unter dem Schiff versteckt, er zog im Dunkeln weiter landwärts, das Schiff drehte wieder die Seite. Den meisten Passagieren wurde schnell langweilig und sie entfernten sich wieder von der Reling, denn sie sahen ja nichts im Dunkeln. Außerdem dachten sich wohl die meisten, dass es sich lediglich um ein Gerücht handelte und natürlich kein Hai das Schiff an einer Angel hin- und herzog. Tania hatte die Zeit vollkommen vergessen, sie stand immer noch gebannt an derselben Stelle. Es war inzwischen stockdunkel, der Lichtkegel reichte gerade aus, um kurzzeitig den gewaltigen Körper des Hais zu beleuchten. Was war das für ein prächtiges Lebewesen! Als wäre ein riesiger Spiegel unter dem Schiff, wie ein schneller Blitz schoss sein langer, weißer Bauch hin und her. „Hepp" und „hepp". Sie gewannen 40 Zentimeter Schnur in einer Stunde und hatten ihn jetzt ganz kurz an der Schnur, das Tier hing ermüdet am Hacken und bewegte sich kaum noch unter dem Schiff. Die Filipinos berieten sich lautstark miteinander, wie es denn weitergehen sollte, alle brüllten in Tagalog, der philippinischen Landessprache, durcheinander. Carlos, der sich vor einiger Zeit zu Hannes direkt an die Spitze der Traube gesellt hatte, versuchte, Anweisungen zu geben. Keiner konnte ein Wort verstehen, es war ein einziges wirres Durcheinander. Sie warfen weitere Seile ins

Wasser, in der Hoffnung, sie könnten das Seil unter den Körper des Hais bekommen, um eine Schlaufe ziehen zu können, die ihnen dabei helfen sollte, das riesige Tier aus dem Wasser aufs Deck zu befördern. Tania hoffte noch immer, der Hai würde sich im letzten Moment doch noch befreien können. Wie es den bereits seit Stunden Kämpfenden gelang, eine Schlaufe um den Bauch des Hais zu legen, war Tania schleierhaft, aber sie hatten ihn nun an zwei Stämmen fixiert: Am Kopf mit dem Köder und in Höhe der unteren Flosse mit einer Bauchschlaufe. Jetzt kam die kritischste Phase. Sie hatten kein Gaff, einen langen Stock mit großem Haken dran, wie ihn Fischer immer dabei hatten, wenn sie große Fische jagten. Sie hatten nur ein Seil! Jetzt ging es darum, den Hai an Bord zu hieven, aus dem Wasser heraus. Der Hai wog gefühlte Tonnen ohne Wasser. Die Männer mussten noch mehr gegenhalten und zogen mit aller Kraft, die ihnen noch geblieben war, an den Seilen. Wenn der Hai nur eine schnelle Bewegung machen würde, würde der Haken aus dem Maul reißen, dann wäre alles umsonst gewesen. Die Traube der Männer wurde länger und länger. Hannes hing natürlich immer noch mit drin, auch Anton, Carlos und sogar der etwas zartere Patissier. Der Küchenchef rauchte direkt neben seinen schuftenden Kollegen und feixte: „Haifischflossensuppe, drei Wochen lang!“ Als der Hai einen Meter aus dem Wasser ragte, schlug er noch ein letztes Mal heftig aus, danach blieb er komischerweise still. Nach einer äußerst anstrengenden und zermürbenden Stunde, denn den Männern brannten die Muskeln vor Erschöpfung und ihre Hände wiesen immer mehr blutige Risse auf, lag der

Hai auf der Reling und wurde mit einem letzten „hepp" aufs Deck gezogen. Die Männer fielen schreiend und stöhnend vor Erschöpfung übereinander oder landeten rücklings auf ihren Hinterteilen. Es blieb jedoch keine Zeit, sich lange liegend auszuruhen, denn plötzlich lebte der Hai noch einmal richtig auf. Er sprang, er hüpfte, tanzte fast, meterweit, wie jeder kleine Fische das auch tut, wenn er ohne Wasser an Land war. Nur war er um ein vielfaches größer und schwerer. Manche seiner Bewegungen brachte einen Menschenpulk dazu, fluchtartig auseinander zu streben. Sie liefen so schnell sie konnten in alle möglichen Richtungen. Es war wirklich sehr gefährlich, der Hai hätte jeden von ihnen locker zerquetschen können. An dieser Stelle war auch Gunnar um die Sicherheit seiner Crew besorgt. Als sich der Hai beruhigt hatte, kamen die Filipinos mit dicken Holzlatten, vielmehr Holzpflöcken, an. Das war der grausame Teil, den Tania lieber nicht so genau beobachtet hätte. Trotzdem konnte sie nicht wegsehen, als sie begannen, den Hai zu bearbeiten. Sie schlugen zu dritt mit den Holzpflöcken auf den Schädel des armen Tieres ein und sein Blut begann zu fließen. Es war plötzlich überall. Alle standen mit den Füßen im Blut. Sie schlugen mit all ihrer Kraft zu, um das Tier zu betäuben. Irgendwann nach einer gefühlten Ewigkeit, die dieser Todeskampf dauerte, lag der Hai tot vor den jubelnden Filipinos, die ihr Glück nicht fassen konnten und sich völlig erschöpft und glücklich umarmten, alle nacheinander, wie sie es nie zuvor getan hatten. Einem Großteil der Schaulustigen war der Spaß vergangen, sie hatten bereits vor längerer Zeit dem Spektakel den

Rücken gekehrt und freuten sich, keinen Gedanken mehr daran verschwendend, was aus dem Hai geworden war, auf das Abendessen. Da lag er, der tote Hai. Das B-Deck sah aus wie eine Schlachtbank. Der Küchenchef ließ alle wissen, dass er nicht an die Crew verfüttert werden durfte, und der Kapitän ließ ausrichten, dass es besser sei, ihn wieder über Bord zu werfen.

Tania hob ihr Buch auf und verließ wortlos die Szenerie. Der Tod des Hais hatte sie sehr berührt. Es erinnerte sie an einen Stierkampf, den sie in Sevilla hatte mitansehen müssen. Einem Sterben so nah beizuwohnen, ist etwas tief Religiöses für diese Menschen, dachte sich Tania und versuchte, gegen ihre Ablehnung anzugehen. Sie versuchte, sich mit den Filipinos zu freuen, doch es gelang ihr einfach nicht. Sie verstand nicht, wie man ein so stolzes Tier zum Spaß schlachten konnte. Tage später sah sie auf den Fotos in den Mülltüten, wie sie den Hai mit der Flosse nach oben und mit weit aufgesperrtem Maul an die Deckenverstrebung, zum Trocknen aufgehängt hatten. Danach gab es unzählige Fotos mit jedem einzelnen und in allen erdenklichen Gruppenformationen mit dem hängenden Hai und ebenso viele später dann mit dem großen Gebiss. Sie hatten den Hai zerteilt und nur das Gebiss herausgeschnitten. Den ganzen Rest hatten sie tatsächlich zurück ins Meer geworfen. Tania dachte oft, dass sie nie wieder in der Karibik baden gehen wollte, wenn solche Meeresriesen darin lauerten. Franc meinte es ebenfalls ernst, als er sagte: „Wenn Du deine Regel hast, jolie puce, schwimm lieber nicht, Haie riechen dein Blut!“ Wie oft war Tania trotz Regelblutung ins Wasser gegangen. Sie schwor sich, das war jetzt ein für alle Mal vorbei. Das Tier war keine sechs Meilen von der Küste entfernt an einen Hüftknochen gegangen. Tania tröstete sich mit der Überlegung: Vielleicht war es gut, dass die Filipinos ihn gefangen haben, vielleicht hätte er sonst einen armen Touristen getötet. Der Hai war das Crewgespräch der folgenden zwei Tage, bis die Routine wieder einsetzte.

Gunnar stand immer als Erster am Telex und las die Kriegsmeldungen. Manchmal kam Tania zu ihm auf die Brücke, weil sie ebenfalls wissen wollte, was da draußen alles geschah. Die USA hatten im Irak nun die gesamte Trinkwasserversorgung zerstört, was besonders die Zivilbevölkerung sehr leiden ließ. Staudämme, Pumpstationen und Kläranlagen. Die Menschen hatten kein Wasser mehr, keinen Strom, keine Arzneien, kein Dach über dem Kopf. Am 13. Februar 1991 kamen bei einem Luftangriff auf einen Luftschutzbunker in Bagdad über 300 Zivilisten ums Leben. Die US-Regierung erklärte, dass der Bunker ein legitimes militärisches Ziel gewesen sei und bedauerte den Verlust von Menschenleben. Der Irak richtete seine Raketenangriffe auf Militärbasen des Bündnisses in Saudi-Arabien und auf Israel. Tania wunderte sich über die Zahlen, die in den Beiträgen und Berichten verwendet wurden. Wie kamen sie zustande? Wurde wirklich jeder einzelne durchgezählt oder waren das Schätzungen, die das ungefähre Ausmaß abbilden sollten? Man vermeldete, aus Saddams Armee waren 20.000 bis 35.000 gefallen und 75.000 Soldaten wurden verwundet, die Koalition verlor „nur" 392 und hatte 776 Verwundete, Kuwait verlor 1200 Menschen. Israel verkündete Verluste von 74 Zivilisten. Davon starben zwei Personen direkt, vier indirekt durch Erstickung bei der Verwendung von Gasmasken und die restlichen durch Herzinfarkte, infolge der Giftgasangriffe.

Auch Kapitän Haugen verfolgte neben Gunnar den Telexdienst aufmerksam. Die Welt war verrückt geworden. Radikale Moslems, aufständische Schiiten und Rebellen gab es jetzt überall. Die Behörden setzten die Schiffe einmal mehr in Alarmbereitschaft. Sie wussten alle, um Angst zu verbreiten, war eine Bombendrohung gar keine schlechte Idee. Völlig idiotisch, so schien es, aber jedem einzelnen Schiff auf den Meeren der Welt konnte das Gleiche passieren. Wie viele waren das zeitgleich? Tausend? Zehntausend? Vielleicht hatte auch der Presseartikel weitere Luke Skywalker geschaffen, die nun spielen wollten und Bombendrohungen auf amerikanische Schiffe lustig fanden. Denn sobald das Telefon im Hafen in Fort Lauderdale am Liegeplatz verbunden war, klingelte es und irgendjemand hauchte dann in komischem Dialekt Dinge, wie „This is a bomb threat. Please follow the instructions. We will call later and let you know what we want", in den Hörer. Gunnar blieb wegen dieser angespannten Lage nichts anderes übrig, als das Schiff jedes Mal zu evakuieren und die Bomb Search Troops loszuschicken. Tania öffnete alle Safes. Alle rannten aufgeregt herum. Bis die Passagiere mit ihren Rollatoren von Bord waren, hätte jedes Schiff dreimal in die Luft gehen können. Es ging Gott sei Dank auch diesmal im US Heimathafen keine Bombe hoch. Tania freute sich während all dieser Aufregung über die Frau mit dem rosafarbenen Bademantel, sie winkte beim erneuten Einlaufen der Norway, als wäre nichts passiert in der Welt. In Fort Lauderdale radelte Tania zum Kiosk und fand eine Bildzeitung vom Tag nach dem ersten Luftangriff, vom 18. Januar 1991. Die Überschrift der Titelseite lautete „Der fürchterliche Schlag". Das Wort „Schlag" war dabei ganz fett gedruckt. Daneben ein kleines Foto von Saddam, den Blick auf den Boden gerichtet. Dann lauter weitere Headlines hinter- und nebeneinander, die halbe Seite füllend. „Saddam Hussein schwer getroffen. Seine Luftwaffe zerstört. Alle Giftraketen kaputt. Schwerstes Bombardement der Geschichte. Erste Kapitulationen. Jubel in Kuwait. Aufatmen in Israel, Proteste in Deutschland. Jetzt Panzerkrieg. Irak: „Wir kämpfen bis zum letzten Kind". Endet Hussein wie Hitler?" Unten wieder die Rotkäppchen-Camembert-Nr. 1-Werbung.

Barbados

„Code Alpha, Code Alpha, Crew in charge please report to the bridge immediately“, tönte es aus den Lautsprechern. Es war spät abends und Tania vermutete, es war wieder ein Passagier im Restaurant mit Herzversagen zusammengebrochen. Sie hatte Dienst an der Rezeption und machte die Durchsage, nachdem der Restaurantchef zu ihr hinuntergelaufen kam. Es stellte sich heraus, dass eine alte Frau mit dem Rollator die Treppen heruntergerollert war und sie lag nun am Fuß der Treppe vor dem Theater und hatte sich wahrscheinlich einen Oberschenkelhalsbruch zugezogen. Die verantwortliche Crew kam am Ort des Geschehens zusammen, wer nur leider nicht kam, war Dr. Larsson.

„Wo ist Dr. Larsson?“, schrie Gunnar vor dem Theater und lief direkt in das Krankenhaus. Dr. Larsson war auch dort nicht aufzufinden. Gunnar und der Oberkellner nahmen eine Bahre von der Wand; auf jedem Stockwerk befand sich eine solche Erste-Hilfe-Ecke mit Bahre, Defibrillator und Feuerlöscher. Tania hatte versucht, Dr. Larsson auf seinem Pieper zu benachrichtigen, was ebenfalls nichts gebracht hatte. Die Frau lag mit fürchterlichen Schmerzen auf der Bahre, ihr Mann stand auch sehr aufgeregt daneben und konnte sie kaum beruhigen. Eine gefühlte Ewigkeit später kam endlich Dr. Larsson angetrabt, er trug seine Uniform, die aber auffällig zerknittert wirkte. Was hingegen deutlich unangenehmer war und Gunnar sofort registrierte, war, dass er eine ordentliche Fahne hatte. Sie brachten die alte Dame ins Behandlungszimmer und Dr. Larsson gab ihr sofort eine Schmerzspritze. In diesem Moment fiel neben dem Behandlungstisch ihr Mann in Ohnmacht, er sackte einfach weg und schlug sich ganz unglücklich seinen Kopf am Schreibtisch des Doktors auf. Er hatte eine böse Platzwunde am Kopf, aus der das Blut nur so herausschoss. In nur wenigen Sekunden sah es aus wie in einer Metzgerei. Jetzt wurde es mit einem Mal sehr hektisch, Dr. Larsson wirkte trotz seines Zustandes dennoch so, als hätte er die Lage im Griff. Er hätte dem Mann vielleicht schon vorher ein Beruhigungsmittel geben können, dachte sich Tania im Nachhinein. Die Frau versuchte nun sich aufzurichten, um ihrem Mann zu helfen, doch Dr. Larsson bat sie sofort, sich wieder zurückzulegen. Sie lag nun da und wimmerte. Ein zweiter Behandlungstisch wurde herangerollt. Als der Mann wieder aus der Ohnmacht erwachte und geschockt aufgrund des Anblicks seines eigenen Blutes, der sich ihm bot, auf den Boden gekotzt hatte, lagen sie nun beide leise wimmernd vor Dr. Larsson. Dieser betäubte die Wunde und nähte sie anschließend. Gunnar war unüblicherweise dabeigeblieben, er wollte sehen, ob Dr. Larsson Hilfe benötigte. In Wirklichkeit kontrollierte er den Zustand des Arztes. Jener machte Röntgenbilder von den Beinen der Frau, die bestätigten, dass der linke Oberschenkelhalsknochen gebrochen war, allerdings war es kein sauberer Bruch. Der Doktor wollte lieber beide über Nacht zur Beobachtung dabehalten. Die Norway legte am nächsten Tag in Barbados an. Er wollte eine Überführung an das dortige Krankenhaus veranlassen. Gunnar schrieb an dem Morgen seinen ersten Bericht über Dr. Larssons Fehlverhalten und legte ihn dem Kapitän vor.

Maggie und Tania hatten den Nachmittag dienstfrei und fuhren mit dem erstbesten Taxi, was am Hafen stand, auf die andere Seite der Insel ins Restaurant Limmericks. Maggie hatte das Restaurant einmal mit ihrem Vater entdeckt. Man konnte dort völlig abgeschieden von den üblichen Touristenstränden direkt am Strand auf einer kleinen, überdachten Holzterrasse über dem Wasser sitzen und es gab wunderbares, creolisches Essen. Sie bestellten große Portionen Greens. Greens ist ein grüner Kohl, dem Grünkohl sehr nah, ähnlich fettig und würzig. Dazu aßen sie Boudin, eine hausgemachte Wurst aus gewürztem Schweinefleisch, mit Reis, Kräutern, grünem Chili und Zwiebeln. Das Bier war ein vom Limmericks selbstgebrautes, beinah malziges Bier, es hatte eine Farbe wie Bernstein, schäumte gut und schmeckte, wenn man es eiskalt zu dem Kohl trank, sehr köstlich. „Kennst Du hier irgendwen, ich meine, wenn Du so schöne Läden kennst, kennst Du vielleicht auch ein paar nette Leute?" Maggie rollte ihre Unterlippe hoch und presste sie auf die obere: „Ich kenne hier niemanden, ich kenne mich ja noch nicht mal." Sie lachte und hob das Bierglas an.

„Prost, auf die ewig Unwissenden?" Tania knallte ihr Bierglas an Maggies. Doch anstatt zu trinken, hielt Maggie mitten in der Bewegung inne. Das Glas sah aus, als würde es in der Luft schweben, so als wäre Maggie plötzlich zu Stein geworden. Sie schluckte und starrte auf den Holztisch vor ihr, bevor sie erzählte: „Mein Vater kam damals oft mit mir her, wir hatten gemeinsam auf der Carnival gearbeitet. Ich im Service und er als 3.

Offizier auf der Brücke. Ach, das war das traurigste Jahr meines Lebens. Meine Mutter starb in dem Jahr."

„Willst Du darüber sprechen?", fragte Tania vorsichtig. Sie merkte, wie schwer es Maggie fiel, über ihre Eltern zu reden. Sie wollte sie zu nichts drängen und wartete geduldig. Maggie dachte ein paar Minuten darüber nach und setzte dann fort: „Da sehnen sie sich immer wochenlang nacheinander, wenn Costas auf See war, und dann kommt er endlich am Hafen an, und sie umarmen sich und alles ist schön. Dann steigen sie ins Auto, meine Mutter fuhr.

Keine zehn Minuten auf dem Highway entfernt kommt von hinten ein Laster und schiebt sie rechts raus in den Graben. Aber es war nicht nur der Graben, da gab es eine Notrufsäule. Meine Mutter wurde sozusagen um eine Notrufsäule gewickelt. Sie war sofort tot. Papa hat verletzt überlebt." Wie Maggie das sagte, klang nicht mehr sonderlich traurig. Sie hatte es zwar noch nicht oft erzählt, aber es war bereits ein wenig Routine geworden, die Sätze in dieser Art aneinanderzureihen, auch wenn sie ihr immer noch unwirklich vorkamen. Sie hatte es nur so gesagt, um irgendetwas zu erklären. Tania war über diese emotionslose Schilderung, die eher klang wie eine Art Bericht, überrascht, denn es erklärte nicht, was Maggie eigentlich erlebt hatte. Sie ahnte, wie Maggie sich selbst schützte, hielt ganz still und hoffte inständig, dass Maggies Wunden nicht wieder aufrissen. Sie wollte nur zuhören, für Maggie da sein, ihr zeigen, dass sie auch über schwere Dinge reden konnte, und wartete deshalb, ob Maggie noch etwas hinzufügen wollte. Maggie wollte. „Deswegen bin ich immer mit meinem

Papa mitgefahren. Zuhause war niemand. Ich war 16, als ich zum ersten Mal aufs Schiff kam. Am Anfang war ich Zimmermädchen und wohnte noch bei meinem Pa mit auf der Brücke. Manchmal hatte ich das Gefühl, er sah meine Mutter in mir. Wie er mich manchmal anlächelte. Als wäre er verliebt in mich! Es war schlimm, Tania. Ich musste schnell weg da." Tania konnte Maggie gut verstehen. „Bei der erstbesten Gelegenheit hab ich mich auf einem anderen Schiff beworben. Mein Vater fand das unmöglich!" Sie nahm wieder einen Schluck. Das Bier war leer. Hatte er Maggie angefasst? Tania schoss es durch den Kopf. Maggie bestellte per Fingerzeig noch zwei neue. Das Meer blitzte blau und schlug unter der Holzveranda auf die kleinen Steine im Sand. Tania wartete immer noch und ließ Maggie die Zeit, die sie brauchte, bevor sie fortfahren konnte. „Du, der hat versucht, meine Bewerbung auf anderen Schiffen zurückzuziehen. Der hat wirklich versucht, mich dran zu hindern. Der hat mich festhalten wollen, Tania!" Wieder verstummte Maggie, diesmal folgte eine längere Pause. Die Kellnerin brachte die Biere, sie waren ganz allein im Limmericks. „Jetzt können wir wieder gut miteinander. Ich seh ihn vielleicht wieder in Puerto Rico. Sollte die Norway bis dahin noch in ihrem Fahrplan bleiben." Maggie ließ gedankenversunken die Bierflasche in ihrer linken Hand kreisen.

„Die Norway wird im Plan bleiben, …glaub ich." Tania wollte ihr nicht die Hoffnung nehmen, ihren Vater wiederzusehen, aber innerlich teilte sie Maggies Zweifel. Puerto Rico war in sechs Wochen geplant. Maggie erwiderte nichts mehr, sie legte den Kopf in den Nacken und schloss die Augen. So vergingen ein paar Minuten, als Maggies Kopf plötzlich nach vorne schnellte und sie Tania mit großen Augen anstarrte. Aufgeregt sagte sie: „Wie spät ist es?" Auch Tania hatte jegliches Zeitgefühl verloren und sah auf ihre Uhr. „Verdammt Maggie, es ist schon halb 4, wir müssen in einer Stunde am Hafen sein!" Unruhe machte sich auch in ihr breit, sie wollte cool bleiben. „Ich weiß. Bleib entspannt. Von hier sind es nur 20 Minuten." Maggie versuchte Tania und sich selbst zu beruhigen. Sie winkte nach der Kellnerin, die merkwürdigerweise nicht hinter der Bar war. „Wo ist sie?", fragte Tania verzweifelt. „Sie wird schon gleich kommen." Tania schenkte den Rest des Bieres in ihre Gläser. „Wir müssen bei ihr noch ein Taxi rufen. Ich hab noch keines bestellt."

„Hast Du unserem Fahrer nicht gesagt, er soll wiederkommen?"

„Nein, hab ich nicht, hab ich vergessen."

Maggie ging hinter die Bar und rief in die Küche. „Hallo, ist hier jemand?" Es kam keine Antwort. „Hm, ich schau mal unten am Strand." Tania stand auf und stieg die alte Holztreppe zum Strand hinab. Unten standen ein paar alte Stühle im Sand, aber die Kellnerin konnte sie nirgends sehen. Nach einer Weile kam die Frau seelenruhig aus einem gegenüberliegenden Haus. Sie hätte nach ihren Kindern gesehen, sagte sie. „Können Sie uns bitte schnell ein Taxi bestellen und die Rechnung fertigmachen? Wir haben es ein bisschen eilig." Die Frau nahm das Telefon wählte mit einer schier unendlichen Ruhe. Es wirkte, als würde sie nicht gleich jemanden erreichen. (Nicht vergessen, es gab zu dieser Zeit noch keine Handys.) Sie telefonierte und telefonierte. Manchmal redete sie mit jemandem, auch über andere Dinge, wie es schien. Dann legte sie auf.

„Taxi is coming in 20 minutes“, teile sie ihnen schließlich träge mit. „20 Minuten!?“ Tania und Maggie erschraken sichtlich. Sie konnten es jetzt eigentlich nicht mehr pünktlich zum Hafen schaffen, denn es war bereits 16 Uhr. Sie hatten es verdammt eilig.

„Bitte rufen Sie noch mal an, wir müssen in zehn Minuten losfahren!“, fuhr Tania die Frau an. Es interessierte sie nicht, was für eine Katastrophe sich hier anbahnte. „Das Taxi ist schon auf dem Weg, schneller geht es nicht. Er wird meinen Anruf nicht hören. Er ist weiter weg.“ Die Gelassenheit der Frau versetzte Tania und Maggie in Rage, sie versuchten sich zwanghaft zu entspannen, was ihnen nicht sehr gut gelang. Sie standen auf der Terrasse und versuchten, die Sonne zu genießen. „Und wenn wir hier bleiben?“, fragte Maggie unvermittelt in die bedrückte Stille. Tania drehte sich zu Maggie, sie fand die Idee gar nicht so abwegig. „Einfach nicht zurückkommen. Nicht schlecht.“ Darüber hatte Tania noch nie nachgedacht. Was würde passieren, wenn sie jetzt wirklich hierblieb? Was wäre dann mit Italo, was würde ihre Familie sagen? Sie fragte Maggie: „Wieviel Geld hast Du?“

„300 Dollar.“

„Das reicht doch! Ich hab meine Kreditkarte mit!“ Tania war richtig beflügelt.

„Los, lass uns hier bleiben, wir suchen uns in irgendeinem Hotel am Strand einen Job.“ Auch Maggie meinte es ernst.

„Oh, Maggie, das klingt wundervoll." Tania hatte das Gefühl, ein tonnenschweres Tier von der Schulter zu werfen. „Was wird passieren?", malte sie sich aus. „Sandra wird uns ausrufen, dann in unsere Kabinen laufen und uns suchen." Maggie kicherte. „Dann kommt der Staff Captain." Tania griente: „Milo wird mich auf dem A-Deck suchen." Sie kicherten.

„Verdammt gutes Gefühl, einfach frei zu sein. Ich kann doch nicht nonstop täglich immer das Gleiche tun auf diesem Kahn. Man wird ja ganz wahnsinnig." Maggie streckte die Arme zum Himmel aus. „Da hast Du Recht, ich will zu diesen oberflächlichen Leuten auch nicht zurück."

Jetzt erkannten sie, dass sie in einer Sackgasse steckten. Maggie wurde allmählich panischer: „Mal ehrlich! Was machen wir jetzt, Tania? Das Taxi kommt nicht!"

Tania lief immer wieder durch die Vordertür auf die Straße und suchte sie nach dem erwarteten Fahrzeug ab.

„Sie werden glauben, wir sind in der Bar versackt." Maggie lachte: „Sind wir ja auch."

„Das Taxi war schuld", versuchte Tania sich zu verteidigen.

„Nein, Tania! Wir waren schuld, das zieht nicht."

Die Kellnerin polierte gelangweilt Gläser, es war ihr egal, ob das Taxi kam oder nicht.

„Und wenn das Taxi nicht kommt, ich meine gar nicht kommt?", Maggie sah ihre Chancen schwinden.

„Dann soll es so sein. Dann ist das hier, Maggie, unser Schicksalstag, der Tag, an dem alles anders wurde." Im selben Augenblick fuhr endlich ein altes, klappriges Taxi vor. Es war kurz vor halb fünf. Maggie und Tania sprangen mit einem Satz auf die Hinterbank. „Bridgetown Cruise Terminal, pleeeeease machen Sie schnell!“

Der Taxifahrer sah sie ungläubig an und erwiderte: „Sweethearts, ich brauche 30 Minuten dahin, wir sind hier an der Ostküste.“

„Bitte fahren Sie schnell! Fahren Sie! Los doch!“ Das Taxi fuhr so schnell es konnte, eigentlich fuhr er wie eine gesengte Sau, aber die Zeit blieb leider nicht stehen. „GEHT DAS NICHT SCHNELLER?“ Tania schrie den armen Fahrer in ihrer Panik an, obwohl sie wusste, dass er gar nichts dafür konnte und sein Bestes gab. Zehn Minuten vor dem Hafen hörten sie die schweren Probe-Sirenen der Norway. Dööööt hallte es über die Insel. Kurz vor Abfahrt wurde immer die Funktion des Signalhorns überprüft. Das sichere Zeichen der Abfahrt in Kürze. „Fahren Sie schneller, bitte fahren Sie.“ Tania wedelte mit einer weiteren 20 Dollarnote. Als sie in den President Kennedy Drive einbogen, konnten Sie die Norway schon hinten entfernt liegen sehen. Sie leuchtete in strahlendem Weiß. Das Taxi fuhr mit Volldampf um ein Stadium herum, hielt geradeaus auf das Terminal zu und hielt mit quietschenden Reifen vor der Schranke des Security Eingangs. Die Norway war noch festgemacht. Tania konnte an der Gangway oben am Eingang schon die Personalchefin und den Hafenagenten sehen. Maggie und Tania rannten die letzten 100 Meter so schnell sie konnten und kamen völlig erschöpft auf der Gangway an. Sie schafften es kaum die Treppe hoch, so sehr waren sie aus der Puste. Die Personalchefin verabschiedete den Agenten. Sie hatte ihre Pässe holen lassen, der Agent hielt sie schon in den Händen. Der Agent hätte sich dann auf Barbados um die beiden kümmern müssen. Dann sprach sie in ihr Walkie: „Crew complete."

Sie sah mit strengem Blick zu den beiden und sagte: „Was habt ihr euch dabei gedacht? Bitte geht sofort zum Staff Captain. Das gibt eine Abmahnung. Und einen Eintrag in die Papiere. Auf geht's." Die Filipinos holten die Gangway ein. Als die Tür verschlossen war, befanden sich Maggie und Tania schon im Treppenhaus zur Brücke. Milo war ihnen heimlich gefolgt. Nicht nur die Beine wurden immer schwerer, jede Stufe hoch auf die Brücke wog eine Tonne. Tania und Maggie wurden von der Last ihrer Schuldgefühle fast erdrückt. „Ich muss Ihnen nicht sagen, wie knapp das war?" Gunnar blickte streng drein. Viel strenger als sonst. Tania hatte nicht nur Schuldgefühle, sie schämte sich auch noch gewaltig. Maggie ging es nicht anders. „Ich werde das ins Log-Buch schreiben und der Kapitän wird das in die Personalakte mit aufnehmen. Es darf nicht wieder vorkommen. Sonst seid ihr gekündigt. Ist Ihnen das klar?" Beide antworteten gleichzeitig, mit gesenktem Kopf: „Ja!" Schon deutlich milder erwiderte Gunnar dann: „Gut, dann geht jetzt an die Arbeit." Maggie und Tania schlichen ins Treppenhaus davon. Milo stand da und sah Tania schweigend an. Er lächelte nicht, aber er war froh, dass Tania wiedergekommen war.

Die beiden liefen wortlos nebeneinander das Treppenhaus hinunter, es wurde ihnen ganz schwindelig von den vielen Windungen, die die Treppe machte. Acht Stockwerke tiefer, kurz vor dem A-Deck und den Crewkabinen, blieben sie schlagartig stehen. Tania nahm schweigend Maggies Hand und drückte sie fest. „Mein Gott Maggie! War das knapp!"

Tania sah Maggie fest an. „Tania! Um Himmels willen, was war das für ein Schwachsinn!" Sie standen sich gegenüber, waren heilfroh an Bord zu sein und plötzlich prusteten sie wie zwei alberne Hühner lachend los. Als sie bemerkten, dass Milo hinter ihnen stand, versuchten sie das Lachen schnell wegzupressen, doch das Prusten wurde immer schlimmer. Es war keineswegs lustig. Es war nur die ungeheure Anspannung, die plötzlich von ihnen fiel. Auf dem Crewdeck hatten es alle mitgekriegt: Sandra hatte die Ansage „Crew #210 and Crew #205 please report to the Gangway immediately" mehrfach durchgesagt. Franc war sehr erleichtert, sie abends in der Crewkantine stehen zu sehen. Er winkte ihr kurz zu. Das Schiff verließ Barbados und nahm Kurs auf Aruba.

Oranjestad, Aruba

In Aruba war das Wetter so schlecht und die Wellen schlugen so hoch, dass die Royal Norway nicht in den Hafen von Oranjestad einlaufen konnte. Die Crew wurde aufgefordert, zwei der Boote abzufieren, die als Tenderboote, als Shuttleboote, dienen sollten. Aber auch die Tenderboote wackelten bedrohlich. Ein Ausstieg aus einem solchen Boot hätte Sprünge zwischen einem und fünf Metern bedeuten können, das war natürlich nichts für die vielen gut betagten und durchweg sehr gehbehinderten Passagiere. Deswegen hatte kein Mensch das Oberdeck an diesem Tag verlassen. Alle blieben tagsüber an Bord, besuchten das Casino oder die Bibliothek. Es gab ausnahmsweise statt wie üblich einer nun zwei Kinovorstellungen. Tania und Sandra hatten Spätschicht an der Rezeption. Das Abendessen war schon eine Stunde im Gange als der erste Gast an die Rezeption kam. „Honey, wenn wir gar nicht in Aruba gewesen sind, möchte ich Sie fragen, was ich tun muss, ich würde gerne die Hafensteuer zurückgezahlt bekommen." Mr. Goldstein aus Kabine 714 saß an Tisch neun und hatte das mit seinen Tischnachbarn besprochen. Da war diese knauserige Art, wie sie manchmal von den Goldsteins zu den Silbersteins wanderte. Es ginge ja gar nichts ums Geld, es ginge nur ums Prinzip. Darin waren sie sich alle einig, man wolle nur höflich nachfragen, ob hier nicht etwas zu Unrecht berechnet worden war. Sie ließen sich sofort die im Voraus gezahlte pauschale Hafensteuer von 12,78 Dollar pro Person zurückzahlen. Sandra rollte mit den Augen und frotzelte: „Du wirst sehen, gleich kommt Tisch 10 und dann kommt Tisch 11. Es war der Inhalt der Gespräche am Abend bei Tisch, sie haben sich garantiert über nichts Anderes unterhalten." Sandra hatte leider recht. Sie zahlten das Geld an diesem Abend ganze zwölf Mal zurück. Zum ersten Mal in ihrem Leben wurde Tania sich darüber bewusst, dass sie ganz bestimmte Eigenschaften bei Menschen nicht ausstehen konnte: Geiz und Spießigkeit. Nicht umsonst ist Geiz eine der sieben Todsünden. Sie mochte Menschen nicht, die alles an Pfennig und Cent bemaßen. In der Crewbar gab sie Anton, Hannes und den beiden anderen Köchen ein paar Runden Gin Tonic und Corona aus.

Sie waren schon früh morgens an den hupenden Türmen vorbeigekommen, die rosa Frau stand mit Lockenwicklern im Bademantel auf dem Balkon und winkte. Die Norway machte an der Pier fest. Die Kreuzfahrtpassagiere stiegen alle aus. Dann schlug es schon wieder Alarm über die Lautsprecher. „All Crewmembers in charge for Bomb Search, please report to bridge immediately." Die Norway hatte über Telex eine weitere Bombendrohung erhalten. Auf der Brücke war es unruhig. Gunnar Holmberg versuchte, gefasst zu klingen, er rieb sich seinen Bart jedoch zu nervös. Irgendetwas stimmte nicht. Über irgendetwas hatte es Streit gegeben auf der Brücke. Sie hatten Schutzpolizei angefordert und waren vertröstet worden.

Alle Crewmember gingen in ihre Bereiche. Tania wartete ab, bis sie Gunnar zu fassen bekam. Sie hatte plötzlich diesen Impuls. Sie wollte ihm von dem merkwürdigen Mann auf den Fotos erzählen. Es war ihr nie gelungen, herauszufinden, wer der Mann war. „Gunnar, bitte, haben Sie ein paar Minuten Zeit für mich?“

„Tania, geh auf deinen Posten, jetzt hat niemand Zeit hier.“ Er war schroff. Tania verließ die Brücke im Laufschritt, und schon im Treppenhaus im Mittelschiff fand sie sich albern in einer so ernsten Situation von einem Foto aus der Mülltüte sprechen zu wollen. Sie war erleichtert, dass er keine Zeit für sie gehabt hatte. Wahrscheinlich hätte er sie für verrückt erklärt. Niemand fand eine Bombe. Es gab aber auch niemanden, der genau wusste, wonach er suchen sollte. Ein Paket? Ein Koffer? Eine Weste? Wie sah eine Bombe überhaupt aus?

In Fort Lauderdale blieben sie eine Nacht, dann fuhr das Schiff leer, d.h. ohne Passagiere, nach Miami. Das Theater spielte der Crew etwas vor, die Casinocrew bekam Urlaub und die Köche mussten schrubben. Tania war morgens vor dem Dienst ganz aufgebracht zum Hoteldirektor gelaufen. „Wollen Sie mir allen Ernstes erzählen, das wir in Fort Lauderdale noch eine Bombendrohung hatten und jetzt zum Superbowl nach Tampa fahren? Das ist doch nicht zu fassen! Und auch noch gefährlich! Werden wir geschützt?“

„Tania, ich verstehe deine Aufregung, aber sei Dir sicher, es passiert nichts.“

„Wie können Sie da so sicher sein?“

„Wenn, dann trifft es das Stadium!“, sagte dieser zögerlich.

„Was? Die sagen das Spiel nicht ab?“ Tania verlor den Glauben an die Welt. Sie schüttelte ihren Kopf noch, als sie schon weit entfernt von seinem Büro war. Sie klopfte bei Maggie an die Tür. „Maggie, hast Du eine Minute?“

Maggie kam verschlafen an die Tür. Marcos Füße lugten unter der Bettdecke hervor. „Was ist Tanja, warum so aufgeregt?", fragte sie gähnend. „Bin ich hier die Einzige, die normal denken kann? Wir hatten eine weitere Bombendrohung in Fort Lauderdale und jetzt geht es schnurstracks nach Tampa zum Superbowl mit zigtausend irren Fans im Stadium?" Tania war so aufgebracht, dass sie kaum stillstehen konnte.

„Deswegen weckst Du mich?" Maggie schaute ein wenig genervt nach unten.

„Ich hab Schiss, Maggie, ist das unnormal?", gab Tania nun kraftlos zu und ließ die Schultern hängen. „Hab keine Angst, Tania, es wird nichts passieren. Das halbe Militär passt auf uns auf!"

Tania schrie panisch auf: „Das ganze Militär ist im Irak, Maggie!" Sie küsste Tania auf die Wange, um sie zu beruhigen und murmelte: „Lass mich weiterschlafen, ok?" Maggie hatte ihr die Tür vor der Nase zugemacht. Wieso nahm die Situation außer ihr keiner Ernst? Oder war sie ein Weichei? Tania war verzweifelt, sie ging in ihre Kabine und schrieb an Italo.

Lieber Italo,
manchmal kommt die Angst angekrochen und mein siebter Sinn lässt einen Film in meinem Kopf laufen mit Szenen, die ganz realistisch sind, die aber einfach nur ein paar Minuten weiter sind als die Zeit im Jetzt. Ich steigere mich dann so rein, dass ich wirklich glaube, ich lebte bereits in diesen Bildern und sie finden genauso statt. So als könnte ich Situationen vorausahnen. Sie

passieren wie vorauseilender Gehorsam, verstehst Du?
Zu der Angst vor den Bildern gesellt sich dann noch die Angst vor mir selbst. Ich hab Angst, dass bei mir eine Schraube locker ist. Das heißt, dann habe ich doppelt Angst. Und im Nu ist die Angst vierfach, weil es immer hin und hergeht, als würde es sich potenzieren.
Ich wünschte, Du wärst da, um mich zu stoppen. Um das zu stoppen. Alles, was ich erträumte, fällt zusammen wie ein Kartenhaus. Ich weiß nicht, welchen Boden ich unter den Füßen brauche. Ich schwimme.
Ich schwimme, schon die ganze Zeit. Hilf mir, einen Anker zu werfen.
Bist Du mein Anker?
In Liebe Tania

Tampa, Florida

Tania versäumte es nicht, die New York Times im Boardshop zu kaufen. Sie war drei Tage alt. Sie war voller Sterbeanzeigen. Tania betrachtete die Doppelseiten, sie zeigten aneinandergereihte, gleich- und passbildgroße Portraits der jungen Gis, die schon gefallen waren. Der Text war genormt. Die Namen standen in großen Lettern unter dem jeweiligen Bild. Sie trugen stolz ihre Marineuniform. Man sah nur Kragen und Mütze, daneben standen die Namen: Marine Lance Cpl. Frank C. Allen, Waianae, Hawaii; Marine Cpl. Stephen E. Bentzlin, 23, Yellow Meadow, Minnesota. Sie kamen von überall her, Texas, New Jersey, New York, Ohio. Eine Witwe ließ den Leser wissen: „Steve, I miss you. I love you. You are a hero." Diese drei waren niedergemäht worden wie Gänseblümchen oder vielleicht vom eigenen Mann erschossen worden, durch friendly fire, was nicht selten war bei unerfahrenen Soldaten. Junge Soldaten sind oft voller Angst und schießen viel zu unbedacht aus Versehen auf den Falschen. Das Programm an Bord lief fröhlich weiter. Viel wichtiger als die Geschehnisse auf der Welt waren das Bridge-Turnier, das Tontaubenschießen und natürlich das Buffet!

In Miami stiegen 700 Gäste eines großen Versicherungskonzerns zu. Die Firma hatte das Boot gechartert, komplett, um mit ihm hoch nach Tampa zum Superbowl zu fahren. Es waren meistens Ehepaare, vielmehr erfolgreiche Versicherungsverkäufer mit ihren Ehefrauen. Das Durchschnittsalter verringerte sich sofort von 65 auf wahrscheinlich 50. Es wurde laut. Jeder schien sich selbst ein bisschen zu feiern, wahrscheinlich waren alle Top-Verkäufer versammelt, die wegen ihren hohen Verkaufszahlen nicht nur Prämien kassierten, sondern seitens der Konzernleitung obendrein noch belohnt und geehrt wurden. Für die meisten unter ihnen war diese in Aussicht gestellte Reise zum Superbowl ein richtiger Verkaufsmotivator gewesen. Deswegen blieben zwar die Terrorwarnungen nicht aus, aber was sollte schon auf dem Weg von Miami nach Tampa passieren? „Wir sind ja alle bestens versichert!“ entwickelte sich zur Witz-Floskel. Superbowl-Karten gab es eigentlich nur über Verbände oder Schmiergelder und Schwarzmärkte. An Bord des Schiffes gab es Karten für jeden Gast. Tania hatte sich Gedanken darüber gemacht, wie groß und erfolgreich ein Versicherungskonzern sein musste, der ein ganzes Schiff charterte und 700 Superbowlkarten zur Verfügung stellen konnte. Ohne Superbowl schlägt das patriotische Herz der Nation Amerika nicht. Er wird ausgetragen, ganz gleich, wie viele GIs schon gestorben waren und beweint wurden von deren Witwen und Waisen! In Köln war der Karneval abgesagt worden. Aber der Superbowl spendete Trost und Hoffnung. Es war auch nicht irgendein Superbowl, wie jedes Jahr einer stattfand. Es war der 25. Superbowl mit Übertragung in 330 Länder der Erde! Die Buffalo Bills, totale Außenseiter, hatten es gegen die New York Giants ins Endspiel geschafft. Da kümmerte es wenig, was da im Irak los war. Ein bisschen mehr Security würde es schon brauchen im Krisenjahr. Schließlich ließ man sich von Saddam nicht den Spaß verderben. Man beorderte 2000 zusätzliche

Officer, Metalldetektoren und Straßensperren. Es gab 68 überwachte Eingänge. Tampa war seit Tagen im Ausnahmezustand.

Die Buffalo Bills spielen in Buffalo New York, das liegt unterhalb der Niagara Fälle, nicht das New York mit Miss Liberty im Hafen. Die beiden New Yorks liegen 500 km auseinander. Ihre Gegner waren die New York Giants, aus Rutherford in New Jersey. Um für die Mannschaft aus Buffalo einen passenden Namen zu finden, machte man ein Preisausschreiben. Unter 4500 Einsendungen gewann ein Herr Dyson mit seinem Vorschlag, sie doch nach dem berühmten Bisonjäger zu nennen, und so wurden sie zu den Buffalo Bills. O.J. Simpson zum Beispiel war ein ganz berühmter Buffalo Bill. Jedenfalls spielten die Buffalos offensiver als jemals zuvor, das brachte sie ins Endspiel. Tania hatte keine Ahnung von Football. Es hatte fast überhaupt kein Europäer Ahnung von Football. Hannes konnte ihr abends in der Crewbar nur erklären, dass es um Yard-Gewinne geht und um Punkte. Manchmal wurde geschossen, wie durch ein Rugbytor. Das wusste Tania bereits. Für sie sah Football mehr aus, wie ein Gladiatorenkampf, der nie richtig in Schwung kam, weil sie sich einfach immer gegenseitig auf einen Haufen warfen und sich am Laufen hinderten. Große Haufen unglaublicher Schränke von Männern, mal auf der einen, mal auf der anderen Linie. Der Quarterback, das wusste Tania, war so etwas wie der meist begehrte, meistbezahlte Mann Amerikas. Er wurde zwar auch oft umgerannt oder angerempelt, dennoch konnte er sich irgendwie aus so einem Haufen auch wieder herausgraben. Carlos kannte sich ein bißchen besser aus: „Ist euch schon mal aufgefallen, dass ein Quarterback niemals schwarz ist?“

„Ja, aber da laufen doch immer ganz viele Schwarze auf.“

„Schwarz sind nur die Aufräumer, die Defense. Die Schränke. Der Held, der Quarterback steht dahinter und ist immer weiß! Niemals gäbe es einen Schwarzen als Quarterback! Das Land ist doch so rassistisch!“

„Ach so, aber aufräumen dürfen sie und zum Sieg verhelfen...“

Tania und Carlos entbrannten richtig bei der Diskussion. Hannes war das viel zu politisch.

„Ja, wie an der Front. Da sind Schwarze und Latinos willkommen, aber tief drinnen sind so viele Amerikaner echte Rassisten.“ „Ganz schön verlogen!“, erwiderte sie kleinlaut.

„Wieso? Hast Du hier einen einzigen schwarzen Versicherungsagenten gesehen an Bord?“

Hannes fand das ganz normal.

„Ich schaue mir grundsätzlich keine Passagiere an, die sind mir wurscht.“ Carlos stellte die nächste Runde hin.

Hannes wollte das Thema beenden. „Was hilft Dir das, Tania, wenn du solchen Gedanken nachgehst? Macht die Welt doch nicht besser.“

Er hatte recht. Tania nahm einen großen Schluck aus der Bierflasche. Es war wie immer, was für sie ungerecht oder ein wenig schief wirkte, brachte ihr Gemüt auch immer gleich in Schieflage. Für andere blieb alles im Lot und war gar nicht der Rede wert.

Am nächsten Tag klopfte sie vorsichtig an der Tür des Hoteldirektors.

„Ja, bitte? Kommen Sie herein." Tania schlich sich ganz langsam an den Tisch des Hoteldirketors. „Bitte entschuldigen Sie die Störung, ich wollte nur höflich fragen, ob eventuell eine Möglichkeit … Darf ich Sie nach einer Superbowlkarte fragen, oder zwei?"

Der Hoteldirektor lachte. „Und Du denkst, ich habe hier einen Umschlag und da sind lauter Karten drin?", fragte er offenbar höchst amüsiert über ihre Frage. „Ich weiß nicht, wie es funktioniert, aber ich dachte, es kostet nichts, wenn ich frage. Ich möchte sie kaufen, nicht geschenkt bekommen, Sir." Tania war sauer, dass er ihre Bitte sofort abgetan hatte. „Tania, geh an die Arbeit. Du bist nicht die Erste, die mich fragt. Ich melde mich." Er wirkte beschäftigt und war genervt, gestört worden zu sein. Trotzdem sah Tania im Hinausgehen, wie sich unter seinem Schnauzbart ein Lächeln abzeichnete. Er mochte den Mut, mit dem Tania einfach hereingeschneit kam.

Am Morgen des großen Tages, es war der 27. Januar 1991, im Irak knallte es und Kuwait brannte lichterloh, hatte Tania zusammen mit Maggie Frühdienst. Sie spitzte ihre Ohren, ob einer der Passagiere eventuell erkrankt war oder aus anderen Gründen nicht zum Spiel gehen konnte. Und tatsächlich kam ein Pärchen an die Rezeption, sie waren jünger als andere, wirkten irgendwie frisch verliebt, frisch geduscht. Sie legten ihre beiden Karten auf den Tresen vor Tania und fragten beinah peinlich berührt und leise, ob nicht vielleicht jemand oder Tania Interesse hätte, sie ihnen für je 75 Dollar abzukaufen, weil ihnen das Superbowlspiel tatsächlich scheißegal war. Sie wollten eigentlich lediglich ihre Tickets in Bargeld umwandeln, um das Geld anschließend an einer menschenleeren Bar ganz gemütlich zu versaufen. Die Karte war eine dicke und rechteckige Pappe, so ungefähr 15x6 cm hochkant und hellblau. Darauf war eine orangefarbene Holografie gedruckt, die das Tampa Stadium mit einem riesigen Football-Ei und großen weißen Wolken zeigte. Auch der Preis war aufgedruckt, jede kostet im Original tatsächlich 150 Dollar. Jetzt tat Tania etwas, was sie eigentlich nicht hätte machen dürfen, sie öffnete die Kasse der Rezeption, entnahm aus ihr jene 150 Dollar und kaufte dem Pärchen die beiden Karten ab. Die beiden waren mehr als glücklich, dass das so schnell und reibungslos funktioniert hatte, und machten sich auf zur nächsten Bar. Noch halb gelähmt von ihrer undurchdachten Aktion hielt sie die Karten in der Hand, wobei sie ihr Glück kaum fassen konnte, überhaupt Karten bekommen zu haben und dann noch so günstig. Maggie hatte alles von der Seite beobachtet und wies Tania nun darauf hin, dass das Geld bis zur Übergabe wieder in der Kasse sein musste. „Und woher nimmst du das Geld? Ich hätte nicht mal eben so 150 Dollar", sagte sie argwöhnisch. Kurze Zeit später klingelte das Telefon an der Rezeption, Maggie nahm den Hörer ab: „Rezeption, good morning, may I help you?" Sie sagte: „Right away, Sir, ok, I will tell her", und legte auf. „Du sollst zum Direktor ins Büro kommen, mein Gott Tania, was hast Du angestellt? Ist irgendwas passiert?", fragte sie besorgt. Sie wusste auch nicht recht, für was sie gerügt werden sollte und dachte auf dem Weg zu seinem Büro fieberhaft darüber nach, wie sie sich zur Not herausreden konnte. Tania zögerte einen Moment, bevor sie an seine Tür klopfte. Der Hoteldirektor saß fröhlich hinter seinem Schreibtisch und holte aus der Schublade zwei Superbowlkarten hervor. „Tania, sag keinem, von wem du die Karten hast, hier sind zwei, ich schenk sie dir, sieh sie als Anerkennung für deine guten Leistungen, aber bitte sag es niemandem, ich komm sonst in Teufelsküche." Tania jubelte innerlich, war aber gleichzeitig beschämt, dennoch freute sie sich sehr. Sie bedankte sich ausführlich, nahm die Karten und steckte sie in ihre Bluse. Jetzt hatte Tania vier Karten. Zurück an der Rezeption stürmte sie sofort auf Maggie zu und sagte verschwörerisch lächelnd, während sie ihr die Karten in ihrem Ausschnitt voller Stolz präsentierte: „Maggie, Du kommst doch mit, oder? Jetzt hab ich vier Karten, frag Marco und Anton, jetzt gehen wir alle zusammen!" Maggie starrte sie mit offenem Mund an, dann lachte sie und verschwand im Backoffice, um im Restaurant anzurufen.

Maggie und Tania verließen gegen 16 Uhr mit Anton, dem Koch, und Marco, dem österreichischen Kellner, das Schiff. Das Tampa Stadium lag direkt am Dale Mabry Highway, es war eine riesige Betonarena für 73.000 Zuschauer. Bereits um 16 Uhr kreisten drei fette schwarze Blackhawk Helikopter um die Arena. Tania hatte diese Riesenhubschrauber noch nie gesehen, sie sahen aus wie feindliche Rieseninsekten und flogen beängstigend tief. Man konnte die Munition an den Füßen hängen sehen, sie kreisten mehrfach über ihre Köpfe hinweg. Auf dem McEwen Boulevard fuhren Pick Ups mit halbnackten Frauen darin umher, die im prüden Amerika ausnahmsweise mal mit den Brüsten wackeln durften. Überall staute sich der Verkehr. Der

Schwarzmarkt war an allen Ecken heimlich in vollem Gange, es gab mehr Menschen auf der Suche nach einer Karte, als welche, die eine Karte zu verkaufen hatten. Es gab einen kleinen speziellen Fingerzeig auf Bauchnabelhöhe, mit dem man signalisieren konnte, wie viele Karten man hatte oder kaufen wollte. Überall liefen Fans entlang und hielten ihre Finger gespreizt auf Bauchhöhe, um ihr Glück zu versuchen. Beim Anblick des munteren Treibens um das Kartenverschachern zum höchstmöglichen Preis hatte Tania plötzlich gar keine Lust mehr, zum Superbowl zu gehen. Sie grinste breit und verkündete den anderen: „Ich hab es mir anders überlegt. Es gibt eine Planänderung!“, bevor sie sich aufmachte, um die Karten zu Geld zu machen. Etwas abseits der Straße saß ein Vater mit seinem Sohn und aß Burger aus einer Styroporschachtel. Tania sprach den Mann an, ob er ihre vier Karten abkaufen wollte. Der Mann spuckte sofort seinen Burger aus. Die beiden hatten 48 Stunden vor dem Stadium gecampt, um an Karten zu kommen, sie konnten ihr Glück kaum fassen. Tania verhandelte eiskalt und verkaufte die vier Karten für 2000 Dollar. Der Burger Vater hatte alle erdenklichen Scheine zusammengesammelt, um auf die 2000 zu kommen. Das war ein wirklich fetter Haufen Geldscheine. Das Schöne an Dollarnoten ist, dass sie alle gleich groß sind. Gerollt passten die Scheine, ohne auseinander zu fallen, kaum mehr in die Hosentasche ihrer Jeans. Tania ging mit Maggie, Anton und Marco, die allesamt überhaupt nicht wussten, was hier vor sich ging, zum nächstbesten Taxistand und suchte sich einen schwarzen Fahrer aus.

„Was kostet es, wenn Du uns den ganzen Abend fährst, bis morgen früh, wenn's sein muss?" Der Taxifahrer schaute nicht weniger erstaunt als die anderen drei. Maggie wollte schon protestieren, überlegte es sich aber im letzten Moment noch anders. Sie wollte abwarten, was Tania vorhatte. Ihr gefiel der Anflug von Spontanität, das war eine willkommene Abwechslung zum Bootsalltag. Auch Anton und Marco waren zwar verwundert, konnten aber ein aufgeregtes Kribbeln in der Blutbahn nicht verleugnen.

„100 Dollar", antwortete der Taxifahrer mit einer leichten Unsicherheit. Er rechnete damit, dass Tania den Preis niedriger verhandeln wollte. „Ich zahl 150, ok?" Der Fahrer nickte langsam, noch verwirrter über diese Wendung des Gesprächs. Tania sprang neben ihn auf den Beifahrersitz. Die anderen standen noch zögernd vor dem Auto. „Steigt ein oder wollt ihr den Superbowl verpassen?", rief Tania gefolgt von einem lauten Lachen.

„Ich heiße Jimmy", stellte sich der Fahrer vor, sobald sie alle im Auto saßen. „Ok, Jimmy, ich heiß Tania, das ist Maggie, auf uns beide musst Du besonders aufpassen! Und die beiden anderen, die dürfen so lange dabeibleiben, bis ich Dir sage, so wir fahren jetzt ohne die beiden anderen weiter!" Tania drehte sich zu Marco und Anton um und grinste frech. „In welchem Restaurant oder in welchem Hotel, wo stehen in Tampa die größten und dicksten Übertragungswände?" Jimmy schaute sie an, als würde sie fragen, wo Präsident Bush gerade sei. „Excuse me, my dear, egal, wo wir hinfahren, es ist da gerammelt voll, Du wirst keinen Platz mehr kriegen." Doch Tania war überzeugt von ihrer Idee, beflügelt von ihrem

Aktionismus, sie wusste genau, was sie im Universum bestellt hatte. „Jimmy, bitte fahr uns zur besten und größten Sportsbar der Stadt Tampa.“ Jimmy hielt vor einer Sportsbar, die so amerikanisch war, wie man sich das nur irgendwie vorstellen konnte. Rote Lederbezüge auf den Sitzen, es gab einzelne Barhocker, 3er Bänke, 8er Ecken, fast jede Sitzecke hatte einen eigenen Monitor. Drei Großleinwände, an allen Säulen mehrere Monitore. Es war gerammelt voll und niemand hätte seinen Platz freiwillig verlassen. Tania ging zielstrebig an die Bar, dort thronten zwei Typen mit dicken Hintern gemütlich am langen Bartresen und hatten einen Monitor genau in ihrem Blickfeld. Die beiden saßen vor zwei großen Pitcher-Karaffen Bier und knabberten an honiglackierten Hähnchenflügeln. „Jungs, was soll ich euch ausgeben, wenn ihr für zwei so hübsche Ladys den Platz räumt.“ Der linke schien glücklich, es gefiel ihm offenbar, angesprochen zu werden. „Da musst du schon mehrere Runden ausgeben, Schätzchen“, ihm fiel dabei ein bisschen Hähnchenhaut aus dem Mund. Er war plötzlich ganz Ohr. „Ok, ich zahl eure Runde und ich gebe euch 100 Dollar oben drauf, dann aber runter vom Hocker!“

„Aber wir haben doch gerade Essen bestellt“, nölte der eine fast schmollend. „Macht nichts, könnt ihr ja auch essen, nur einfach hinter uns. Hinter unseren Freunden hier.“ Marco und Anton grinsten unschuldig. Die vier Männer beschnupperten sich. Und dann waren es Tania und Maggie, die unter Rückendeckung ihrer beiden Kellner große Tabletts mit Kartoffelecken und Honigflügeln bestellten, sowie mehrere Pitcher Bier. Auf den Monitoren war Whitney Houston zu sehen.

Gekleidet in einem weißen Sportanzug und mit weißem Tuch im Haar (als käme sie von einer Aerobic-Stunde), sang sie die patriotische, amerikanische Nationalhymne, mit derselben Inbrunst, als würde sie wieder in ihrer Heimatkirche in Newark stehen und einen Gospel singen. Wie komisch die Welt war. Whitney war von vielen Schwarzen ausgebuht worden, denn sie sang nicht schwarz genug. Die Zeitungen hatten sich beschwert, wie denn eine schwarze, die weiße Popmusik machte, den „Star Sprangled Banner“ singen durfte. Aber jetzt standen auch den härtesten Kritikern die Haare auf der Haut hoch.

Der Laden tobte und schrie gelegentlich, explodierte und wurde neu geboren. Tania und Maggie verstanden gar nichts. Sie waren mit Essen, Trinken und Lachen beschäftigt. Die beiden Dicken standen nun in der dritten Reihe hinter Marco und Anton und versuchten seitlich, irgendwie auch noch einen Blick auf den Monitor zu ergattern. Dazu war das Spiel für die beiden Dicken und den Rest des Ladens zu spannend. Die vier Seeleute an der Bar bekamen nicht viel mit. Die Halbzeitshow, die im Stadion gezeigt wurde, war leider nicht zu sehen, im Fernsehen jagte ein Werbespot den nächsten. Die vier bestellten nach Herzenslaune und waren sehr ausgelassen. Die kreisenden Blackhawks hatten sie vergessen. Acht Sekunden vor Schluss stand es 20:19 für die New York Giants, die Buffalo Bills hatten jedoch nun eine hundertprozentige Chance, mit einem Kick durch die Latten die finalen drei Punkte zu machen, für einen 22:20 Endstand, um damit den Superbowl zu gewinnen. Scott Norwood stand an der

47 Yards Linie, im Stadion war es mucksmäuschenstill. Norwood war in seinem früheren Leben eigentlich Fußballer gewesen, irgendwie hatte er immer beides gern gespielt, deswegen war sein Schuss so berüchtigt, es war mehr ein richtiger Strahl von einem Schuss. Er hatte in der laufenden Saison an die 97 Schüsse zwischen die Pfosten gekickt, egal aus welcher Entfernung. Deswegen war es völlig klar, dass er sich acht Sekunden vor Ende die Pille nahm, um so ein Hundertprozent-Ding zu versenken. Von Scott war nicht viel unter dem Helm zu erkennen, seine Augen waren verhältnismäßig klein und die Wangen waren auffällig größer als seine Augen. Seine Augen wurden von den dicken Wangen zu einem kleinen Strich regelrecht zusammengedrückt. Er nahm sich die Pille und steckte sie auf den Abstoßpunkt. Die Pille stand ein wenig schräg, sie lag aber perfekt für den Schuss. Dunstglocken hingen über dem Stadion. Jeder war in Schweiß ausgerochen, man hielt den Atem an. Im Stadion sagte niemand mehr ein Wort. Die Blackhawks standen wie in der Luft festgenagelt auf einem Punkt schräg über dem Stadion, auch die Piloten schauten zu. Es war, als hätten sie die Rotorblätter ausgeschaltet, man konnte sie nicht hören. 73.000 Zuschauer schwiegen im Stadion. 80 Millionen Menschen beteten den Football-Gott an, mit der Bitte um Gerechtigkeit. 53 Kameras waren auf Scotti gerichtet. Alle Kameras und ganz Amerika wusste: Schießt Scott Norwood das Ding jetzt rein, hätten die Bills gewonnen. Die Moderatoren wagten noch ein kurzes Statement, eine Prognose, dann hielten auch sie den Mund. „Macht er's?" Tania wollte flüsternd Wetten darauf abschließen, aber es hörte ihr

niemand zu, alle starrten gespannt auf Scott. Die anderen Bills und die Trainer hakten sich mit den Armen zu einer langen Kette zusammen und hielten sich fest. Der Schiri pfiff und gab das Spiel frei.

Norwood nahm Anlauf. Ein Giant-Spieler versuchte noch ihn zu stören, aber der Störenfried wurde rechtzeitig abgefangen. Norwood schoss drauf los. Die Pille startete perfekt. Ein paar Yards lang entlang der Fluglinie sah man das Ding direkt reingehen, aber aus irgendeinem unerklärlichen Grund driftete die Pille ab. Sie zog am Tor vorbei. Der Kommentator brach das Schweigen: „No good. Wide right." Sein Kommentar aus dieser Sekunde schrieb Geschichte. Die Fernsehkameras zeigten die Flugbahn der Pille aus 14 verschiedenen Einstellungen.

In allen Kameraeinstellungen ging der Ball vorbei. Die Giants sprangen jubelnd empor, die Bills versanken unter der Grasnarbe. Scott Norwood stand mit hängendem Kopf da und bewegte sich keinen Millimeter, sein Helm wog Tonnen, mit den Händen in der Hüfte hielt sich der Mann zusammen. Es war, als hätte einer der Helikopter auf ihn geschossen. Sein Herz setzte aus, er hätte auch genau so gut für tot erklärt werden können. 80 Millionen andere Herzen gerieten auch aus dem Takt. Es gab nichts Schlimmeres als ein solches Tor zu verschießen! Scott Norwood hätte in dieser Sekunde zum Held Amerikas werden können, man weiß ja, wie das geht: Interviews, jahrelanger Werbepartner von Autos und After Shave, parallel Restaurantketten und Immobilienbüros, das ganze Erfolgsprogramm. Aber nun schoss sich Scotti Norwood in nur vier Sekunden selbst in die Analen der größten Looser des Landes.

Hätte Scott Norwood gewusst, dass ein Kreuzfahrtschiff an der Tampa Bay lag, er wäre eingestiegen und von Bord gesprungen.

In der Kneipe wurden Teller und Hühnchenknochen geworfen. Die vier Freunde bekamen von den Interviews nach dem Spiel nichts mehr mit, sie waren schon vor Ende der Übertragung gegangen. Sie waren zurück im Taxi, Jimmy hatte wie gewünscht brav gewartet und fragte, wohin es als nächstes gehen sollte. Tania und Maggie hatten ihre Uhren auf Feiern gestellt. Sie fuhren mit Jimmy zu einer großen mexikanischen Disco-Bar, in der man sich auf zwei bunten Etagen Tequila in alles hinein goss, in Margaritas, Coladas aber auch ins Corona. Sie tranken und tanzten. Der Laden war proppenvoll mit Giants Fans. Zeitweise schleppte Maggie irgendeinen Typen heran. Dann hatte Tania einen Mexikaner aufgegabelt. Es war ziemlich klar, dass Anton und Marco an diesem Abend wenig Interesse an anderen Frauen hatten und so übernahmen sie einvernehmlich gern die Beschützerrolle. Als irgendwelche Gogo Girls im Giants-Footballdress und Cheerleaderpuscheln auftraten, war es Zeit, Jimmy zu bitten, für einen Szenenwechsel zu sorgen. Die nächste Kneipe war ein Western Saloon, mit Schwingtüren und einem Rodeofeld. Der Saloon hatte zwei parallele Theken, jede war 20 Meter lang und mindestens sechs Meter breit, in der Mitte rannten die Bartender umher. Überall hingen Millers Neonreklamen und Cowboyhüte an den Wänden. In diese Bar hatten sich ebenfalls einige Crewkollegen aus der Küche und Kabinenstewardessen eingefunden, erstaunlicherweise auch die hübschen Hostessen, wie Hannes' Freundin Birtje, er selbst war nicht da. Sie spielten Dart gegeneinander und hämmerten Nägel in einen Baumstamm. Für einen Moment machte das Spaß, Maggie gewann mehrere Runden beim Nagelreinhämmern, aber dann wurde es langweilig. Der nächste Jimmy-Stop war eine Disko für schwarze Musik. Es war eigentlich eine Maschinenhalle, in der von der Decke drei Glaskronleuchter hingen, was den Eindruck vermittelte, man befände sich in einem Ballsaal. Die Theken waren Behelfstresen einer Brauerei und die Getränke kamen aus mehreren verschiedenen Kühlschränken und Kühltruhen. Die schwarzen Frauen waren festlich gekleidet, viele trugen bunte Hüte, grell, in Gelb oder Pink. Tania sah auch Hüte mit Schleiern. Sie waren auffällig elegant zurechtgemacht, mit lackierten Nägeln und stolzem Make-up. Die Männer hatten dunkle Anzüge an, mit roten Krawatten oder Fliegen oder bunten Tüchern im Revers, dicken Uhren, die vielleicht Blender waren. Kein Mensch hatte eine Jeans an. Maggie und Tania waren mehr als deplaziert gekleidet. Anton und Marco waren draußen bei Jimmy geblieben, sie waren ohnehin zu betrunken, um am Türsteher vorbeizukommen, weshalb die beiden Frauen kurzerhand beschlossen, alleine das Abenteuer zu wagen. Tania verstand, warum der Einlass so schwierig gewesen war und man sie erst nach langer Diskussion widerwillig hineingelassen hatte. Sie waren die einzigen Weißen. Die Musik stimmte, sogar die Bar Kays und Cameo wurden aufgelegt, aber getanzt wurde wie in der Tanzschule. Partnerschaftlicher Foxtrott. Kein Groove. Leider konnten die beiden nicht einmal tanzen, wie sie es vorhatten, denn es gab weit und breit keine zwei Frauen, die miteinander tanzten. Es gab auch keinen einzigen Mann, der sie aufforderte. Sie fühlten sich irgendwie hässlich, überließen sich der Rolle der Außenseiter am Ende eines Tresens und kamen zur Ruhe. Es war schön, so viele Menschen lachen und flirten zu sehen. Maggie erzählte Tania von ihrer geplatzten Verlobung in Australien. Beide Frauen waren jetzt sehr betrunken. Sie lallten sich ein bisschen an. Tania hatte den Arm um Maggies Hals gelegt, sie stützten sich gegenseitig. „Der wollte mich einsperren, wie ein Kaninchen. Ich lass mich nicht einsperren, hörst Du?"

„Ich würde mich auch nicht einsperren lassen." Es wurde drei Uhr. „Was ist los bei Dir? Warum fängst Du hier nichts an?" Maggie versuchte Tania mit ihrem Blick zu fixieren, was ihr nur kurze Zeit gelang. „Ach, das ist einfach doof gelaufen." Zum ersten Mal in der ganzen Zeit traute Tania sich, etwas über sie und Italo auszuplaudern. Sie erzählte Maggie die ganze Geschichte, froh darüber, endlich darüber reden zu können. Maggie schien ihr die Richtige zu sein. „Auf einer Party, die irgendwo 20 km außerhalb Zürichs draußen von Drogenheinis für Untergrundtypen gemacht wurde, lernte ich Italo kennen. Er verliebte sich sofort in mich, weil ich alle unter den Tisch trinken konnte." Maggie lachte laut auf. „Ha! Ich verlieb mich nicht, ich schwöre!", sagte sie und hob gleichzeitig ihr Corona. „Prost, Chica!", rief Tania und Maggie erwiderte ein lautes: „Yamas!"

„Wenn ich damals nicht in Zürich gewesen wär, wäre ich nicht hier."

„Nochmal yamas! Das find ich gut!"

„Und dann wurde meine Mutter krank, und ich fuhr nach Hause, nach Deutschland. Nach Hannover." Tania machte eine Pause. Maggie wollte sie eigentlich nicht drängen weiterzuerzählen, aber sie war einfach zu neugierig. „Und?" Sie sah Maggie in die Augen und dann platzte es aus Tania heraus: „Ich war schwanger!" Maggie riss die Augen weit auf und schlug sich die Hand vor den Mund. „Ach, Du scheiße", war alles, was sie herausbrachte. „Der italienische Teil der Italofamilie hatte schon Baby-Schnuller gekauft und mich Schwiegertochter genannt." Aus den Boxen tönte Ladies Night. „Erst wollte ich das Kind. Ehrlich. Aber dann rief der Typ von der Royal Norway an und fragte mich, ob ich am 1. Dezember in Fort Lauderdale sein könnte, für einen Halbjahres-Vertrag als Rezeptionistin der MS Royal Norway. Ich hab ihn gefragt wieviel Zeit ich hätte. Er sagte, zwei Tage."

„Und dann?", wollte sie begierig wissen. „Eigentlich dauerte es nur ein Grünkohlessen, mich zu entscheiden!", antwortete Tania nachdenklich. „Ihr Deutschen mit eurem Kohl! Und jetzt? Bereust Du es?" Maggie konnte sich das alles so gar nicht vorstellen. „Kein Stück! Das ist es ja! Ich wollte das Kind nicht! In meinem tiefsten Inneren wollte ich nicht in Zürich leben! Es war, als wäre mit diesem Anruf das ganze Kapitel Schweiz geschlossen worden." Maggie zögerte kurz, aber sie musste es einfach wissen. Jetzt oder nie dachte sie sich und stellte die Frage aller Fragen: „Hast Du es weggemacht?" Tania nahm einen kräftigen Schluck, sie brauchte das, um Mut zu schöpfen, bevor sie mit leicht zittriger Stimme fortfuhr: „Ja. Das in meinem Bauch war im falschen Bauch gelandet.“

„Erzähl! Wie ist das, so eine Abtreibung?“

„Hast Du noch keine gehabt?“, Tania war der Meinung gewesen, dass es vielen jungen Frauen so erging und es inzwischen mehr oder minder Alltag geworden war. Schließlich war die Praxis, in der sie war, auch immer ausgebucht gewesen. „Nee. Zum Glück, ich noch nicht. Erzähl weiter!“ Maggie lauschte gebannt und vergaß dabei ganz das langsam warm werdende Corona in ihrer Hand.

„Für Abtreibung und Abreise blieben mir vier Wochen. Eine Ambulanz in Bremen sagte: In drei bis vier Wochen haben sie Termine. Aber es sei dringend, drängelte ich. Bei allen Frauen, die hier herkommen, ist es dringend!“ Tania äffte die Frau nach. „Ich kann Sie allenfalls auf die Warteliste setzen. Manchmal sagen Frauen kurzfristig ab, weil sie es sich anders überlegt haben. Das war echt schlimm, denn bereits am nächsten Tag rief die ältere Frau wieder an, weil es sich für den darauffolgenden Tag eine Frau anders überlegt hatte.“ Tania hielt inne und wurde traurig. „Es blieb keine Zeit mit Italo darüber zu sprechen. Ich war nicht fair, ich hab das ganz allein entschieden. Ihm blieb noch nicht mal Zeit nach Hannover zu kommen, ich bin einfach allein nach Bremen gefahren!“ Maggie schüttelte energisch den Kopf: „Was hätte er denn machen können? Händchenhalten?!“ Tania gab ihr Recht: „Noch nicht mal das wollte ich. Ich hatte mich selbst belogen! Ich hab am Anfang diese Schwiegertochter mitgespielt! Ekelhaft! Wie ich mich schäme! Die Norway hat die Lüge aufgedeckt.“

„Aber ist doch gut, wenn Du es vorher merkst, andere merken es viel zu spät! Sag, wie ist das? Du warst ambulant dort?"

„Du fährst hin und mit mir saßen dort im Wartezimmer noch so sieben Frauen auf Korbstühlen. Wie zur Pediküre." Tania erinnerte sich nur allzu lebhaft an diese skurrile Situation. „Vollnarkose?", wollte Maggie wissen. „Nix! Nur am Unterleib irgendwo. Ich war wach! Ich hab alles gesehen! Den Blick des Arztes, den Blick der Helferin. Die haben mit irgend so'nem Dings in beiden Händen so komische Bewegungen gemacht." Tania machte die seltsame Wellenbewegung mit ihren Armen nach. „Sie haben mich richtig kräftig ausgeschabt!" Maggie verzog das Gesicht zu einer Grimasse, als hätte sie auf eine Zitrone gebissen. „Ich wünschte, ich hätte die Augen geschlossen. Jetzt hab ich die Bilder im Kopf und sie gehen nicht mehr raus! Ich kann die Bilder nicht vergessen!" Tania schüttelte sich, als sie das sagte. Maggie versuchte zu trösten. „Scheiße, Tania. Das tut mir leid! Jetzt versteh ich auch, warum Du nie im Wasser warst, wenn wir am Strand waren! Du durftest noch nicht! Du bist noch nicht heile da unten." Tania nickte. „Aber es heilt. Ich bin mir sicher. Du wirst sehen!" Tania war selbst erstaunt über so viel Zuversicht in der Stimme. Maggie nahm sie liebevoll in den Arm. Es war inzwischen weit nach drei Uhr. Zum flauen Alkoholgefühl schlich sich nun noch ein Drücken in der Magengegend dazu, die tickende Uhr, die immer an die zwingende Rückkehr zum Schiff gebunden war, meldete sich allmählich immer lauter. Maggie, die mit einer solchen Geschichte nicht gerechnet hatte und nun nicht recht wusste, wie sie mit Tania umgehen sollte, versuchte, sie noch mehr zu trösten, indem sie sagte: „Ich glaube, Anton hat sich in dich verliebt, Tania."

„Ja genau, Anton, weil er mich so schön bei Hannes erwischt hat. Red keinen Unsinn! Das hört ganz automatisch auf, sobald mein Geld weg ist, du wirst sehen", erwiderte sie trocken. Sie versuchte zu lächeln, obwohl die Bilder aus Bremen ihren Kopf quasi vollständig ausfüllten. „Lass uns gehen, ja?" Maggie hakte sich bei Tania unter und sie schlenderten schweigend zum Ausgang. Anton und Marco hatten zusammen mit Jimmy zehn Zigarettenlängen geraucht und waren anschließend eingeschlafen. „Hey, Jungs, eure Ladies sind zurück!" Tania und Maggie ließen sich ins Taxi fallen. „Jetzt wird gefrühstückt!", verkündete Tania entschlossen, was die beiden Männer wach werden ließ. Sie hatte noch immer genügend Dollarnoten in der Jeans. Sie fuhren zu einem der 5000 Sizzlers und bestellten zu fünft mit Jimmy ein großes Frühstück mit Pancakes, Waffeln, Sirup und Bratwürstchen. Sie tranken literweise Kaffee und Orangensaft bis morgens um fünf. Marco saß nun ganz eng an Maggie geschmiegt und als diese wieder nüchtern wurde, merkte Tania es deutlich: Maggie hatte sich über beide Ohren in Marco verliebt. Die beiden turtelten die ganze Zeit und ihre Augen glänzten wie an Weihnachten. Tania war neidisch. Wieso hatte sie sich eigentlich nicht an Franc herangetraut? Und warum hatte sie Italo abgehakt, aber schrieb ihm noch? Jimmy fuhr die vier ans Dock. Tania zählte ihr Geld. Nachdem sie Jimmy großzügig 200 Dollar gegeben hatte, blieben ihr immer noch 230 Dollar übrig. Sie war das verdammte Geld nicht losgeworden, dachte sie grinsend. Damit waren sogar die 150 Dollar Schulden, der Einsatz für die ersten beiden Karten, getilgt. Sie kamen um sechs an Bord, die Sicherheitsleute waren nicht sehr verwundert, viele Crewmember kamen erst am frühen Morgen. Der Kasten mit den Crewkarten war aber noch längst nicht vollständig. Anton und Marco gingen direkt zur Arbeit. Um sieben Uhr sollte das Schiff den Rückweg nach Miami antreten. Tania war traurig, Tampa war lustig und spannend gewesen, aber so richtig glücklich war sie nicht. Sie freute sich sehr für Maggie, sie und Marco waren seit Tampa unzertrennlich. Sie heirateten ein dreiviertel Jahr später in Australien. Tania kam zu ihrer Kabine, die nicht verriegelt war. Neben Betty lag Andy, der Casinomann. Sie schliefen; als Tania auf ihr Bett kletterte, wurde Betty wach. Sie musste sich eigentlich beeilen, denn sie hatte Frühdienst. Tania vernahm ein leises Rascheln der Decke, dann ein Stöhnen. Kurz darauf wurde es heftiger. Unfassbar, sie machten es unter ihr! Tania lag regungslos in ihrem Bett mit Blick auf das Holzimitat und wünschte sich, das Schiff würde die Motoren anwerfen, damit sie die Geräusche unter sich nicht hören musste. Es wäre ihr niemals in den Sinn gekommen, mit irgendwem zu vögeln, wenn noch jemand anderes im Zimmer war. Noch nicht mal im Vollrausch würde sie das können, sie könnte sich Betty niemals wegdenken. Sie drehte sich angewidert zur Wand. Andy sprang, kurz nachdem sie ihren Akt beendet hatten, aus dem Bett und in seine Hose. Gut, dass Tania zur Wand gedreht war. Stehend bei seiner Körpergröße, hätte sie ihm sonst direkt ins Gesicht sehen können. Er verließ mit offenem Gürtel die Kabine. Betty verschwand zur Dusche, kam schnell wieder und hantierte nacheinander mit all ihren Sprühdosen. Mundpflegespray, Fußspray, Intimspray, Deospray, Haarspray, zum Schluss Nina-Ricci-Spray. Dann griff sie zum Föhn, der nun die verschiedenen Gerüche auch noch erwärmte und alles umher wirbelte. Der ganze Duft zog unter die Kabinendecke. Tania verkroch sich tiefer in ihre Bettdecke und schwor sich ganz leise: „Morgen bring ich sie um, morgen schmeiß ich sie über Bord." Tania konnte sich erst entspannen, als Betty die Kabine verlassen hatte und als das Schiff den Hafen verließ, schlief sie sofort ein. Auf dem Weg zurück nach Fort Lauderdale gab es erste Gerüchte zur Situation im Irak. Zurück in Fort Lauderdale griff sich Tania ihr Fahrrad und radelte zu ihrem üblichen Zeitungskiosk. Was war im Irak los? Sie las, dass über 200.000 Menschen im Irak getötet worden waren. Das war Völkermord, stellte Tania angewidert und entsetzt fest.

Die neue Tour hatte begonnen, die Gäste checkten in ihre Kabinen ein und stellten Tania an der Rezeption am Abend die Fragen, die sie jedes Mal wieder hörte und die ihr so langsam richtig auf die Nerven gingen. „Can I leave my values in a safe here, honey?" Es hatte zum ersten Mal seit Ausbruch des Krieges keine Bombendrohung gegeben für die Norway. Stand Amerika gut da? War das Ende des Krieges in Sicht? Nein, das Ende war nicht in Sicht. Die Stimmung an Bord wurde schlechter. Die Amerikaner bekamen Saddam nicht in den Griff und der Terror ging weiter. Fast täglich jagte sich ein Selbstmordattentäter in die Luft, immer traf es auch amerikanische Soldaten. Der Präsident hatte sich verschätzt. Die treuen Wähler bekamen ein wenig Angst vor den Reisen auf See, weshalb die Buchungszahlen zurückgingen. Hotelmanager und Cruisedirektor waren in ständigen Besprechungen, sie saßen vor den Sputniks und tauschten Nachrichten aus. Es gab Gerüchte, wonach man der Reederei angeboten hatte, für 170 TSD Dollar täglich Soldaten in den Irak zu schiffen. Eine Stornowelle hatte die Kreuzschifffahrt in Amerika erreicht, offenbar gab es jetzt doch Reaktionen im Land. Tania erfuhr es, als sie mal wieder im Dirndl beim Captains Bølge erschien. Der Hoteldirektor kam ebenfalls und nahm Tania beiseite. „Tania, es sieht so aus, als hätten wir 30 Prozent Buchungsrückgang und wenn die Presse weiterhin über Stornowellen berichtet, werden wir noch mehr Stornierungen bekommen." Tania verstand nicht ganz, warum er ihr das erzählte. „Das heißt im Umkehrschluss, liebe Tania, dass wir die halbe Crew entlassen müssen." Jetzt war der Groschen gefallen. „Was!?" Tania war geschockt und ließ fast das Tablett mit dem Aquavit fallen. Sie stellte es an der Bar ab und folgte dem Hoteldirektor, er winkte sie zu sich heran. Sie versteckten sich hinter einem Vorhang und flüsterten. „Wir werden morgen Abend im Kino die Einzelheiten bekannt geben. Die Crew kann an Bord bleiben, bis der Spuk vorbei ist, die Amerikaner werden den Krieg da im Irak hoffentlich bald beendet haben. Bis die Passagiere wiederkommen, werden wir nur ein paar Crewmitglieder nach Hause schicken müssen. Das heißt, sie können an

Bord bleiben, aber wir bezahlen keinen Lohn." Tanias Herz klopfte, ob man sie entließ? Sollte sie sich darüber freuen? War es nicht das, was sie immer wollte, runter von dem Kahn? „Was heißt das für mich, wissen Sie das schon?" Er lächelte väterlich. „Dich, Dich lassen wir nicht gehen, Tania. Aber ich glaube, Betty, Betty wird aussetzen müssen. Ich glaube, sie passt nicht zu uns... ach es ist...ich kann diese Art Frauen nicht leiden." Tania war hellhörig geworden und wollte gern mehr wissen. „Naja, Tania, Sie hat mehrfach versucht, Dich anzuschwärzen bei mir." Jetzt kam es also raus, diese Person hatte also tatsächlich versucht Tanias Ruf zu ruinieren. „Darf ich fragen womit?", fragte sie vorsichtig und versuchte dabei ihren Ärger zu verbergen. „Du wärst gern öfter mal von der Rezeption weg. Betty hat sich beschwert, dass sie immer alles alleine machen muss. Du hättest das alte Ehepaar, wer war das, die Van der Builts, auf die Kabine begleitet und wärst fast eine Stunde vom Dienst weggewesen." Tania traute ihren Ohren nicht, ihr blieb die Spucke weg, sie wollte sich gerade rechtfertigen und holte tief Luft. Der Hoteldirektor gab ihr dazu aber keine Gelegenheit und fuhr nahtlos fort: „Ja, ja ich weiß, die Van der Builts sind alte Leute, Du hast mit den Menschen wahrscheinlich nett gequatscht, aber ich nehme mal an im Sinne der Passagierbetreuung. Betty meinte, Du hättest Wege gesucht, um dich vom Empfang wegzustehlen." Er grinste sie an. „Genauso wie jetzt!" Der Hoteldirektor nahm zwei Aquavit vom Tablett, drückte Tania einen in die Hand und prostete ihr mit einem lauten „Skål" zu, dabei knallte er seine Hacken aneinander. Tania lächelte und trank den Schnaps in einem Zug leer. Der Hoteldirektor stellte beide Gläser auf der Bar ab und gab Tania die Hand, so als hätte er sagen wollen: „Danke und vertrau mir." Tania war darüber sehr glücklich, doch sofort rasselte es in ihrem Kopf. Wer musste gehen, wer durfte bleiben. Es betraf ja schließlich jeden an Bord. Was ist, wenn Hannes gehen müsste oder Franc, Maggie oder Sandra? Sie würde sich schrecklich allein fühlen. Als Tania nach Dienstschluss in ihre Kabine ging, war das Berchtesgarden Puzzle, was zwischendurch schon fast fertig geworden war, an mindestens drei Ecken auseinandergerissen. Sie fluchte und versuchte, es zu flicken, aber irgendwie machte es keinen Sinn. Sie nahm die großen Stücke auf ihre Handflächen und schichtete sie in den Karton und nahm Abschied vom schönen Berchtesgardener Herbst. Sie war wütend auf Betty, aber, nichts dazu zu sagen, war eine viel bessere Waffe. Die süße Rache musste sie nicht nehmen. Sie wusste, die Rache kam von anderer Stelle. Das Lauffeuer begann, alle sprachen über Kündigungen, alle spekulierten. Am nächsten Tag hingen wie von Geisterhand aufgehängt an allen Brettern und Infotafeln Informationen über den Status Quo der Reederei, den Buchungsrückgang und die Belegungszahlen. Die Crew versammelte sich auf Einladung des Hoteldirektors und Cruisedirektors um 18 Uhr im Kino. Der Hoteldirektor stand in seiner weißen Uniform vor der Leinwand, seine Haare waren ein wenig fettig und klebten. Er hielt das Mikro recht krampfhaft, aber sprach deutlich und prägnant. „Liebe Kollegen, liebe Crew. Jetzt hat der Krieg auch uns erreicht. Die Passagierbuchungen sind zurückgegangen auf 60 Prozent, wir haben 40 Prozent Stornierungen hinnehmen müssen. Wir müssen reagieren. Wir müssen unser Personal um 30 Prozent verringern, damit wir weiterhin effizient und erfolgreich bleiben." Durch den Saal ging ein Raunen und Pfeifen. „Die Gäste werden wiederkommen, wir wissen das. Aber wir wissen nicht wann. Die Reederei bietet ihnen allen, liebe Crewmember, zwei Optionen an. Die Optionen werden wir im Anschluss an diese Versammlung an die Infotafeln hängen, da können Sie alles noch mal in Ruhe nachlesen. Also: Wer das Schiff in Fort Lauderdale verlassen möchte, kann dies tun, unter Bezahlung einer weiteren Cruise. Wer das nicht möchte, kann an Bord bleiben. Kost und Logis wird übernommen, das Gehalt wird einen Monat lang und danach nicht länger ausgezahlt. Ostern werden wir wieder voll ausgelastet sein, da brauchen wir wieder jeden. Irgendwann muss der Scheiß-Krieg ja auch mal zu Ende sein", schloss der Hoteldirektor seine Ansprache. „So was hab ich ja noch nie gehört", Hannes wusste nicht, wie er reagieren sollte. Birtje krallte sich in seiner Hand fest, sie befürchtete, er würde das Schiff verlassen. Sie wollte bei ihm bleiben, um jeden Preis. Franc hörte aufmerksam zu, sah dann auf den Boden, mit verschränkten Armen, er fand die Idee, von Bord zu gehen, gar nicht so schlecht. Überall wurde gemurmelt und gemeckert. Es war sehr unangenehm für den Hoteldirektor und den Cruisedirektor. „Wir bitten Sie, eine Entscheidung zu überdenken und sie dem Staff Captain oder der Personalchefin bis morgen Mittag mitzuteilen. Wir werden morgen bekannt geben, wem wir eine betriebsbedingte Kündigung aussprechen müssen." Jetzt folgten laute Rufe. Dann nahm der Cruisedirektor das Mikrophon und unterbrach die Unruhe. „Und noch was: Wir möchten nicht unerwähnt lassen, dass die, die bleiben wollen, ihre Angehörigen einladen können, als Passagiere an Bord zu kommen für einen Sparpreis von 50 Prozent des regulären Preises. Also Leute, überlegt euch das. Meldet dies bitte bei mir bis nächste Woche an. Einstieg ist in Fort Lauderdale oder Barbados. Das Angebot bleibt gültig bis Juni." Sie verließen die Bühne schnell und waren verschwunden. Die Crew blieb in großen und kleinen Gruppen zurück und diskutierte heftig. Sie hatten keine Rechte, sie wussten das. Jetzt blieb nur noch das Hoffen und Bangen, wen es mit der Kündigung traf. Tania überlegte, wen sie aus ihrem Verwandten- oder Freundeskreis fragen könnte, ob er Lust hätte auf eine günstige Kreuzfahrt. Italo? Er kam ihr in den Sinn, wie ein Freund, an den sie lange nicht gedacht hatte, ihr Herz fühlte noch Freude bei dem Gedanken, aber es war auch sehr abgekühlt. Sollte sie ihre Eltern fragen? *So toll ist es hier ja nun auch nicht, allerdings wäre es auch nicht so voll. Aber wie albern ist das, mit Mami und Papi an Bord?* Tania fiel kein Argument ein, irgendjemanden aus ihrer Familie an Bord holen zu wollen. Sandra war wütend auf die Schiffsleitung. „Dann geht's denen wirklich scheiße, wenn sie uns so was anbieten!"

„Aber was glauben die, meine Eltern – hier!? Niemals. Die finden das furchtbar, die fahren mit dem Campingbus durch Dänemark, sie hassen Kreuzfahrten!" Sie saßen in der Kantine und suchten sich Stärkung am Buffet. „Das macht doch keiner, wer will denn schon seine Eltern dabei haben?", bezweifelte Tania entrüstet. Maggie seufzte laut auf. Sie wollte, so schnell es ging, Kontakt zu ihrem Vater auf der Crystal aufnehmen und fragen, wie es denen erging. „Habt ihr schon die neuen Anreiselisten gelesen? Goldsteins kommen wieder, die Rubinstein und auch Frau Silbereisen!?"

„Ich weiß, ja, die reisen immer im Frühjahr mehrfach mit!"

„Bølge-Club, Hurra! Ich freu mich schon!" Tania tat so, als würde sie lachen.

Maggie hatte ein gutes Gespür für Personalentscheidungen und spekulierte:

„Die werden aus jeder Abteilung 30 Prozent der Leute freistellen, Entertainment ist gleich gefeuert, hire and fire, Calypsos adé, Casino adé, die Wäscherei nach China zu schicken: zu teuer, die Filipinos werden sie ausdünnen und verteilen. Von der Küche und vom Restaurant gehen mindestens 40%! Und an der Rezeption werden ein bis zwei Leute gehen, sonst passt das ja mit den Schichten nicht mehr." Maggie nahm Tanias gelassenes Gesicht wahr. „Du weißt, wen es trifft?" „Ja, alle wissen es, nur sie nicht". Die drei lachten auf und schämten sich gleichzeitig. „Pfui, sind wir böse." Sie stellten die Tabletts zurück und gingen an die Arbeit. In der Crewbar war an diesem Abend nichts los. Irgendwie saß die Zukunft wie ein Wespenstachel unter der Haut und die Wespe zappelte noch.

Am 28. Februar 1991 wurde im Irak endlich ein Waffenstillstand vereinbart. Der Irak leistete keinen Widerstand mehr. Man suchte die irakischen Soldaten, die man ermorden sollte vergeblich. Saddam war verschwunden. Niemand wusste, wo er war. Die CIA hatte Saddam Jahre zuvor zwischen 1968 und 1972 geholfen, an die Macht zu kommen. Manche Pressevertreter witterten, dass irgendwer mit Saddam wieder einen geheimen Deal ausgehandelt hatte. Die übrig gebliebenen Zivilisten und desertierten irakischen Soldaten wurden nun zu Rebellen gegen Saddam. Der Irak kämpfte jetzt gegen den eigenen Mann. Irgendwer musste Saddam rechtzeitig geholfen haben. Es blieb rutschig im Nahen Osten.

Als Betty am nächsten Tag erfuhr, dass ihr bis auf weiteres gekündigt war, tobte sie. Sie redete ständig und schimpfte, so sehr, dass ihr Make-up wirklich stetig zerbröselte. Sie hatte schon vier Verwandte gefunden, die sofort auf der Cruise dabei gewesen wären. Dieses Argument glaubte sie, wäre gewichtig genug, aber das war es nicht. Der Hoteldirektor sagte es ihr ganz trocken: „Betty, Du hast den kürzesten Weg nach Hause." Ihre viel zu kurzen Lippen formten sich wie ein Ring zu einem „o", was nicht sonderlich hübsch aussah. Sie hielt ihren Kopf dabei schräg und versuchte von oben herab zu sprechen. Der Hoteldirektor interessierte sich gar nicht für sie. Er blätterte in irgendwelchen Unterlagen. „Kein Wenn und Aber, Betty. Bitte lies deinen Vertrag noch mal. Der Arbeitgeber kann jederzeit eine Kündigung aussprechen, wenn es notwendig, wenn es existentiell ist. Ist sonst noch etwas?" Er ließ sie spüren, wie genervt er war. Betty drehte sich einfach wütend aus dem Gespräch, ohne Wort und ohne Gruß verließ sie das Büro. Zur Rezeption kam sie an diesem Tag nicht zurück und Tania machte an diesem Tag vorsichtshalber einen großen Bogen um die Kabine. Gut, dass Berchtesgarden schon eingepackt war, schließlich konnte das Puzzle nichts dafür. Tania realisierte voller Freude, dass sie, wenn Betty endlich weg war, die Kabine wieder ganz für sich allein hatte. Betty musste beim nächsten Mal in Fort Lauderdale schon gehen. Tania stellte beschämt fest, dass sie kein Mitleid mit Betty hatte.

„Franc, Franc, tu est là?" Tania stand vor der Kabine von Franc und seinem Kollegen Pascal. Sie klopfte mehrfach an der Tür. Keine Antwort. Sie versuchte die Tür zu öffnen. Sie war offen, aber leer. Sie hatten wahrscheinlich noch Dienst und hatten vergessen, die Kabine abzuschließen. Vier paar schwarze Lederschuhe sauber aufgereiht standen an der Wand und rochen nach Arbeit. Die ganze Kabine roch nach Fußschweiß. Tania beschloss, lieber hier auf Franc zu warten, was nicht zuletzt daran lag, dass sie wegen Betty nicht in ihre Kabine gehen konnte. Sie wollte unter keinen Umständen auf diese Furie treffen. In der Kabine war es ihr nach kurzer Zeit doch zu stickig, weshalb sie sich ihr Buch schnappte und auf Deck ging. Sie las mehrere Kapitel. Das Meer war ruhig. Die Norway hatte nicht mit Wellen zu kämpfen, sie waren gerade auf dem Weg nach Jamaika. Die Sterne am Himmel wurden langsam sichtbar. Wie immer hatte sie die Füße ausgestreckt und auf den Metallvorsprung gelegt, sie genoss die laue, karibische Brise vor Aruba. Nicht ein einziger Kollege war in dieser Nacht auf dem Deck, niemand spielte Musik. Auch auf den Passagierdecks über ihr war niemand zu sehen. Tania konnte deutlich spüren, dass weniger

Passagiere als sonst an Bord waren. Nur vereinzelt sah sie Passagiere, die an der Reling standen, rauchten und aufs Meer hinausblickten, aber heute war es besonders still. Wahrscheinlich, weil auf der Theaterbühne wieder dieses schwachsinnige Musical „New York, New York" aufgeführt wurde.

Es war nur ein Bruchteil einer Sekunde, in dem sie einen schwarzen Schatten an sich ins Meer vorbeifliegen sah. Es war, als wäre ein schwarzes Tuch geräuschlos an ihr vorbeigeweht. Wie mit großen schwarzen Fledermausflügeln fiel eine Frau von einem oberen Deck Backbord über ihr ins Wasser. Die Geräusche der Schiffsschraube waren so laut, Tania hörte kein Platschen. Sie sprang auf, sie sah die Frau noch am Rande des Lichtkegels, den der Außenscheinwerfer machte, dann sah sie das schwarze Kleid auf der weißen Gischt. Tania schrie aus voller Kehle: „Mein Gott! Hilfe! Code Oscar, Code Oscar. Code Oscar-Backbord!! Hilfe! Hört mich jemand, Code Ooooscar!" Aber es hörte sie niemand. Panisch griff sie nach ihrem alten Holzstuhl, auf dem sie saß und warf ihn über Bord, danach versuchte sie den Rettungsring zu lösen, der Knoten am Seil wollte sich erst nicht lösen, ihre Hände zitterten stark. Als das Seil endlich nachgab, warf sie den Ring ins Meer. Tania erinnerte sich verschwommen an Gunnars Worte, dass die Menschen vom Wasser aus sehr wohl sahen, was auf dem großen Schiff passierte und sie herabfallende Gegenstände sehr wohl erkennen konnten. Für jemanden, der in Not war, konnte ein solcher Gegenstand als Schwimmhilfe lebensrettend sein. Wie aber, wenn man mit Absicht sprang, interessierte dann ein Stuhl oder ein

Rettungsring? War es eine Frau? War es ein Tuch? Eine Puppe? Tanias Kopf ratterte. Sie versuchte, sich trotz immer größer aufkeimender Panik an alles zu erinnern, was Gunnar Holmberg ihr jemals erzählt hatte. Die Frau war nicht nackt gesprungen, es konnte kein Suizid sein. Gunnar hatte doch gesagt, die Leute würden fein säuberlich ihre Kleidung zusammenlegen und dann nackt springen. „Halloooo, hört mich jemand, Code Ossssscaaaar Backbord!", schrie sie unablässig so laut sie nur konnte. Wieso zum Teufel hörte sie denn keiner??? Tania hielt ihren Arm ausgestreckt und zeigte in Richtung Frau, zumindest hoffte sie, dass es die richtige Richtung war. Die Frau selbst konnte sie schon längst nicht mehr erkennen. Trotzdem versuchte sie, ihren Zeigefinger nicht abweichen zu lassen von der letzten Position, auf der sie die Frau vermutete. Als ihr Arm schon fast abzufallen drohte, kam endlich Milo, der Watchman, angerannt, er hatte doch etwas bemerkt. Die Crewdurchsage ertönte auf Deck-B: „Code Oscar, Code Oscar, Code Oscar, portside, crew in charge, please report to the bridge immediateley." Nach Milo folgten die anderen aus der Code Oscar-Gruppe. Die Maschinen stoppten, das Schiff legte sich quer und machte kehrt. Aber was hieß das schon? Der Schub des bremsenden Schiffes war gewaltig, der Riesenbogen ging über mehrere Meilen, es dauerte sehr lange. Eine gefühlte Ewigkeit. Tania hielt den Arm immer noch hoch und versuchte sich trotz der Drehung des Schiffes, von ihrem Kurs nicht abbringen zu lassen. Sie lief mit. *Wenn das Boot sich dreht, musst Du Dich mitdrehen. Du läufst mit von Backbord nach Steuerbord.* Tanias Arm zeigte noch immer in die dunkle Nacht. Milo hatte leuchtende Schwimmbojen ins Meer geworfen, selbst diese waren nach wenigen Sekunden weder mit dem Auge, noch mit dem Fernglas zu erkennen. Staff Captain Gunnar Holmberg kam zu Tania gerannt. „Ich habe sie gesehen, eine Frau im schwarzen Abendkleid! Sie glänzte! Es war ein Pailettenkleid!“, schrie Tania voller Entsetzen. „Wann war das?“ Holmberg wusste, dass es um Sekunden ging. „Vielleicht vor acht, zehn Minuten vielleicht auch nur fünf. Ich habe keine Uhr. Ich hab keine Ahnung!“ Tania war verzweifelt, ihr war nach weinen zu Mute. Was war, wenn sie phantasiert hatte, es keine Frau war, sondern ein schwarzer Molton, eine Gardine aus dem Theater? Es wurde hektisch. Nachdem das Schiff gedreht hatte und Kurs nahm auf die Position von vor acht Minuten, war der Großteil der philippinischen Crew auf dem Deck und half beim Ausguck. Auch die Passagiere wunderten sich, sie hatten das Drehmanöver bemerkt und kamen nach draußen, weil die Maschinen gestoppt hatten. Wie eine Perlenkette aufgereiht, sah man Köpfe über der Reling an der Backbordseite, eine schweigende Reihe Köpfe. Maggie war an der Rezeption. Der Hoteldirektor war einsilbig und pragmatisch geworden. „Maggie, versuchen Sie herauszufinden, ob jemand fehlt“, fuhr er sie zu laut an. „Aber wie soll ich das herausfinden?“, fragte sie verunsichert. Maggie konnte schlichtweg nicht alle Menschen auf dem Schiff durchzählen. Sie blieb einfach in der Nähe des Telefons und war in Alarmbereitschaft. Der Hoteldirektor sprach mit dem Restaurantchef, ob jemand ein Fehlen einer Person bemerkt hatte, aber alles war friedlich gewesen beim Abendessen.

Tanias Arm fühlte sich an wie abgestorben. Er wog Tonnen und schlug wie eine Guillotine zu, als sie ihn endlich senken durfte. Wie ihr Arm schlugen nun auch die Gefühle hart auf sie ein. Tania saß zusammengekauert auf dem grünen Stahl am Fuß eines Ladekrans und weinte bitterlich. Sie konnte das Leben der Frau wahrscheinlich nicht retten, obwohl sie alles dafür getan hätte. Für einen Moment dachte sie: Hätte ich hinterher springen sollen? Der Gedanke quälte sie von dem Moment an, als sie ihn zuerst dachte. Dieses Gefühl, versagt zu haben, rotierte in ihr wie eine Schiffsschraube. Das Rettungsboot wurde abgefiert, der Suchtrupp war unterwegs. Von der Insel Jamaika aus kam die Küstenwache dazu, sie tourte lange mit Suchscheinwerfern um das Schiff herum. An Bord war es gespenstisch ruhig. Keiner sprach ein Wort. Kein Radar der Welt, auch kein GPS, konnte einen Kopf im Wasser erkennen, geschweige denn einen Rettungsring oder einen Stuhl. Rettungsring, Stuhl und Frau waren wahrscheinlich schon einen Kilometer auseinandergedriftet, in allen Himmelsrichtungen auf dem Ozean verteilt. Der Kapitän nickte ihr zufrieden zu. Seiner Meinung nach hatte Tania alles richtig gemacht. Milo half Tania, sich aufzurichten, sein Trost und seine Stütze waren wohltuend. Langsam beruhigte sie sich wenigstens soweit, dass sie aufhörte zu weinen. „Du hast nichts falsch gemacht, wenn wir sie nicht finden! Es ist nicht dein Fehler! Hörst Du!? Niemand, Tania, NIEMAND findet einen Menschen, der nachts über Bord fällt!“

Die Suche wurde bis zum Sonnenaufgang fortgeführt. Vergeblich. Am frühen Morgen nahm die

Norway wieder den alten Kurs auf und die weitere Suche nach der Frau übernahm nur noch das Boot der Küstenwache. Man hatte diese Frau für verloren erklärt. Maggie hatte nach mehreren Stunden einen Anruf der Kabinenstewardess erhalten und an den Hoteldirektor weitergeleitet. Es gab eine leere Kabine. Ursula Silbereisen war über Bord gesprungen. Niemand an ihrem Tisch im Restaurant hatte Veränderungen ihres Verhaltens wahrgenommen. Es war wie immer. Die Tischnachbarn erzählten noch von Frau Silbereisens Projekt um das Betonzahn-Denkmal und sie bestätigten, dass sie begeistert geklungen hatte, keineswegs niedergeschlagen. Nichts hatte darauf hingewiesen, Frau Silbereisen hatte keinen Brief geschrieben, die Kabine war aufgeräumt. Tagelang war die Crew mit der herabgefallenen Frau beschäftigt.

Bis zum Ende der Cruise, bis Fort Lauderdale, tuschelten die Passagiere beim Essen immer wieder über sie. Man munkelte, sie sei besoffen gestürzt, andere behaupteten, ein reicher Mann aus der Nachbarkabine hätte sie über Bord geschubst, aus Wut über seine verschmähte Liebe. Der Hoteldirektor schenkte keiner dieser Versionen Glauben. Wenigstens blieb das Casino geschlossen und Pastor Young freute sich, da beim Gottesdienst diesmal fast alle Plätze besetzt waren. Vielleicht beflügelt Seeluft die Fantasie, aber es blieb geheimnisvoll. Tania hatte immer wieder die kurze Sequenz der fallenden Frau vor ihrem inneren Auge. Sie flog täglich mehrere Male an ihr vorbei, beim Duschen, beim Telefonieren, am Schlimmsten war es nachts, oben in ihrem Kajütenbett. In Superzeitlupe versuchte sie, Details der Frau zu erkennen. Die Frau war ein stiller, schwarzer Engel geworden. Tania wälzte die entscheidende Frage von früh bis spät. Warum schrie die Frau nicht? Wenn sie nicht freiwillig ins Wasser gegangen war, warum schrie sie dann nicht. Man schreit doch, wenn man fällt. Warum war sie nicht nackt? War sie schon tot beim Fliegen? Natürlich fand man Frau Silbereisen auch nicht am darauffolgenden Tag. Man fand sie später, ungefähr sechs Tage später, angespült vor Barbuda. Ein Angler fischte sie kopfüber, bäuchlings aus dem Wasser. Polizei, interne Ermittlungstruppen und der Rechtsmediziner fanden allerlei heraus, aber nichts, was einen Suizid oder einen Unfall eindeutig hätte beweisen können. Der Rechtsmediziner wollte in seinem Fazit ausschließen, dass sie bereits tot über Bord gegangen war. Wenn sie bereits tot gewesen wäre, hätte der Rechtsmediziner keinen Schaumpilz finden können. Diese Eiweißmasse entsteht in den Bronchien, wenn man mit dem Tode ringt: also nach Luft schnappt, immer wieder. Das machen Menschen, die ums Überleben kämpfen. Normalerweise tritt so ein Schaumpilz an Mund und Nase aus, wenn man die Leiche schnell bergen kann. Das sieht dann aus, als hätte der Mensch ein großes, weißes Bubblegum aufgepustet und platzen lassen. Natürlich war im Wasser der Schaumpilz längst weggespült worden. Der Rechtsmediziner fand aber nachweisbare Rückstände in der Luftröhre. Die Suizidmenschen, die Gunnar Holmberg des Öfteren erwähnt hatte, kämpfen nicht so sehr, sie lassen sich von ihrem Gewicht in die Tiefe ziehen. Nach einer Minute kommt dann der heftige Reflex zum Einatmen, dann verkrampft sich automatisch die Stimmritze, so ein Ding am Kehlkopf, das das Ein- oder Ausatmen unmöglich macht. Jedenfalls ist dann meistens genug Wasser in der Lunge, um einen Gasaustausch mit Sauerstoff unmöglich zu machen und man wird bewusstlos. Manche atmeten absichtlich Wasser ein und ertranken, sie erstickten erbärmlich. Frau Silbereisen hatte außerdem Reste von Alkohol im Blut. „Manche Menschen trinken sich Mut an, bevor sie springen", sagte Gunnar. Für ihn war es klar, dass sie absichtlich gesprungen war, auch wenn sie sich vorher nicht entkleidet hatte. „Wahrscheinlich ist sie gefallen, weil sie betrunken war." Hannes war sich seiner Auffassung ziemlich sicher. „Aber warum schrie sie nicht, wenn sie versehentlich gefallen ist oder wenn sie von jemandem gestoßen wurde?", fragte Tania, die gerade wieder mit dem Bild vom schwarzen Engel kämpfen musste. Es ließ sie einfach nicht los. Die Frau hatte mehrere Verletzungen am Knie und an den Handrücken. Das war sehr typisch bei Ertrunkenen. Sie war also bäuchlings, vornüber hängend über dem Meeresboden getrieben. Als in dem 20 Grad warmen Wasser ihr toter Körper langsam zu verwesen begann und die Fäulnisgase ihr Auftrieb gaben, kam sie nach und nach wieder an die Oberfläche. Sie hatte einen 14 cm langen Riss in der Haut am Arm. Der Rechtsmediziner stellte fest, dass dieser Riss erst nach ihrem Tod entstanden war, vielleicht war sie in eine Schiffsschraube geraten. An den Händen hatten Tiere an ihr geknabbert. Die Ringe fehlten. Bestimmt stellen sich die Suizid-Springer das ganz harmonisch vor: schwerelos zum Meeresboden zu sinken. Tania sah sich in ihren

Träumen von der Schwerelosigkeit in einem nixenhaften Chiffon-Kleidchen, fast liegend, in die Tiefe gleitend. Die Arme hatte sie voller Hingebung ballettartig über dem Kopf verschränkt, sie schien sich an einen Schweif von Gegenlicht festzuhalten. Welches Licht war das? Mondlicht? Oder das Licht des Göttlichen? Man fand später heraus, dass das mit dem Holocaust-Denkmal erfunden war und dass sie auch eigentlich keine Jüdin war. Sie hatte sich nur jüdisch gefühlt und sich vielleicht nur ein bisschen wichtig gemacht. Ach, was gab es nicht alles für Dramen um den Tod am Meeresboden. Tania musste unweigerlich an Ophelia denken, die in Shakespeares Hamlet ertrank.

Auf stiller, dunkler Flut, im Widerschein der Sterne,
geschmiegt in ihre Schleier, schwimmt Ophelia bleich,
sehr langsam, einer großen weißen Lilie gleich.

Sie dachte daran, wie viele Künstler Ophelias Schicksal in der Kunst, auf Gemälden oder in der Musik verwendeten und wieviel über sie interpretiert wurde. Wahrscheinlich war es immer schon in den Köpfen, Selbstmord auf See hatte seinen besonderen, dramatischen Reiz. Tania musste mit jemandem reden, sie wartete auf Hannes in der Crewbar.

„Verdammt, Hannes! Wie ungerecht das ist: Du kannst das Leben nicht einfach verlassen, immer hinterlässt Du irgendwelche Spuren. In unseren Schubladen und Schränken hinterlassen wir einen Haufen von Spuren: Zettel, lauter handgeschriebene Spuren, überall im Keller liegen Briefe und Fotos."

„Ja und?", fragte Hannes gelassen. Tanja fügte hinzu: „Man kommt von diesem Leben nicht einfach weg. Menschen verfolgen ihre Gedanken und manchmal kurven sie Jahre zurück, weil es dort eine alte Spur aufzunehmen gilt. Meine Mutter war schwer alkoholkrank. Eigentlich wollte sie vom Dach springen, damit die Welt sie so nicht länger sehen müsste. Aber, wenn du vom Dach springst, sagte sie zu mir, ist unten eine fette Blutlache, und die muss jemand wegmachen. Und wenn man sich im Auto in die Garage setzt und Autoabgase einatmet, dann findet einen auch irgendwer und derjenige hat dann für den Rest seines Lebens kein schönes Bild vor Augen. Auch, wenn Du vor den Zug springst, irgendein armer Tropf von Sanitäter muss deine weit verstreuten Gliedmaßen einsammeln. Ein Scheiß-Schlussfoto! Das kann man doch keinem Menschen zumuten!" Tania war furchtbar wütend, sie verstand einfach nicht, wieso Menschen Selbstmord begingen. Sie musste ihrem Ärger Luft machen, sonst wäre sie garantiert noch wahnsinnig geworden. Hannes gab Tania da natürlich recht, denn er dachte an seinen Vater, der vor dem Backofen hing. Tania war noch nicht am Ende und wetterte weiter: „Aber auf dem Meeresgrund glauben die Menschen, wirst Du nie gefunden. Da lebst Du weiter als Engel mit Kιaken. Wahrscheinlich denken sie, sie gehen zurück ins Fruchtwasser. Du kannst das Leben nicht verlassen, ohne dass jemand Dich findet." Und dann sagte sie traurig: „Jetzt hab ich dieses Bild von ihr für immer in meinen Träumen." Hannes dachte lange nach und erwiderte dann: „Selbst, wenn Du von einem Schiff aus in den endlosen Pazifik springst, kann es sein, dass

Du angespült wirst - irgendwo, eine fiese, fette, aufgeschwemmte, teilweise angeknabberte Leiche. Igitt!" Er verzog das Gesicht und schüttelte sich. „Die Deppen, sie verfaulen, weil das Wasser zu warm ist!", setzte er seine Überlegungen am Tresen fort. „Es bilden sich Gase und die lassen Dich schön wieder auftreiben. Dann dümpelst Du an der Oberfläche wie ein Ballon, siehst aus wie ne geplatzte, abgepellte Weißwurst, die Jetskis nageln über Dich rüber und die Haut pellt sich in Fetzen runter, als hättest Du eine Gummihaut."

„Ob ein Hai so etwas frisst?", fragte Tania angewidert.

„Glaub ich nicht, nur mit viel Glück schmeckst Du den Haien."

„Noch nicht mal das." Die Vorstellung machte sie traurig. Er fügte noch hinzu: „Wie doof sind die Leute, die denken, karibisches Wasser sei tief und kalt genug, um nicht zu verfaulen. Nur wenn es tief genug ist, hast Du vielleicht Glück, unentdeckt aus dem Leben zu gehen. Ich würde gleich neben Eisschollen springen, Hurtigruten, oder wenn es wirklich tief genug ist. Auf alle Fälle würde ich mir Gewichte in die Hose stecken oder an die Beine binden, was weiß ich. Und Rotwein würd ich vorher in mich rein kippen!" Tania erschrak bei diesen Worten. Dachte er vielleicht an Selbstmord? „Deine arme Familie! Wie sollen dich die Menschen dann beerdigen und wo sollen sie trauern, wenn sie noch nicht mal wissen, wo sich deine Leiche befindet?", fügte sie traurig hinzu. Birtje war gekommen und tanzte schon die ganze Zeit mit dem Rücken zu Hannes. Er verabschiedete sich von Tania mit einem wortlosen Gruß, stand auf und ging zu Birtje, umarmte sie von hinten und küsste ihren Hals. „Du rettest mich vor dem Ertrinken Baby, komm.“ Birtje ließ sich von ihm durch die Schotten schieben. Hannes ging den langen Weg in seine Kajüte wie im Taumel zurück, stieß mehrfach an die seitlichen Wände und Schotten. Jedes Mal, wenn er zu Code Oscar gerufen wurde, jedes Mal sah er sich im Traume im Wasser im Sog verschwinden, mit den Armen rudernd und still aufgebend, jedes Mal setzte für einen Moment sein Atem aus. Jedes Mal sah er sich auf den Meeresboden sinken und dort träumte er weiter von Meerjungfrauen und silberschimmernden Nixen mit prallen Brüsten. Birtje lag an die Wand gedreht und schlief schnell ein. Sein Kumpel Anton schnarchte über ihnen. Er musste noch einmal raus, nahm seine Zigaretten und ging aufs Crewdeck. Tania hatte ebenfalls den Drang, noch ein wenig frische Luft zu schnappen, sie ging immer wieder zu der Stelle der Reling zurück, an der Frau Silbereisen an ihr vorbeigeflogen war: die Stelle, die sie fast den Arm gekostet hätte. Der Suizid ging ihr nicht mehr aus dem Kopf. Tania und Hannes trafen sich nie auf ihren nächtlichen Spaziergängen. Nur Milo wusste Bescheid.

Ocho Rios, Jamaika

Frau Silbereisen war abgehakt, die Kreuzfahrt ging weiter durch einen strahlenden, himmelblauen Tag. Das ganze Schiff freute sich auf Jamaika. Ocho Rios, was für ein Name! Wasserfälle, Delphin-Buchten, ein ganzer Strandtag. Die gesamte Crew plante, von Bord zu gehen, da der Strand so herrlich nah am Hafen war. „Da kann man so fünf bis sechs Drinks schaffen in der Mittagspause", rechnete Anton aus. Tania nahm schon früh ihr Fahrrad, ging von Bord und fuhr mit Sonja, der Nachtstewardess, die als einzige auch ein Fahrrad besaß vier Kilometer in Richtung der berühmten Dunn's River Falls Wasserfälle. Leider ging es erstmal steil bergauf. „Huch! Seitenverkehrt!" Tania riss in letzter Sekunde das Lenkrad herum, nachdem ihr ein Kleinlaster entgegengerast kam. Sie konnte nur ganz knapp ausweichen. In Jamaika herrscht Linksverkehr, es war für Tania zu Beginn ihrer Radeltour gar nicht leicht, umzudenken und am linken Fahrbahnrand zu radeln. Auf dem Weg nach oben gab es einen Aussichtsturm, Tania war vollkommen außer Puste und hechelte: „Sonja, ich kann nicht mehr!" Auf dem letzten Stück kamen sie keinen Meter mehr voran, sie mussten ihre Räder den Rest bergauf schieben. Die Norway lag rechts unter ihnen, umrandet von weißem Sandstrand. Nach der Bergkuppe ging es bergab in Richtung Dolphin Coves, das Fahrrad nahm nun richtig Schwung auf. Tania musste das Lenkrad fest im Griff haben, sonst hätte sie durch die hohe Geschwindigkeit beim kleinsten Wackler stürzen können. Außerdem waren die Reifen ziemlich dünn, was das Kontrollieren des Rades noch erschwerte. Die ersten Touristenbusse überholten die beiden, meistens hupten sie, um das Überholen anzukündigen. Tania fürchtete sich auf ihrem Rad ein wenig vor den vorbeiziehenden großen Bussen. Die Dune River Falls waren ein Nationalpark. Tania hatte sich das sehr romantisch und verlassen vorgestellt und war, als der Park in Sichtweite kam, sehr geschockt über die vielen Busse, die schon auf dem Parkplatz standen. Erstmal Eintritt zahlen, irgendwie sah es aus wie in einem Vergnügungspark oder einer dieser riesigen Badelandschaften. Sie hörte schon Stimmwolken von juchzenden Menschen, die die Geräusche des Wasserfalls schon fast übertönten. Diese Wasserfälle sahen aus wie Stufenkaskaden, sie waren nur 180 m lang und 50 m hoch, mehr nicht. Die Steine drunter waren abgerundet und man konnte gut auf ihnen laufen. Ziel war es, durch die Wasserfälle zu laufen. Jedoch sollte man vorher die Klamotten ausziehen und zur Aufbewahrung in die dafür zur Verfügung stehenden kleinen, braunen Spinds aus Holz einschließen. „Die wollen doch nicht, dass ich mich ausziehe?“, empörte sich Tania. Das war ja wohl eine Frechheit! Sonja hatte offenbar damit gerechnet: „Doch! Bring deine Klamotten ins Trockene! In den Schrank da.“ Sonja versuchte schon ihre Sachen in einen dieser Miniaufbewahrungsmöglichkeiten zu quetschen und stand im Bikini vor ihr. „Aber ein Schloss für den Schrank kostet 5 Dollar“, wütete sie über die Abzocke. Tania wollte nicht durch den Wasserfall laufen oder baden, sie hatte an einen Spaziergang durch den

Regenwald gedacht und war enttäuscht. Und dann kam es noch dicker, Tania war entsetzt: „13 Dollar für Eintritt und Guide!? Sind die irre?“ Die Gruppen gingen mit je einem Guide in einer Reihe hintereinander händchenhaltend, wie bei einem Kindergartenausflug am Bus vorbei und aufwärts an den Kaskaden entlang. Überall waren Menschenketten, manche planschten in kleinen Wasserbecken. Es war noch schlimmer, als in einem Freibad, stellte Tania angewidert fest. Sie wollte so schnell wie möglich weg von diesem Ort. „Ich geh da nicht rein! Sorry, mir ist das zu blöd!“, sagte sie und wollte sich schon zum Gehen umdrehen, als Sonja ihr ihre Klamotten unvermittelt in die Arme drückte und erfreut flötete: „Prima, dann kannst du ja meine Sachen nehmen.“ Tania stand da, fassungslos über die Dreistigkeit ihrer Kollegin, die bereits Kurs auf ein Badebecken nahm. Es blieb ihr wohl nichts Anderes übrig, als auf sie zu warten, sie setzte sich frustriert auf eine Bank. Tania sah Craig und Dave im Wasserfall umherlaufen. Craig kämpfte damit, seine Kamera zu schützen, die um seinen Hals vor seinem Bauch hing. Sie hatten wahrscheinlich zum ersten Mal eine Badehose an, ihre Haut war kalkweiß. Tania beobachte die vielen Menschen, kein einziger Platz war menschenleer. Sonja war ohne Guide allein auf halber Höhe und winkte. Wieso haben die alle an so einem Scheiß ihre Freude? Tania war schlechtgelaunt. Craig stand unten und fotografierte den badenden Dave, seine Brille war beschlagen. Sie langweilte sich. Draußen gab es wieder mehrere Verkaufsstände mit Kunsthandwerk. Eine Malerin malte auf 30x40 cm großen Leinwänden schwarze, dicke Frauen auf

Marktplätzen sitzend, mit Kindern an der Brust, in kräftig bunten, aber einfachen Farben. Sonja kaufte später eines der Bilder für 30 Dollar. Tania nahm sich vor, bei nächster Gelegenheit Leinwände, Farben und Pinsel zu kaufen und selbst schwarze Frauen mit dickem Po zu malen. Tania fand, der Ausflug nach Ocho Rios war der übelste Ausflug von allen gewesen, der Karibikzauber war endgültig entmachtet. Sie fuhren zurück, wieder bergauf bis zur Bergkuppe, dann bergab bis nach Ocho Rios an den Strand. Die halbe Crew war bereits versammelt, der Rest lag verteilt in runden Handtuchgruppen im Sand. Sandra kurvte auf einem Jetski am Strand auf und ab. Die Küchencrew hatte eine Bar in Beschlag genommen. Sie tranken Cuba Libre aus Plastikbechern, manche kifften. Birtje und die anderen Zimmermädchen lagen nicht weit von der Bar entfernt vorne am Wasser und cremten sich gegenseitig die Rücken ein. Es roch angenehm nach Sonnencreme, die Köche fanden das äußerst spannend und beäugten die Cremebewegungen der Frauen genau. Tania legte sich neben Sonja zu den anderen Frauen. Alle lagen auf ihren Handtüchern, streckten ihre Beine aus und genossen die freien Stunden in praller Sonne. Tania war immer noch langweilig, unruhig wie sie war, stand sie auf und ging den Strand entlang. Sie wollte eine kleinere Bar ohne Köche finden. Am hinteren Teil des Strandes sah sie nun auch einige Passagiere der Norway unter Schirmen liegen. Die Händler zogen mit Kühltaschen durch die Reihen und riefen: „Coca, Coca, Beer, Beer!“ Drei der Händler versammelten sich vor zwei Liegen, auf denen zwei Amerikanerinnen lagen. Tania war neugierig, was es zu sehen gab. Als sie näher kam, verschlug es ihr den Atem. Die Linke der beiden Frauen lag oben ohne da, sie hatte eine lilafarbene XL-Bikinihose mit pinkfarbenen Punkten an. Ihre weißen Brüste sahen aus wie Germknödel und hingen seitlich runter, unter den nicht rasierten Achseln. Ihre dunkelroten Brustwarzen hatten um den Warzenhof lange dunkle, borstige Haare, die sich von der weißen Haut gut abhoben. Ihre Beine waren gespreizt, die Füße steckten im Sand. Man sah ihre Wolle zwischen den Beinen, außerdem waren die Innenschenkel bepelzt und hatten leichte rote Pickel, vielleicht eine Sonnenallergie, die sie jetzt mit frischer Luft an gespreizten Beinen heilen wollte. Die Beine waren schon krebsrot. Auf dem linken Fuß lag ein blaues Handtuch, um vor Verbrennung 3. Grades zu schützen. Sie hatte sich ihr Gesicht mit einem kleinen Tuch abgedeckt und konnte nicht sehen, wie sie von so vielen Augenpaaren angestarrt wurde. Die Rechte hatte auch einen lilafarbenen Bikini an, trug aber wenigstens das dazugehörige Oberteil. Sie hatte ihre Füße bis zu den Schienbeinen mit einer Bluse versteckt, aber ebenfalls die Beine gespreizt. Im Gegensatz zu den Füßen war ihr Schritt, an dem sich ein bisschen Feuchtigkeit abzeichnete, nicht bedeckt. Feucht vom Schweiß vielleicht. Tania ließ sich in den Sand fallen, sie nahm ihre Kamera aus der Tasche und fotografierte die Szene. Sie war nah dran, die Frauen schämten sich nicht. Tania schämte sich für die Frauen, schämte sich für diese beiden Amerikanerinnen. Auf Jamaika gingen drei Crewmember verloren, einer ging ins Krankenhaus, zwei gingen in den Knast. Ein Kellner aus Portugal verletzte seinen Kollegen mit dem Jetski böse an der Hand, weil er, aus welchem Grund auch immer, mit dem Jetski über ihn drübergefahren war, und zwei Künstler aus dem Musical kauften Marihuana leider von einem Zivilpolizisten. „Die sind drauf aus, Amerikaner zu verhaften, vielleicht gibt das Prämien." Tania hatte mit Milo beim Zurückkommen ein Wort wechseln können. „Drogenhändler und Polizisten stellen naiven Touristen gemeinsam Fallen."

„Warum sagst Du mir das erst jetzt?" Auch wenn es schien, dass auf Jamaika alle kifften, rauchen und der Besitz von Ganja war verboten. „Auf Jamaika wirst Du sofort in den Knast gesteckt und nach Amerika ausgeliefert." Der Hafenagent bekam drei Pässe überreicht. Tania dachte an ihre Erlebnisse auf Barbados und war unglücklich, weil das Bacardi-Feeling, das sie sich so erhoffte, einfach nie aufkommen wollte. Abends an Deck schrieb sie traurige Briefe.

Lieber Italo,
Du denkst, ich bin hier ja so halb im Urlaub. Aber Urlaub ist nur dann wirklich Urlaub, wenn die Tomaten rot sind und süß. Und wenn der halbe Liter Wein echte Fülle bringt, wenn das Wasser wirklich salzig riecht und bis zum Horizont meine Gedanken trägt. Ein See hat irgendein Dorf auf der anderen Seite und es gibt nie richtig Wellen. Auch ein Berg begrenzt den Horizont. Inspiration ist nur dann wirklich Inspiration, wenn die Gedanken über die Wellen hüpfen können und gleiten, und tauchen und sich verlieren – abgetrieben, schiffbrüchig oder mit

einem Rettungsring gerettet werden.
Nie werde ich Angst haben vor brechenden Wellen. Sollen sie mich mitreißen und an Land spülen, auf Steine. Angst hätte ich nur, wenn keine Wellen mehr kämen, wenn die Gezeiten ausblieben oder wenn mir ein Mann verbieten würde, ins Wasser zu gehen.
Einen Salzkuss, Tania

Für Tania gab es keine Glückseligkeit, ihre Seele flog ewig davon und war auf der Suche. Aber war Italo es auch?

San Juan, Puerto Rico

Franc und Tania hatten sich wieder verabredet für den Hafen in San Juan. Tania freute sich sehr darauf, ihr Herz tanzte. Sie hatte bis 14 Uhr Dienst, wollte aber nach ihrem Feierabend wenigstens für zwei Stunden mit Franc das Festland betreten. Die Norway hatte direkt am Kai in Old San Juan festgemacht. Maggies Vater hatte mit der Elegance an der Pier im Gewerbehafen anlegen müssen. Maggie musste dorthin ein Taxi nehmen.

Es sah aus, als stünde die Norway wie ein modernes Haus zwischen Altbauten. Keine zehn Meter entfernt saßen Männer unter einem riesigen Baum mit alten Wurzeln, der wahrscheinlich noch älter war als Kolumbus, und spielten Domino. Der spanische Singsang war wie Musik für Tanias Ohren. Franc spürte, wie Tania aufblühte. „Auf einer spanischen Insel geht's mir gleich viel besser. Ach, ist es nicht herrlich!", rief sie in Hochstimmung. Tania fühlte sich seit langem Mal wieder wohl auf einem Grund und Boden.

Sie fand einen Kiosk am großen Kirchplatz und kaufte einen Stern.

Die Überschrift versetzte ihr einen Schlag. „Hier, Franc, lies mal!", sagte sie bedrückt und hielt Franc eine Zeitschrift hin.

Für einen Moment herrschte Fassungslosigkeit im Senat, als Senator Edward Kennedy berichtete, das Pentagon habe bereits 45.000 Leichensäcke in die Golfregion geschickt, bei 430.000 Mann. Das Militär korrigierte ihn später: Bestellt wurden „nur" 16.099 body bags. (Zitat Stern 4'91)

„Krank!", sagte Franc, nachdem er fertig gelesen hatte. „SEHR krank", erwiderte Tania und fügte hinzu: „Wann hört das da endlich auf?"

„Jolie puce, bald, leg die Zeitung weg. Lass uns ein paar schöne Stunden verbringen und nicht daran denken." Obwohl die Insel Puerto Rico zu den Vereinigten Staaten gehört, bezeichnen sich nur 10 Prozent der Puerto-Ricaner auch als US-Amerikaner. Sie stammen zu 87 Prozent von Spaniern oder von afrikanischen Sklaven ab und sind durchweg Christen. Die Landessprache ist bis heute nicht Englisch. Tania und Franc schlenderten durch die alten Gassen, die kleinen Eisenbalkone an den Altbauhäusern aus der Kolonialzeit sahen teilweise schon recht mitgenommen aus, die Menschen hingegen strahlten Gelassenheit aus. Es gab überhaupt keine Souvenirläden oder fliegende Händler. „Ach, hier möchte ich wohnen, in der Calle Luna, der Straße des Mondes. Ist es nicht schön?" Auf dem großen Platz an der Kathedrale San Bautista flog ein Schwarm Tauben auf. Tania und Franc hielten sich an der Hand, wie ein Pärchen. Sie lachten und kicherten. Es fühlte sich für Tania so vertraut an, so als wären sie wirklich ein Paar. Franc schien auf irgendetwas zu warten, er verhielt sich ein wenig passiv, ließ Tania entscheiden und beobachtete sie vorsichtig aus dem Rückraum, er drängte sie zu nichts. In einer alten Bar tranken sie einen Piña Colada, der kam hier nicht in Plastikbechern, sondern in einem kleinen Holzfass. Sie sahen sich tief in die

Augen, Tania konnte den Blick nicht halten und alberte deshalb herum. Ein paar Ecken weiter gab es einen Kiosk, der Bacalitos verkaufte. Tania sprach mit dem Verkäufer, bevor sie für Franc übersetzte: „Es ist gebackener, frittierter Kabeljau. Sieht aus wie Kartoffelpuffer." Er verkaufte den beiden zwei Portionen, zum Essen setzten sie sich auf die Treppe eines alten Hauseingangs. Die Füllung war ordentlich scharf und mit den Samen des Annattostrauchs gemacht. Es schmeckte köstlich, Tania leckte sich jeden Finger einzeln ab, nachdem sie aufgegessen hatte. „Hier möchte ich noch mal hin."

„Ich spreche kein spanisch. Ich kann hier leider nicht arbeiten, ma jolie puce." Ein Gespräch kam überhaupt nicht in Gang. Wann endlich nahm er sie in die Arme? Wann endlich küssten sie sich? Sollte Tania den ersten Schritt wagen? Tania plapperte über das Knistern hinweg: „Aber ist es nicht verrückt, wie anders diese Insel hier ist, obwohl sie amerikanisch ist?" Franc konnte nur Nicken. Tania fand sie redete Unsinn. Es tat weh, sie versuchte ihre angestauten Gefühle loszuwerden. Sie wusste nicht, wie sie mit Francs Stummheit umgehen sollte. Das einzige, was er erwiderte, war: „Scheiß auf Amerika!"

Er sah ihr kurz in die Augen, dann senkte er seinen Blick, setzte an etwas zu sagen, verstummte aber wieder. „Gut, dass Dich niemand hört, Franc!"

Beim zweiten Anlauf brachte er aus zusammengepressten Zähnen nur einen kurzen Satz hervor: „Ich werd gehen, jolie puce." Jetzt war es raus. Er traute sich nicht aufzublicken, ihr in die Augen zu sehen. Er hatte Angst vor ihrer Reaktion, Angst davor, dass sie seine

Entscheidung wieder ins Wanken bringen könnte.

„Ich habs geahnt... Da hast Du aber lange gebraucht, um mir das zu sagen!" Tania sah ihn an und seufzte laut auf. Vielleicht wusste sie schon länger, dass für Franc die Reise allmählich zu Ende ging. „Kommst Du mit? Gehen wir nach St. Martin?" Eine lange Pause entstand, sie sahen sich tief in die Augen. Tania war sich sicher, dass sie nicht in der Karibik bleiben wollte. Die Trauer darüber, Franc zu verlieren, schnürte ihr die Brust zu. „Ach Franc, ich weiß überhaupt nicht, was ich will", rief sie verzweifelt, sie musste sich zusammenreißen, um nicht laut loszuheulen.

„Komm, lass uns gehen", sprach er so sanft er konnte, reichte ihr seine Hand und half ihr hoch. Tania fühlte ein tonnenschweres Gewicht auf sich lasten, es drückte sie zu Boden. Auf dem Weg zurück zum Schiff, den sie weitestgehend schweigend zurücklegten, fand Tania kurz vor dem Hafen eine kleine Boutique, die aus bunten Stoffen genähte Hosen und Jacken verkaufte. Sofort stach ihr eine besonders grellbunte Jacke ins Auge. „Mir wird schwindelig, wenn ich dich ansehe in der Jacke." Franc schüttelte sich, trotzdem kaufte Tania sie. Sie sah darin aus wie eine Clownin. Sie war aufgekratzt, sie ging nicht zurück zum Schiff, sie hampelte zurück. Franc atmete tief durch, an der Gangway gab es einen letzten Blick, der noch alles hätte ändern können. Tania hatte nicht den Mut, zu ihm zu gehen, sich in seine Arme zu stürzen, mit ihm neu anzufangen. Seit sie Franc näher kennengelernt hatte, war sie der Meinung gewesen, sie würde ihm überallhin folgen wollen, aber sie hatte sich geirrt. Sie küssten sich unter Milos Augen viermal auf die Wangen, ganz anständig und zurückhaltend, dann gingen sie jeder zu ihrer eigenen Kabine. Noch in der Kabine konnte sie den herben Geruch von Franc an ihrer Jacke riechen. Sie hatte nicht den Mut besessen, ihren Gefühlen freien Lauf zu lassen, zum ersten Mal wusste sie, sie wollte nach Hause. Aber wo war das? Tania hatte keine Antwort, sie kämpfte gegen die Langeweile. Sie setzte sich betrübt vor das Photo Lab und fand in den Mülltüten die anderen Orte von San Juan. Da war endlich ihr Bacardi-Strand! Es gab ihn wirklich! Das Meer war unverschämt türkisblau, der Sand weiß, kurze Palmen säumten den Strand mit grün-weißen Liegen. Als wollte sie jemand ärgern, zog sie Fotos aus der Tüte, die sogar die Bacardi-Distillerie zeigte.

Die Distillerie war ein größerer weißer Kasten, der aussah wie ein Flughafengebäude inmitten eines Parks, der leider nicht mit Bäumen oder Blumen bepflanzt war, sondern mit Rasen, wie auf einem Golfplatz. Innen gab es die große schwarze Fledermaus, die einen Brunnen zierte, sie wurde von allen Seiten fotografiert. Man konnte dort alle möglichen Dinge kaufen und natürlich Rum probieren. Dabei saß man in großen Gruppen unter einem merkwürdig, dreieckigen Trapez-Dach zusammen. Für Tania sah es sehr ungemütlich, fast klinisch aus und sie war froh, den Tag mit Franc verbracht zu haben, wenn er auch so traurig endete. Andere Passagiere hatten die Tour zum Castillo de San Felipe del Morro gebucht, eine sehr imposante Festung aus dem 16. Jahrhundert. Offenbar gab es nur ein einziges Motiv dort: Alle standen einzeln, in Paaren oder gruppeweise, dann in anderen Konstellationen vor ein und derselben Wand. Für Tania waren es nichts weiter als hässliche Steinmauern. Die meisten Besucher hatten auf den Fotos ihre Sonnenbrillen aufgelassen oder ihre Schirmmützen tief ins Gesicht gezogen, man sah keine Augen, was Tania sofort störte. Für sie war es einfach kein schönes Foto, wenn man das Gesicht nicht ganz sah. Tania ahnte, dass sie nichts verpasst hatte in San Juan, außer einem Neustart mit Franc. Sie griff in ihre neue Jacke und vergrub ihr Gesicht darin. Sie saß auf dem A-Deck und wollte schreiben:

Lieber Italo,
ich komme zurück.

Unvermittelt riss sie die Seite aus ihrem Block heraus und zerknüllte sie. Sie versuchte es noch zwei Mal, dann gab sie auf und ging zurück zu ihrer Kabine. „Heute Abend betrinke ich mich“, kündigte sie sich lautstark selbst an, als sie die Kabinentür hinter sich zuzog. Tania steuerte am Abend zielsicher auf Carlos Tresen zu. „Gin, Carlos. Viel Gin. Wenig Tonic.“ Keine Stunde später war Tania so dermaßen betrunken, dass sie eigentlich nicht mehr stehen, nicht mehr tanzen und erst recht nicht mehr laufen konnte, aber sie hatte sich fest vorgenommen, Franc zu suchen. „Carlos, hast Du Franc gesehen?“, lallte sie.

„Den kleinen Franzosen, nein. Was hast Du vor mit ihm?“ Tania hatte sich Mut antrinken wollen, jetzt hatte sie fast schon zu viel getankt, um es umzusetzen. Sie hatte mit einem Mal so große Sehnsucht nach Zärtlichkeiten und nackter Haut. Sie wollte es unbedingt wissen. Auf dem Weg durch die Schotten stolperte sie einige Male und stieß sich mehrfach die Ellenbogen an den Eisentüren an. Sie ging an ihrer Kabine vorbei, in die andere Richtung. Milo hatte ihren Weg verfolgt, er schlich wie immer im parallelen Gang auf der Steuerbordseite versteckt mit. Tania schlug an Francs Tür. „Franc, Franc! Tu es là?“ Aus der Kabine kam keine Antwort. „Franc, bitte mach auf“, wimmerte sie, ihre Knie gaben nach. Sie rutschte an der Tür herunter, ihr war schwindelig. Milo tauchte plötzlich hinter ihr auf, packte ihren rechten Arm und zog sie hoch. „Tania, komm, ich bring Dich zurück“, sagte er, während er versuchte, sie aufrecht zu halten. „Milo, nein, nein“, lallte sie, „ich will nicht in meine Kabine. Nicht in die Kabine. Betty will ich nicht sehen! Ich kann sie nicht ertragen!“ Milo stützte sie. „Tania, Du bist wirklich sehr betrunken.“ Plötzlich kam Tania eine fabelhafte Idee, um nicht in ihre Kabine zurück zu müssen. „Kann ich bei Dir schlafen, Milo?“, säuselte sie. „Komm.“ Milo sah sie kurz an, nickte und brachte sie in seine Kajüte. Es roch nach frischem Duschgel, sie fiel aufs Bett. Sie sah kurz ein Foto von Marisol und anderen Frauen in den Bilderrahmen auf dem Bettregal. „Keine Betty… Du hast mich gerettet!!! Herrlich!“ Ab da wusste Tania nichts mehr. Als sie am nächsten Morgen wach wurde, wusste sie nicht, wo sie war. Der Kopfschmerz war so heftig, dass sie erst einmal ihre Gedanken sammeln musste. Sie lag in Milos Bett. Sie griff unter die Decke und atmete erleichtert auf, sie hatte T-Shirt und Slip an. Sie wusste nicht, was passiert war. Milo kam mit einem Kaffee herein und sagte lächelnd: „Here my dear.“ Tania konnte ihm einfach nicht in die Augen sehen, sie musste hier sofort raus. Sie sprang mit einem Satz aus dem Bett, griff sich ihre Sachen und verschwand wortlos mit gesenktem Blick. Milo stand mit dem Kaffee in der Hand da, wie ein begossener Pudel. Betty schlief noch. Tania hatte Frühdienst, sie sprang unter die Dusche und versuchte, den Kater abzuwaschen. Zurück in ihrer Kabine sprühte sie absichtlich Deo in Richtung schlafender Betty. Ihre Dienstklamotten juckten auf der Haut. Sie schlich im Treppenhaus mehr die Stufen hoch, als das sie ging. Sandra war viel zu gut gelaunt:

„Hi there!“

„Hey Sandra“, grüßte sie und merkte erst jetzt, dass ihre Stimme kratzig war. „Was ist los, was schaust Du so bedröppelt?“, stutzte sie. „Ich hab Scheiße gebaut“, gestand Tania halblaut und gab aber mit einer Handbewegung zu verstehen, dass sie nicht darüber reden wollte. Sandra verkaufte, wie immer kurz vor Rückkehr nach Fort Lauderdale, Briefmarken wie geschnitten Brot. Viele nutzten die kostenlosen Postkarten, auf denen die Norway irgendwo im Ozean zu sehen war. Sie lagen an der Rezeption zum Mitnehmen aus. Viele wollten noch schnell die Urlaubskarte einstecken, bevor es nach Hause ging. „Manche sind zu geizig, um sich schönere Motive zu kaufen. Ist das nicht furchtbar?“ Sandra war es, die einen Gummibefeuchter angeschafft hatte und sie war die einzige, die daran dachte, diesen auch gelegentlich mit Wasser aufzufüllen. Geschuldet war das vorherigen Kreuzfahrten, auf denen sie netterweise das Briefmarkenaufkleben übernommen hatte, allerdings mit ihrer Zunge. Die Zunge klebte bereits nach einer halben Schicht am Gaumen fest, auch das Spülen mit Corona nach Dienstende kam gegen den Klebstoff und den faden Geschmack nicht an. Tania hielt bis Dienstende durch, danach ging sie in ihre Kajüte und schlief. Draußen war es sehr heiß geworden, die Royal Norway lag nun schon den 7. Tag im prallen Sonnenschein. Die Gäste verbrachten die Stunden lieber in den kühl klimatisierten Räumen, an Deck war fast niemand. Nur eine dicke Frau schwamm zwei Stunden Buch lesend im Pool, ihr Mann schlief mit Sonnenbrille und Kappe und unter einem dicken Frotteetuch im Schatten des oberen Decks. Hannes hatte seit ein paar Tagen die Vorhänge in seiner Kajüte zugezogen und die Vorhänge seines Herzens auch. Er hatte mit Birtje aus dem Nichts einen Streit begonnen und eigentlich ging es auch um nichts. Sie hatte mal wieder einen ganzen Stapel Postkarten an ihre Verwandten geschrieben, zwei davon hatten nicht die Standardgröße, es waren Motive mit irgendwelchen kleinen Babys, die in Blumentöpfen saßen und einen Bienenhut aufhatten. Birtje fand die süß, sie wollte eine dieser Karten an ihre Schwester schicken und eine an ihre Freundin Carol, die zuhause im schwedischen Malmö schon zum zweiten Mal Mutter wurde. „Was sind das für hässliche Karten", grummelte Hannes Birtje an. „Sind sie nicht!" Birtje fand nie genügend Kraft, um ein gewichtiges Argument dagegenzuhalten. „Du wirst dreifach frankieren müssen."

„Was? Das hat aber niemand gesagt!", erwiderte sie kleinlaut. „Warum sollte das jemand sagen, dann kauft die Karte doch keiner." Hannes war angriffslustig. Sie war sich nicht sicher, ob das stimmte oder er sie nur ärgern wollte.

„Das können sie einem doch mal sagen. Drei Marken passen von diesen Riesendingern doch gar nicht drauf, dann kleb ich ja über die Adresse oder den Text." „Dann kleb die Marken knapp übereinander, hintereinander, sodass man sieht, dass du drei Marken hast", sagte er unwirsch. „Hannes, kannst Du Sandra bitte nach anderen Marken fragen." Hannes stöhnte. „Birtje, das kannst Du selber, Sandra hat Frühdienst und die Post geht sowieso erst im nächsten Hafen weg." Birtje legte ihren blonden, hilflosen Blick auf, aber er wollte diesmal nicht darauf reagieren. Für ihn war das Gespräch beendet, er knallte die Tür von Birtjes Kabine zu und war verschwunden.

Der Calypsolunch wurde aufgrund der Hitze nach innen verlegt, sonst wäre die Mayonnaise geschmolzen, bevor sie gegessen werden konnte. Das Roastbeef hätte grün ausgesehen, die italienische Mortadella hätte sich an den gepökelten Stellen um die Fettaugen zusammengezogen und sich danach dunkelbraun verfärbt. Sie hätte dann ausgesehen wie eine indonesische Pilzart. Die Menschen hatten nicht so großen Appetit bei der Hitze, die Barkellner hingegen hatten viel zu tun, keiner kam mit den Getränken nach. Das Tontaubenschießen wurde auf die Abendstunden verlegt. Der Abend brach an und das Schiff begann wieder zum Leben zu erwachen. Beim Tontaubenschießen versuchten sich mehr als zehn Leute, im Bridgeraum tummelten sich die gleichen Runden. Als gäbe es auf den Inseln nichts zu kaufen, waren die Shops doppelt gut besucht, die Verkäuferinnen verkauften Tücher und Schals, maritime cremefarbene Baumwollpullover mit blauen Streifen und V-Ausschnitt waren der Renner. Wenn so einen erstmal einer anhatte, dann mussten die anderen auch einen kaufen. Franc und seine Kollegen erschienen ausgeschlafen und frisch geduscht zum Dienst und bereiteten den vorvorletzten Abend der 187. Royal Norway Cruise vor. Es stand, anders als sonst, eine kalte Gurkensuppe anstelle der sonst warmen Suppe als Zwischengang nach den Appetizern auf dem Menü und es gab gerollte Fischfilets auf Dillgemüsebett und Schweinefilets in Blätterteig, die zart rosa auf Hannes' Sauce lagen, die er noch leicht mit Roséwein und Rosmarin abgeschmeckt hatte. Franc deckte das Fischbesteck zusätzlich ein. Der Schmuckladen setzte an diesem Tag drei der teuren Bernsteinringe ab. Auch das Casino hatte seinen stärksten Umsatz immer am vorvorletzten Tag einer Cruise. Das war der Tag, an dem die Limits am Tisch auf 50 Dollar auf Zahl hoch gesetzt wurden. „Kommt ihr Süßen! High-Roller-Tag." Lady Rubenstein hatte bislang 300 Dollar auf Rot verspielt und setzte nun 600 Dollar, wieder auf Rot. Ihre Hände waren von Natur aus tatterig, daher konnte sie ihre zittrige Aufregung ganz gut verstecken. Die alten Damen hatten ihr ganz eigenes Prinzip, was sie verloren hatten, setzten sie nun doppelt ein, auf einfache Felder wie Rot oder alles auf Schwarz. „Lady Rubenstein, werden Sie ihre Taktik noch ändern?", wollte Mr. Goldberg wissen. Sie lächelte und erwiderte: „Aber nein, Darling. Die Wahrscheinlichkeit wird immer höher, je häufiger ich dasselbe spiele." Er bewunderte Frau Rubenstein und machte ihr deshalb alles nach. Er setzte schon zum dritten Mal 50 Dollar auf seine 11 direkt, 50 Dollar zwischen 8 und 11, dann auch in Reihe, im Drittel, im Carre und kündigte dann noch stolz „die 8 mit den Nachbarn! 8-2-2!“ an, die beiden Nachbarn zur Linken und zur Rechten im Roulettekessel, und setzte damit auch auf die 11, 30, 8, 23, 10. Sein Einsatz betrug 450 Dollar. Der Casino Mann Andy war ganz entspannt, er hatte die Frühschicht in Bettys Bett verbracht. Pro Runde durften 1.000 Dollar Einsatz nicht überschritten werden. Eigentlich freute er sich immer, wenn die Spieler gewannen, denn je mehr sie gewannen, desto großzügiger fiel das Trinkgeld aus und davon lebten die Casinodealer nun mal. Und trotzdem fühlte er sich immer wie ein Versager, wenn er nun ausgerechnet die Zahl im Kessel warf, für die er am meisten ausschütten musste. Sein Kopf rechnete es sich jedes Mal aus. Kommt die 11, 35x50 für direkt, Cheval 8/11:17x50, die Straße die Transversale pleine 11x50, Drittel: 2x50, im Carre 8x50, die Nachbarn auch noch einmal 35x50 und die Einsätze zurück. 5.950 Dollar nur an diesen Mann. „Lieber Gott, Maria und Josef, Mohammed, Vishnu, nicht die 11! Nicht die 8, am besten was Rotes im unteren Drittel, die 25 oder so“, betete er im Stillen vor sich hin. Milo hatte seinen Dienst begonnen und lief seine erste Runde am Deck unter der Brücke. Er ging an Tanias Kabine vorbei und schob ihr einen Brief unter dem Türschlitz hindurch. Andy lies die Kugel rollen, sie drehte sich dreimal im Kessel, dann sagte er in schlechtem Französisch: rien ne vas plus (übersetzt: nichts geht mehr) und schlagartig zog die spielende Gesellschaft die Arme mit den Chips in der Hand zurück. Lady Rubinstein hatte noch kurz zuvor einen 10er auf Schwarz gesetzt und teilte den anderen grinsend und lautstark die Begründung für ihr Handeln: „Damit ich ein bisschen Freude hab, wenn Rot doch nicht kommt!“ Die Kugel kam außen erst über die 0 angerollt, zog schräg an der roten 25 vorbei in den inneren Teil des Kessels, klackte über die 6, rutschte weiter in die nächste Zahl und übernächste, an der schwarzen 13 und der roten 36 vorbei, Lady Rubinstein schrie laut auf. Die Kugel schepperte mit letzter Kraft in die 11. Andy stöhnte. Der Casinomanager wechselte ihn aus, nachdem er alle ausgezahlt hatte. Es entstand eine Pause am Roulettetisch, Zeit für Drinks und Zigarren.

Es war Tanias freier Abend, sie nahm Milos Brief mit in die Kantine, und wollte ihn später lesen, in aller Ruhe. Nach dem Essen saß sie, wie sonst auch, am Ende des A-Decks auf den Tauen. Gunnar kam zu Tania gelaufen. „Hast Du Milo gesehen?“, er war sichtlich besorgt. „Nein, Gunnar, seit langem nicht.“ Gunnar stutzte: „Komisch, er ist zwar zum Dienst erschienen, aber er hat sich nicht bei den üblichen Posten gemeldet.“ Auch Tania war nun besorgt: „In seiner Kabine habt ihr schon nachgesehen?“ Gunnar nickte: „Ja klar, da ist er nicht.“ Tania hatte Milos Brief als Lesezeichen in das Buch gelegt, sie warf einen kurzen schuldbewussten Blick darauf, denn sie hatte ihn noch nicht gelesen. Sie legte ihr Buch beiseite und beobachtete, wie Gunnar bis zum Mittelschiff rannte und dort das große Fernglas aus der Halterung zog. Während er damit auf die See starrte, kam Tania zu ihm gelaufen. Gunnar so in Aufregung zu sehen, war überhaupt kein gutes Zeichen, das wusste Tania. Er starrte aufs Wasser hinaus. Und da sah er es:

Etwas Helles schwamm auf einer Welle! Was war das? Ein Wellenkamm? Tania, die an der Reling hing und in dieselbe Richtung spähte, traute ihren Augen nicht. Ein Körper schwamm auf dem Wellenkamm und es sah aus, als riefe er permanent Dinge, die sie nicht verstand. Gunnar hatte es auch gesehen und schrie sofort in sein Walkie: „Cooood Oscar! Code Oscar! Starboard!" Der Kapitän ließ sofort die Maschinen stoppen. Gunnar rannte auf das untere Deck und löste so schnell er konnte den Rettungsring. Sandra hatte über Deck sofort „Code Oscar" ausrufen lassen. Gunnar warf den Ring mit aller Kraft, die er aufbringen konnte, ins Wasser. In wenigen Sekunden waren alle auf der Brücke, die dem Code Oscar-Team angehörten. Hannes kam angelaufen und stammelte aufgeregt: „Habt ihr Milo gesehen? Wo ist er?" Er war ganz außer Atmen. Gunnar wollte gerade antworten, als er bemerkte, dass Tania nicht mehr hinter ihm stand. Panisch schrie er: „Wo ist Tania, sie war doch eben noch hier?" Er sah sich hektisch um. „Da!", schrie Hannes, er zeigte auf die Wellen, „da ist sie!" Gunnar raufte sich die Haare: „Verdammt, sie ist reingesprungen!" Hannes verstand nicht: „Aber warum?" Gunnar fuhr ihn an: „Scheiße! Hannes siehst Du, da hinten? Da hinten!" Hannes nahm sein Sichtgerät. „Es ist Milo! Sie ist ihm hinterher gesprungen." Das Schiff drehte sofort bei, Kapitän Haugen und Gunnar Holmberg gaben die nötigen Anweisungen. Als das Schiff stand, bestiegen sie das Rettungsboot. Hannes kletterte als erster ins Boot, um das Abfieren vorzubereiten, er machte sich wahnsinnige Sorgen um die beiden. Würden sie es schaffen, sie zu retten? Neben dem Boot entdeckte

Gunnar Milos Schuhe und seine blaue Uniform, sauber zusammengefaltet auf einem Deckchair. Er hob sie traurig den anderen entgegen und rief dennoch mit Nachdruck: „Jetzt aber los!" Das Boot fierte ab und zog auf die offene See. Passagiere wie Crewmember standen auf allen Decks an der Steuerbord Reling und verfolgten das Geschehen. Hannes hielt Ausschau nach Tania. Ihm wurde siedend heiß klar, dass Tania Milo gesehen haben musste. Sie war ihm einfach hinterher gesprungen! Warum riskierte sie das? Und was um Himmels Willen war mit Milo los? Tania hatte nicht eine Sekunde darüber nachgedacht, sie war einfach gesprungen. Sie hatte Milo erkannt, als ein Wellenkamm seinen schwimmenden Körper anhob. Sie hatte sein Gesicht gesehen. Tania war ihm ohne zu zögern sofort hinterher gesprungen, sie zog nur schnell ihre Schuhe und ihre Jacke aus. Der Aufprall auf dem Wasser aus 13 Metern Höhe war so hart, dass ihr Fuß an der Stelle, mit der sie zuerst auf dem Wasser aufgekommen war, brach. Sie tauchte nun endlich in ihr lang ersehntes Geblubbel und Gegurgel aus weißer Gischt ein, sie wurde tiefer und noch tiefer gezogen, obwohl ihre Lunge eigentlich schon nach oben wollte. Aber wo war oben? Tania öffnete im Wasser die Augen, es war schwarz um sie herum, nicht grün und auch nicht blau, wie sie geträumt hatte. Sie war inmitten eines lauten Grollens und Rasens. Sie hielt für einen Moment still, ihre innere Stimme war nicht weggespült worden. Sie riet ihr sanft: Beruhige Dich. Lass Dich für einen Moment treiben, rudere nicht mit den Armen. Halt still und vertrau!

Trotz der Schwärze um sie herum, spürte sie, wie ihr

Körper sich von allein drehte, alles beruhigte sich, der Sauerstoff in ihrer Lunge gab ihr Auftrieb und zeigte ihr den Weg nach oben. Als ihr Gesicht endlich den Wellenkamm durchbrach, schrie sie laut auf. Das Schiff, der beleuchtete Riesenkasten, war weit weg, sie sah, wie sie mit Suchscheinwerfern das Meer ableuchteten. Das Schiff kam ihr vor wie ein kleines Nichts. Sofort begann sie, den Rettungsring zu suchen, den Gunnar kurz vor ihrem Sprung ins Wasser geworfen hatte. Sie hatte unfassbares Glück, sie sah ihn, keine 50 Meter entfernt auf den Wellen tanzen. Mit langen Zügen schwamm sie dem Ring entgegen und tauchte von unten hinein. Panisch rief sie nach Milo. Sie konnte nichts sehen, sie drehte sich im Ring hektisch nach allen Seiten, schrie so laut sie konnte seinen Namen – „Milo, Milo, wo bist Du?“ – und begann, weiter vom Schiff weg in irgendeine Richtung aufs Meer raus zu schwimmen. Sie schrie nach ihm, immer und immer wieder: „Milo, wo bist Du. Milo, melde Dich!“ Es vergingen Minuten, gefühlte Stunden. Jetzt begann auch sie mit den Armen zu rudern. Hatte das Schiff bzw. die Crew ihren Sprung überhaupt bemerkt? Stand es oder entfernte es sich? Sie konnte von dort aus, wo sie sich gerade befand, nicht erkennen, dass das Rettungsboot schon längst auf dem Weg zu ihr war. Da hörte sie Milos Weinen. „Es geht nicht, ich kann nicht“, wimmerte er irgendwo nicht allzu weit weg von ihr in der tiefschwarzen Nacht. „Tania hilf mir, ich kann nicht sterben, ich kann nicht. Es geht nicht, ich kann kein Wasser schlucken.“ Tania hörte ihn nur und sah ihn nicht, sie paddelte so gut es mit dem schmerzenden Fuß ging in die Richtung, in der sie ihn seiner Stimme nach vermutete. Sie schrie: „Ich komme zu Dir, bleib, wo Du bist Milo! Ich komme!“ Das Wasser war sehr kalt geworden, der Schmerz im Fuß schien nachzulassen in der Kälte. Erst als sie fünf Meter in die Richtung geschwommen war, aus der das Weinen kam, sah sie Milo auf dem Rücken liegend, wie er in den Himmel blickte und bitterlich weinte. Sie tauchte aus dem Ring heraus, nahm ihn vor sich an die Hand und schwamm die letzten Meter in großen Zügen zu ihm. „Was machst Du denn, Du großer dummer Vollidiot, was machst Du denn?“ Sie war so erleichtert ihn zu sehen, dass der Ärger in ihr gänzlich verflogen war. „Tania hilf mir“, flehte er mit tränenerstickter Stimme. Milo kam ihr mit dem letzten Zug entgegen und griff zuerst nach dem Rettungsring, dann nach ihr. Er hatte sich offenbar an der Schulter verletzt, da er nur mit einem Arm schwamm. Endlich hielten sie sich auf dem Rettungsring hängend in den Armen. Sie weinten und umarmten sich. Milo schrie und heulte sich mit allem Schmerz, den er die ganze Zeit über in sich vergraben hatte, an Tanias Schultern und Hals aus. Der Rettungsring hielt sie beide gut fest. Milos Weinkrampf hörte nicht auf. Tania hielt ihn fest, bis sie sich nicht mehr bewegten, sich nur noch hielten, ohne Geräusche. Für einen kurzen Moment trat Stille ein. Eine Stille, wie sie kaum ein Mensch erlebt, außer jemand, der im Weltall ist vielleicht. Eine Stille ohne Boot, ohne Motoren. Eine Stille, die sich tief in ihren Seelen ausbreitete. Nur der universelle Klang des Ozeans war zu hören, nichts Störendes war zwischen Ozean und dem endlosen Himmel. In dieser Stille waren Tania und Milo vereint, nicht nur, weil sie beide an diesem Rettungsring hingen. Der Friede war eingekehrt, sie wurden getragen. Das Auf und Ab des Ringes hinterließ nur ein leises Wasserplätschern. Das Rettungsboot kam und weckte beide aus diesem Seelenfrieden. Als Milo Gunnar sah, weinte er wieder, vor Scham. Alle waren unendlich erleichtert und glücklich, die beiden gefunden zu haben, denn sie wussten über die minimalen Chancen, wirklich gefunden zu werden. Es war gut, gerettet zu werden, dachte sich Tania. Zurück an Bord standen einige Kollegen Spalier, auch ein paar neugierige Passagiere hatten ausgeharrt, leider machten einige von ihnen Fotos. Tania konnte bereits ihren erbärmlichen Körper, in Decken gehüllt, die triefenden Haare und das Gesicht, das voller Erschöpfung, aber Erleichterung in sich zusammengefallen war, auf den Entwicklungsbildern von Craig sehen. Dr. Larsson hatte beide unter Anwesenheit von Gunnar und Kapitän Haugen behandelt. Tanias Fuß war am rechten Mittelfuß auf Höhe der rechten Zehen angebrochen und Milos Schulter musste eingerenkt werden. Er hatte wahnsinnige Schmerzen. Nacheinander ließen der Kapitän und Gunnar sie ein paar Tage später auf die Brücke kommen und jeder Bericht wurde protokolliert. Gunnar musste nicht viel sagen. Mahnendes wäre völlig fehl am Platz gewesen. Milo sagte von sich aus: „Ich wollte, Gunnar, ich wollte wirklich. Aber es ging nicht.“ Er schämte sich so sehr. „Tania war im richtigen Moment gesprungen. Nur fünf Sekunden später, dann hättet ihr euch vielleicht nicht wiedergefunden. Ohne Rettungsring hättet ihr keine Chance gehabt.“, stellte Gunnar knapp fest. „Ich weiß.

Gunnar, ich weiß." Milo weinte. Tania und Gunnar wechselten nicht viele Worte. Er legte nur die Hand auf ihre Schulter und sagte: „Fühlt sich gut an, oder?" Ja, das tat es. Jetzt stand Tania jede Nacht vor Milos Tür und hielt Wache.

Dies hier stand in seinem Brief, den Tania später in der Nacht in ihrer Kabine noch las:

Dear Tania,
It's going to be silly to write this letter but it will help to ease my mind. I knew you didn't trust me, but I have done nothing to you. You held both of my hands while you were sleeping and I was watching your beautiful face. I touched your blond hair, before I left the cabin. I swear by my heart that I didn't do anything. I am not the man who take advantage of such a situation. Yes, I have feelings for you, but I want it to be mutual. To be given by you heartedly. Thanks for reading this letter and have a nice day. Bye.

Milo hatte sich schon am ersten Tag in Tania verliebt. Pastor Young hatte wieder einen vollen Saal. Er las aus Matthäus 21: „Jesus aber antwortete und sprach zu ihnen. Wahrlich, ich sage euch: Wenn ihr Glauben habt und nicht zweifelt, so werdet ihr nicht nur tun, was mit dem Feigenbaum geschah, sondern auch, wenn ihr zu diesem Berg sagt: Hebe dich und wirf dich ins Meer! So wird es geschehen. Und alles, was ihr glaubend erbittet im Gebet, das werdet ihr empfangen!"

In der Crewbar pendelte es sich langsam wieder auf

die gewohnte Lautstärke ein. Nach Tagen der gefühlten Wiedergeburt kamen nun die Tage des Abschieds. Der Irakkrieg ging in die Zielgerade. Die Norway auch, am Vormittag hatte man wieder die gesamte Crew in das Theater gebeten. Kapitän und Staff Captain standen betrübt auf der Bühne, um der Crew mitzuteilen, dass die MS Royal Norway verkauft wurde. Sie würde nicht, wie geplant im Juli nach New York reisen, sondern schon im Juni in Fort Lauderdale vom Stapel gehen. Wahrscheinlich würde sie die MS Seabound werden, selbe Flagge, anderer Eigner, griechische Leitung. Man würde das Boot einfach umstreichen, bestreichen, vielmehr, mit einem neuen Namen. Die Crew, die Interesse hätte, weiterzufahren, könnte selbstverständlich anheuern, auch auf der MS Seabound. Der Personalchef würde in einem Monat an Bord kommen und entsprechende Unterlagen verteilen und Gespräche führen. Das Gleiche würden die Royal Norway Verantwortlichen tun, ob die Beschäftigung auf einem der Schwesternschiffe weitergehen könnte, hinge von vielen Faktoren ab, auf die jetzt noch kein Fokus gelegt werden konnte. Wann die MS Seabound dann ihre erste Cruise beginnen könne, sei ungewiss, aber sicherlich vor dem 31.7.1991. In der Zwischenzeit sei ein Übernachten an Bord nicht möglich. „Der Krieg ist an allem schuld“, stellte Hannes frustriert fest. Er stand nicht weit von Tania entfernt und hob seinen Arm, um laut zu fragen: „Ich dachte, wir hätten nach Ostern wieder steigende Passagierzahlen? Ist der Krieg noch nicht vorbei?“ Gunnar nahm das Mikro und antwortete. „Doch. Die militärischen Großangriffe sind vorbei. Aber es bleibt ein Pulverfass. Ich glaube nicht, dass der Nahe Osten sich darüber freut, dass die USA zigtausend Soldaten zum Aufbau des geschundenen Landes in Bagdad stationiert lassen."

„Also befinden wir uns immer noch im Krieg", hakte Hannes nach. „Wenn Nicht-Versöhnung für dich gleichbedeutend mit Krieg ist, ja. Dann hast Du recht." Die Stimmung war schlecht. Alle standen wie im Regen da, niemand protestierte laut, man murmelte nur in sich hinein oder zum Nachbarn. „Was wirst Du tun?", fragte Tania ihn bedrückt. „Na, ich werde irgendwo anheuern, wie immer eben. Ich werde nicht auf einem Griechen-Dampfer bleiben." Hannes schluckte schwer dabei, aber er war sich ganz sicher. Auch wenn seine Gelassenheit noch da war, er wirkte entmutigt und kraftlos. Tania dachte darüber nach, wie sehr die Weltpolitik gerade Einfluss auf ihr Leben nahm. Nur vier Monate mit sinkenden Passagierzahlen und schon zwang man große Reeder in die Knie. So schnell können Träume zerplatzen. Wahrscheinlich war es ein guter Moment, die Norway zu verkaufen und neue Schiffe in Auftrag zu geben. „Was wirst Du tun, Tania?" Maggie stand neben Tania. „Ich weiß es nicht, die Entscheidung wird mir ja quasi abgenommen. Ich weiß nicht, ob ich das gut finde."

„Es hängt immer alles an einem seidenen Faden. Nichts ist sicher. Nichts ist beständig. Ich werde auch nicht weiterhin durch die Karibik schippern", sagte Maggie bestimmt. „Wo gehst Du hin?" Maggie lächelte, während sie Tania in die Augen sah und antwortete: „Marco und ich gehen nach Australien." Tania konnte spüren, wie sehr sich Maggie darauf freute und wie sicher sie sich darüber war. Maggie und Tania nahmen sich kurz in die Arme. Obwohl sich ihre Wege trennen würden, stand ihre Freundschaft auf diesem kleinen Stück Theaterboden wie auf einem Felsen. Die Filipinos diskutierten in großen Gruppen noch lang und lautstark. Sie befürchteten zu Recht, dass der Lohn mit dem griechischen Betreiber nun sinken würde, bei gleicher Arbeitszeit. Tania sah am hinteren Gang noch Franc weggehen. Sie wollte ihn noch einholen, aber sie kam nicht zu ihm durch. Franc hatte bereits abgeschlossen mit der Norway, er wollte so schnell es ging seinen Freund Toulouse auf St. Martin kontaktieren. Hannes saß auf dem unteren Bett seiner Kajüte und starrte die Wand an. Das Poster von Falco erschien ihm durchsichtig. Er sah auf das Dämmmaterial der Zwischenwände, sah absolutes, nichtssagendes Nichts. „Hannes, was ist los mit Dir, komm mach Musik an." Anton stand neben ihm und fummelte am Kassettenrekorder herum. Er war besorgt und zog die Stirn kraus. Was folgte, war Schweigen. Anton schüttelte den Kopf. „Wie lange willst Du die Wand noch anstarren?" Nichts. „Komm, dann lass mich nach oben. Ich will mich kurz hinlegen." Anton kletterte an Hannes vorbei, der noch immer keine Regung zeigte und warf sich aufs obere Bett. „Komm, wir hören uns mal an, was die Griechen zu bieten haben", sagte er frohen Mutes. „Du hast ja keine Ahnung!", murmelte Hannes vor sich hin, nachdem Anton leise zu schnarchen angefangen hatte. Hannes warf sich nach hinten, die Arme hinter dem Kopf verschränkt und die Beine ausgestreckt. Er schloss die Augen, vor seinem inneren Auge sah er noch immer das

Dämmmaterial der Wand. Seinen Dienst erfüllte er lustlos. Es waren dieselben Vorbereitungen wie immer, aber jeder Handgriff fiel ihm jetzt schwer. Nach dem großen Roastbeefabend waren eigentlich die Knochen dran, im Bräter angebraten zu werden, um literweise braune Sauce einzukochen. „Wozu brauchen wir noch braune Soße. Können wir gar nicht aufessen. Wozu mach ich den Scheiß dann noch?“ Er kippte alle Knochen in den Müll. Der Calypsolunch sollte wieder exotisch sein, auch danach war ihm nicht. Er nahm frische Ananas und Hühnchenfiletstückchen und briet sie schön scharf mit Chili an, kochte ein paar Langusten im Salzwasser. Am Ende des Morgens lag irgendein armer kleiner Thunfisch wieder mal auf einem blauen Gelee auf einem Spiegel, umringt von Orangen und Papayaschnitzen. Hannes war so müde, dass er noch nicht mal merkte, wie seine Augen zu brennen anfingen, denn er hatte sich mit Chilifingern die Augen gerieben. Das ganze Schiff war auf Abreise programmiert. Auf den letzten Fahrten wurde das Personal allmählich ausgedünnt. Im Casino und im Spa als erstes, später im Showprogramm. Milo war zu lange krank geschrieben wegen der Schulter, er wurde nach Hause geschickt. Tania hatte seinen Abschied nicht bemerkt, sie war außer sich, niemand hatte ihr Bescheid gesagt, auch Milo nicht. Seinen Dank hatte er mehrfach geäußert, in seinen üblichen stillen Gesten. In Martinique übernahm ein Deckmatrose Milos Nachtdienst. Betty war schon drei Wochen weg, sie fehlte niemandem. Die Rezeptionisten teilten sich auf, der Frühdienst blieb in den frühen Stunden allein besetzt, es gab für die „Stoßzeiten“ zwischen 10 und 19

Uhr einen Mitteldienst. Tania hatte für ihren Mittelfuß nie einen Gips bekommen, da der Fuß allein heilen konnte. Bei sehr schwülem Wetter ziepte der Bruch, aber Schmerzen hatte sie nie.

Eine Krankschreibung lehnte sie ab. Jeden Abend wurde in der Crewkantine über neue Entscheidungen informiert, „ich bleibe", „ich gehe", „ich werde versetzt". Die Gruppen drifteten auseinander und gesellten sich in anderen Formationen neu zueinander. Tania gefiel dieser Wandel überhaupt nicht, sie saßen plötzlich nicht mehr alle im gleichen Boot. Sie hatte ihre finale Entscheidung noch nicht gefällt. Bei der letzten Cruise beinhaltete jeder Tag mehrfach ein „Letztes Mal", das letzte Mal St. Thomas, das letzte Mal Tontaubenschießen, das letzte Captains Dinner, der letzte Bølge-Abend, nur acht Aquavits blieben übrig, die letzte Menükarte. Der Bordshop startete einen 50% Ausverkauf und die Regale leerten sich. Die Rezeptionisten packten die letzten Stapel Briefpapier der „Royal Norway Ltd." zusammen und schmissen die letzten Prospekte ins Altpapier. Es war erstaunlich, wie schnell man ein ganzes Boot leerräumen konnte. Tania hatte für das Packen ihrer Koffer keine Stunde gebraucht. Die Royal Norway kam zum letzten Mal morgens am 9. April 1991 in Fort Lauderdale an. Tania stand mit Franc an der Spitze des A-Decks, mit Blick auf den Hafen von Fort Lauderdale, der immer näher kam. Franc hielt sie von hinten umklammert und hatte sein Kinn auf ihre Schultern gelegt. Franc sang die Marseillaise ganz leise an ihr Ohr. Sie hatte eine Gänsehaut. Nach der letzten Strophe hatte er sie dann ruckartig zu sich gedreht und ihr mit all seiner Kraft die Zunge in ihren Mund geschoben. Sie küssten sich, als würden sie sich frühstücken. Das Signal aus den Schiffsirenen flog an ihren Köpfen vorbei und kam als Echo von den Wohntowern zurück, aber es erschreckte sie nicht. Nur die Möwen flogen auf. Das Schiff schob sich langsam durch die Gebäude an den Docklandings. Niemand konnte so küssen wie Franc. Als Tania nach einer gefühlten Ewigkeit die Augen wieder öffnete, sah sie die Balkone der Wohntower. Wie Tania schien, waren ein paar mehr Stars and Stripes Flaggen aufgehängt. Ein paar Bewohner, die schon wach waren, winkten der Norway zu. Franc hatte Tania schweigend eine Anschrift von Toulouses Laden gegeben. Dann war er gegangen. Die Frau mit den Lockenwicklern und dem rosanen Bademantel schlief offenbar noch. Tania war traurig, aber auch gerührt. Die Filipinos legten die MS Royal Norway zum letzten Mal an den Haken. Die Passagiere hinterließen zum letzten Mal ihr Trinkgeld und verließen über die obere Gangway das Schiff in Richtung Terminal. Diesmal wartete keine neue Truppe in der großen Halle. Frau Rubinstein ging lächelnd von Bord. Das Loch, welches die fehlende Urne in ihrem Koffer hinterlassen hatte, hatte sie mit zwei guten Whisky-Flaschen aufgefüllt, die sie an Bord gekauft hatte. Es war leerer als sonst. Tania nahm das alles wahr. Es standen keine Paletten voller Eiern oder Langusten an der Pier. Nachdem der letzte Kofferträger verschwunden war, lag die Norway wie ein verlorenes Schiff an der Pier. Kapitän Haugen stand auf der Brücke und verabschiedete sich mit warmen Worten von seinen Offizieren. Sandra wollte in Fort Lauderdale bleiben, sie war eine der 120 Crewmitglieder, die beim neuen Reeder auf dasselbe Schiff unter neuer Bemalung für denselben Job wieder anheuern wollten. Sie unterschrieb einen Vertrag, der es ihr ermöglichte, noch zwei Wochen zu Clearance und Umbau an Bord zu bleiben, dann sollte sie zwei Wochen ins Hotel wechseln auf Kosten des griechischen Reeders und danach ging es unter neuem Namen zurück in den Bahamasgürtel. Sie freute sich darauf und für Tania war es gut, dass es jemanden gab, der fröhlich plapperte. „In Fort Lauderdale gibt es noch genug Dinge, von denen ich immer gehört, die ich aber noch nie gesehen habe. Jetzt schau ich mir endlich mal die Krokodile in den Everglades an." Maggie hatte sich schon früh verabschiedet. Ihr Flug nach Sydney ging schon am späten Vormittag, Marco flog gleich mit. Tania und Maggie schworen sich, sich nicht aus den Augen zu verlieren und zu schreiben. Tania hatte ihre Adresse aus dem Elternhaus in Hannover auf mehrere kleine Zettel geschrieben. „Hier kommt die Post immer an, zumindest wissen die immer, wo ich bin." Maggie lächelte sie traurig an. „Es war schön, Dich kennenzulernen, Tania. Komm uns besuchen!" Tania sah sie an und wusste nicht recht, was sie sagen sollte. „Danke, Maggie, mach ich. Danke für Deine Freundschaft." Sie umarmten sich lange. Beide Frauen hatten Tränen in den Augen. „Pass gut auf sie auf, Marco", befahl sie ihm. „Aber sicher doch!", erwiderte Marco, er war stolz wie Bolle. Er trug Maggies große Koffer durch die Schotten und dann waren sie weg. Andere schwiegen, verabschiedeten sich leise, unbemerkt. Es gab kein allgemeines Aufwiedersehen, jeder machte es, wann und wie er es für richtig hielt. Tania stand mit ihren Koffern allein oben an der Gangway. Sie hatte viel Zeit und wollte sich alles zum letzten Mal einprägen. Das letzte Foto, was Tania mit ihren Augen machte, war ein sehr friedliches Bild von einem Traumschiff, dem man den stürmischen Ozean nicht ansah, angeleint im Hafen, nur kurz pausierend, mit dem Drang wieder aufs weite Meer hinauszufahren. Craig und Dave hatten die großen Tafeln mit den Abschiedsfotos der Passagiere stehen gelassen. Sie hatten frühmorgens schon das Labor ausgeräumt. Für sie gab es keinen neuen Vertrag, da die Griechen mit anderen Franchise Partnern arbeiteten. Sie waren schon sehr früh von Bord gegangen. Tania fand in der oberen Reihe ein Foto von Alice Rubinstein. Wie eine Königin saß sie vor dem Samtvorhang, mit dem kleinen Diamantdiadem im Haar und dem Sektglas in der Hand. Tania schmunzelte und steckte sich das Foto in die Handtasche. Sie ging durch das Treppenhaus nach unten. Hannes rief durch die Schotten: „Tania, warte, ich komme mit nach draußen." Hannes hatte keine Koffer dabei. Auch er wartete ein paar Tage an Bord auf seinen Flug zum Schwesterschiff, das derzeit auf dem Weg nach Singapur war. „Fährst Du mit dem Taxi in Richtung Stadt?", fragte er sie. Tania war verwundert und erwiderte: „Ja, willst Du mit?" Hannes griff sich Tanias Koffer. „Komm, let's go!" Sie waren wieder gemeinsam auf der Gangway. Tania bemerkte, diesmal gingen sie die Treppen gemeinsam hinunter, nicht hinauf. Und dann schlenderten sie langsam ohne Eile am Kai entlang in Richtung Ausgang des Seabreeze Boulevards.

Eine monumentale Druckwelle krachte wie ein Hochhaus auf Tania und Hannes ein, sie flogen ein paar Meter durch die Luft, der Schmerz in den Ohren kam wie durch eine Kugel geflogen. Dann erste Schreie, verzerrt, wie durch Watte.

Hinter der Royal Norway, an den Las Olas Landings, am Silver Dock, flog ein Schiff in die Luft.

Hintergrundwissen

IMO

Die Internationale Schifffahrtsorganisation (engl. International Maritime Organization) fungiert in Zusammenarbeit mit UN-Einrichtungen seit 1959. Zu ihren wichtigsten Punkten gehören: Energieeffizienz auf See, neue Technologien und Innovationen, Maritime Ausbildung und Training, Sicherheit auf See, Verringerung oder sogar Vermeidung der Meeresverschmutzung, Organisation der Schifffahrtsrouten und die Entwicklung der Maritimen Infrastruktur. Finanziert wird dies durch Mitgliedsbeiträge, die die 173 zugehörigen Staaten anhand ihres Anteils an Welthandelstonnagen zu leisten haben.

PLF

Die Palästinensische Befreiungsfront (engl. Palestine Liberation Front) ist, im Gegensatz zur PLO, als terroristisch eingestuft. Sie wurde 1959 von Ahmad Dschibril gegründet, teilte sich aber in verschiedene Untergruppen auf. 1977 wurde die PLF unter der Leitung von Muhammad Zaidan, alias Abu Abbas, neu gegründet. Amerikanische Spezialtruppen nahmen Abu Abbas mit großem Stolz am 15. April 2003 fest. Er starb am 8. März 2004 in US Gefangenschaft an einem Herzinfarkt. Die PLF ist unter anderem für die Entführung der Achille Lauro verantwortlich.

Achille Lauro

Das italienische Kreuzfahrtschiff wurde am 7. Oktober 1985 von vier PLF-Terroristen entführt. Ihr Ziel war die Befreiung von fünfzig, in Israel inhaftierten, Palästinensern, sowie einem in Frankreich inhaftierten Offizier der PLF. Zum Zeitpunkt der Entführung lag das Schiff im Hafen Alexandrias. Die vier Angreifer wurden von einem Kabinensteward beim Säubern ihrer Waffen entdeckt, woraufhin sie die Kontrolle über das Schiff übernahmen. Der Großteil der Passagiere befand sich wegen Landausflügen nicht an Bord. Leon Klinghoffer, ein jüdisch-amerikanischer Passagier, wurde bei der Entführung erschossen und mit samt seinem Rollstuhl über Bord geworfen. Die Achille Lauro legte dann im Hafen von Port Said an, wo die Geiselnehmer im Geleit von Abu Abbas und unter dem Schutz der ägyptischen Regierung zu einem Flugplatz gebracht wurden. Die Fluchtmaschine wurde von der amerikanischen Luftwaffe zur Landung gezwungen und die vier Terroristen inhaftiert. Erst ein Jahr nach der Entführung der Achille Lauro wurden in der Satzung der IMO entscheidende neue Punkte zum Schutz von Passagieren und Crew, vor Terror, verankert und die Welt der Schiffe für mögliche Angriffe sensibilisiert.

PLO

Die Palästinensische Befreiungsorganisation (engl. Palestine Liberation Organization) wurde auf Initiative des damaligen ägyptischen Präsidenten, Gamal Abdel Nasser, in Jerusalem gegründet. Sie soll als Vertretung des arabischen Volkes in Palästina fungieren, radikalisierte sich jedoch. Denn mit Hilfe ausländischer Finanzierungen erbauten sie nicht nur Schulen und Krankenhäuser, sondern auch eine Armee im Südlibanon. Im Grundsatzprogramm der PLO (Nationalcharta) wird unter anderem zum bewaffneten Kampf gegen Israel aufgerufen. Den größten politischen Erfolg feierten sie mit der Anerkennung als „Repräsentant des palästinensischen Volkes“ durch die Vereinten Nationen 1974. Bekanntheit erlangte die Organisation durch verschiedene terroristische Anschläge, wie zum Beispiel der Geiselnahme in München, bei den Olympischen Spielen 1972.

Krimis mit der Fernsehköchin Francesca Carlotti
Autor: Margot Jung

Band 1: Liebe, Tod und Tofu
Fernsehköchin Francesca Carlotti zwischen Mord und Nachschlag

ISBN: 978-3981859096
URL: www.3h-verlag.de

Band 2: Erfolgreich tot
Fernsehköchin Francesca Carlotti durchlebt mörderische Tage auf Sylt

ISBN: 978-3981859058
URL: www.3h-verlag.de

Weitere Bücher, erschienen im 3H-Verlag

Voll aufs Maul
Die ungesunde Lesereise des bedauernswerten Literaten Paul Schmerz
Autor: Florian Göttler

ISBN: 978-3981859072
URL: www.3h-verlag.de

Gestrandet in der Zwischenwelt
Autor: David Novel

ISBN: 978-3981859065
URL: www.3h-verlag.de

Danksagung

3H – ihr seid ein Spitzen-Team! Danke Andreas Lutzenberger, Christian Chymyn und Helmut Schäffer für Euer Vertrauen in mich und den Roman. Danke an Sabine Roth und Sarah Pfitzner für die enge Zusammenarbeit und Beratung, danke für Euer starkes Engagement. Danke an Lara Renner, die Lektorin des Verlages, für die großartige Arbeit. Mein Dank gilt ebenso Ramona Mayer für die grafische Umsetzung und Yvonne Tauss für die tollen Zeichnungen. Ganz besonders möchte ich mich an dieser Stelle für die treue Wegbegleitung des Projektes bei meiner Schreibfreundin Karen Vollert aus Hannover und bei der Autorin Heidrun Immendorf aus Bremen bedanken.
Vielen Dank auch an meine Freundinnen Gudrun Szangolies, Sandra Bödecker, Ina Grützmacher und den ersten Testleserinnen Melanie Heilig, Karin Edda Linnemann, Nora Lemke und Stefanie Aß-Wolters.
Danken möchte ich ebenfalls Freya Birkholz für die vielen Waldspaziergänge und Uta Zimmler für
die vielen Souvlakis und Ouzos bei unserem Griechen.
Merci beaucoup an Pascal Cousty, der einzige Franzose, den ich kenne, der keinen Käse mag.
Ein herzlicher Dank geht an Kapitän Andreas Wulf für die nautische Beratung, danke an Reinhold „Quincy“ Krentscher für die rechtsmedizinischen Hinweise, Hans Werner Waltersdorf und Werner Eberwein für die kochspezifischen Genauigkeiten aus einer Kombüse.
Danke an Georg J. Kleinegees für die grafische Beratung und Unterstützung bei allem.

Ich grüße aufrichtig alle Crewmitglieder, die jetzt auf See sind, und alle, die es in dieser besonderen Zeit um 1990 bzw. 1991 waren.
Zu guter Letzt danke ich mit ganzem Herzen meiner großartigen Familie, allen voran meiner Tochter Rickie, für schonungslosen Rat und bedingungslose Unterstützung.“